本色文丛·柳鸣九　主编

艾尔勃夫一日

罗新璋／著

▲ 海天出版社（中国·深圳）

图书在版编目（CIP）数据

艾尔勃夫一日 / 罗新璋著. —深圳：海天出版社，
2018.7

（本色文丛）

ISBN 978-7-5507-2397-9

Ⅰ.①艾… Ⅱ.①罗… Ⅲ.①散文集—中国—当代
Ⅳ.①I267

中国版本图书馆CIP数据核字（2018）第090055号

艾尔勃夫一日
AIERBOFU YI RI

深圳出版发行集团
海 天 出 版 社

出 品 人	聂雄前
策划编辑	林星海
项目负责人	韩海彬
责任编辑	梁　萍
责任校对	熊　星
责任技编	梁立新
装帧设计	Smart 深圳斯迈德设计 0755-83144228

出版发行	海天出版社
地　　址	深圳市彩田南路海天大厦（518033）
网　　址	www.htph.com.cn
订购电话	0755-83460397（批发）　0755-83460397（邮购）
印　　刷	深圳市新联美术印刷有限公司
开　　本	787mm×1092mm　1/32
印　　张	10.25
字　　数	170千
版　　次	2018年7月第1版
印　　次	2018年7月第1次
定　　价	42.00元

　　罗新璋，一九三六年生于上海，原籍浙江上虞。一九五三年考入北大，始是人生起步。

　　一九五七年西语系毕业。尝四年读一经，专攻傅雷翻译，兼对照原著细读杨译《吉尔·布拉斯》。

　　一九六三年入外文局中国文学社从事中译法文学翻译十七年，译过《桃花源记》、唐人小说、柳宗元散文、《红楼梦》两回。

　　一九八〇年调入社科院外文所，主攻中世纪文学，译有《特利斯当与伊瑟》《列那狐的故事》，以及《红与黑》《栗树下的晚餐》《黛莱丝·戴克茹》，译事奉行悟而后译，依实出华。应约另译克洛岱尔《艺术之路》与《论荷兰绘画》二书。

　　编有《翻译论集》及《古文大略》。辑有一薄本《译艺发端》。

　　莫里哀在《贵人迷》里，对散文下过一个"经典"定义：凡不是分行押韵的诗篇，其余一切均为散文！于是，这些芜杂文字，亦一举而成散文矣……

总序：学者散文漫议

◎ 柳鸣九

"本色文丛"现已出版三辑，共二十四种书，在不远的将来，将出齐五辑共四十种书。作为一个散文随笔文化项目，已经达到了一定的规模，也大致上形成了自己的特色：一是以"有作家文笔的学者"与"有学者底蕴的作家"为邀约对象，而由于我个人的局限性，似乎又以"有作家文笔的学者"为数更多；二是力图弘扬知性散文、文化散文、学识散文，这几者似乎可统称为"学者散文"。

前一个特点，完全可以成立，不在话下，你们邀哪些人相聚，以文会友，这是你们自家的事，你们完全可以采取任何的称呼，只要言之有据即可。何况，看起来的确似乎是那么回事。

但关于第二个特点，提出"学者散文"这个概念本身就是易于带来若干复杂性的问题，要说明清楚本就不容易，要论证确切更为麻烦，而且说不定还会有若干纠缠需要澄清。所有这些，就不是你们自己的事，而是大家关心的事了。

在这里，首先就有一个定义与正名的问题：究竟何谓"学者散文"？在局外人看来，从最简单化的字面上的含义来说，"学者散文"大概就是学者写的散文吧，而不是生活中被称为"作家"的那些爬格子者、敲键盘者所写的散文。

然而实际上，在散文这个广大无垠的疆土上活动着的人，主要还是被称为作家的这一个写作群体，而不是学者。再一个明显的实际情况就是，在当代中国散文的疆域里，铺天盖地、遍野开花的毕竟是作家这一个写作者群体所写的散文。

那么，把涓涓细流的"学者散文"汇入这个主流，统称为散文不就得了嘛，何必另立旗号？难道你还奢望喧宾夺主不成？进一步说，既然提出了"学者散文"之谓，那么，写作者主流群体所写的散文究竟又叫什么散文呢？虽然在中外古典文学史中，甚至在20世纪前50年的中国文学界中，写散文的作家，大多数都同时兼为学者、学问家，或至少具有学者、学问家的素质与底蕴。只是在近半个多世纪以来的中国文学界中，同一个人身上作家身份与学者身份互相剥离，作家技艺与学者底蕴不同在、不共存的这种倾向才越来越明显。我们注意到这种现实，我们尊重这种现实，那么，且把近半个多世纪以来由纯粹的作家（即非复合型的写作者）创作的遍地开花的散文作品，称为"艺术散文"，可乎？

似乎这样还说得过去，因为，纯粹意义上的作家，都是致力于创作的，而创作的核心就是一个"艺"字。因此，纯粹意义上的作家，就是以艺术创作为业的人，而不是以"学"为业的人，把他们的散文称为艺术散文，既是一种应该，也是一种尊重。

话不妨说回去，在我的概念中，"学者散文"一词其实是从写作者的素质与条件这个意义而言的。"素质与条件"，简而言之，就是具有学养底蕴、学识功底。凡是具有这种特点、条件的人，所写出的具有知性价值、文化品位与学识功底的散文，皆可称"学者散文"。并非强调写作者具有什么样的身份，在什么领域中活动，从事哪个职业行当，供职于哪个部门……

以上说的都是外围性的问题，对于外围性的问题，事情再复杂，似乎还是说得清楚的，但要往问题的内核再深入一步，对学者散文做进一步的说明，似乎就比较难了。具体来说，究竟何为"学者散文"？"学者散文"究竟具有什么特点？持着什么文化态度？表现出什么风格姿态？敝人既然闯入了这个文艺白虎堂，而且受托张罗"本色文丛"这个门面，那也就只好硬着头皮，提供若干思索，以就教于文坛名士才俊、鸿儒大家了。

说到为文构章，我想起了卞之琳先生的一句精彩评语，那时我刚调进外文所，作为他的助手，我有机会听到卞公对文章进行评议时的高论妙语。有一次他谈到一位年轻笔者的时候，用幽默调侃的语言评价说："他很善于表达，可惜没什么可表达的。"说话风趣幽默，针砭入木三分。不论此评语是否完全准确，但他短短一语毕竟道出了为文成章的两大真谛：一是要有可供表达、值得表达的内容，二是要有善于表达的文笔。两者缺一不可，如果两者具备，定是珠联璧合的佳作。这个道理，看起来很简单、很朴素，甚至看起来算不上什么道理，但的的确确可谓为文成章的"普世真理"、当然之道。对散文写作，亦不例外。

就这两个方面来说，有不同素养的人、有不同优势与长处的人，各自在不同的方面肯定是有不同表现的，所出的文字，自然会有不同的特点与风格。一般来说，艺术创作型的写作者，即一般所谓的作家，在如何表达方面无一不具有一定的实力与较熟练的技巧。且不说小说、诗歌与戏剧，只以散文随笔而言，这一类型的写作者，在语言方面，其词汇量也更多更大，甚至还能进而追求某种语境、某种色彩、某种意味；在谋篇布局方面，烘托铺垫、起承转合、舒展伸延、跌宕起伏、统筹安排、井然有序。所有这些，在中华文章之道中本有悠久传统、丰富经验，如今更是轻车熟路，掌握自如；在描写与叙述方面，不论是描写客观的对象还是自我，哪怕只是描写一个细小的客观对象，或者描写自我的某一段平常而普通的感受，也力求栩栩如生、细致入微，点染铺陈，提高升华，不怕你不受感染，不怕你不被感动；在行文上，则力求行云流水，妙笔生花，文采斐然，轻灵跃动；在阅读效应上，也更善于追求感染力效应的最大化，宣传教育效应的最大化，美学鉴赏效应的最大化。总而言之，读这一种类型的散文是会有色彩缤纷感的，是会有美感的，是会有愉悦感的，而且还能引发同感共鸣，或同喜或同悲，甚至同慷慨激昂、同心潮澎湃……

　　我以上这些浅薄认识与粗略概括是就当代与学者散文有所不同的主流艺术散文而言的，也就是指生活中所谓的纯粹作家的作品而言的。我有资格做这种概括吗？说实话，心里有些发虚，因为我对当代的散文，可以说是没有多少研究，仅限于肤表的认识。

　　在这里，我不得不对自己在散文阅读与研习方面的基础，做出如实的交代：实事求是地说，20世纪前50年的散文我还算读过不少，鲁迅、茅盾、冰心、沈从文、朱自清、俞平伯、老舍、徐志摩、郁达夫、凌叔华、胡适、林语堂、周作人等人的散文作品，虽然我读得很不全，但名篇、代表作都读过一些。这点文学基础是我从中学教科书、街上的书铺、学校的图书馆，以至后来在北大修王瑶的中国现代文学史期间完成的。在大学，念的是西语系，后又干外国文化研究这个行当，从此，不得不把功夫都用在读外国名家名作上面去了。就散文作品而言，本专业的法国作家作品当然是必读的：从蒙田、帕斯卡尔、笛卡儿、伏尔泰、狄德罗、卢梭，到夏多勃里昂、雨果、都德，直到20世纪的马尔罗、萨特、加缪等。其他专业的作家如英国的培根、德国的海涅、美国的爱默生、俄国的屠格涅夫等人的作品，也都有所涉猎。但我对中国 20 世纪 50 年代以后的半个多世纪以来的散文随笔就读得少之又少了，几乎是一穷二白。承深圳海天出版社的信任，张罗"本色文丛"，这对我来说，实在是"专业不对口"，只是为了把工作做得还像个样子，才开始拜读当代文坛名士高手的散文随笔作品。有不少作家的确使我很钦佩，他们在艺术上的讲究是颇多的，技艺水平也相当高，手段也不少，应用得也很熟练，读起来很舒服，很有愉悦感，很有美感。

　　不过，由于我所读的中国现代文学中的散文名家，以及外国文学中的散文作家，绝大部分都是创作者与学者两重身份相结合型的，要么是作家兼学者，要么就是我所说的"有学者底蕴的作家"，"近朱者赤近墨者黑"，耳濡目染，自然形成我对散文随笔中思想底蕴、学识修养、精神内容这些成分的重视，这样，不免对当代某些纯粹写作型的散文随笔作家，多少会有若干不满足感、欠缺感。具体来说，有些作家的艺术感以及技艺能力、细腻的体验感受，固然使人钦佩，但是往往欠于思想底气、学养底蕴、学识储蓄，更缺隽永见识、深邃思想、本色精神、人格力量，这些对散文随笔而言，恰巧是至关重要的东西。当然，任何一篇散文作品是不可能没有思想，不可能不发表见解的，但在一些作家那里，却往往缺少深度、力度、隽永与独特性。更令人失望的是，有些思想、话语、见识往往只属于套话、俗话甚至是官话的性质，这在一个官本位文化盛行的社会里是自然的、必然的。总而言之，往往缺少一种独立的、特定的、本色的精气神，缺乏一种真正特立独行而又具有普遍意义的人文精神。

以上这种情况已经露出了不妙的苗头，还有更帮倒忙的是艺术手段、表现技艺的喧宾夺主，甚至是技艺的泛滥。表现手段本来是件好事，但如果没有什么可表现的，或者表现的东西本身没有多少价值，没有什么力度与深度，甚至流于凡俗、庸俗、低俗的话，那么这种表现手段所起的作用就恰好适得其反了。反倒造成装腔作势、矫揉造作、粉饰作态、弄虚作假的结果。应该说，技艺的讲究本身没有错，特别是在小说作品中，乃至在戏剧作品中，是完全适用的，也是应该的，但偏偏对于散文这样一种直叙其事、直抒胸臆的文体来说，是不甚相宜的。若把这些技艺都用在散文中间的话，在我们的眼前，全是丰盛的美的辞藻，全是绵延不断、绝美动人的文句，全是至美极雅的感受，全是绝美崇高的情感……在我看来，美得有点过头，美得叫人应接不暇，美得叫人透不过气来，美得使人有点发腻。对此，我们虽然不能说这就是"善于表现，可惜没有什么好表现的"，但至少是"善于表现"与"可表现的"两者之间的不平衡，甚至是严重失衡。

平衡是万物相处共存的自然法则，每个物种、每个存在物都有各自的特点，既有优也有劣，既有长也有短，文学的类别亦不例外。艺术散文有它的长处，也必然有与其长处相关联的软肋。对我们现在要说道说道的学者散文，情形也是这样。学者散文与艺术散文，当然有相当大的不同，即使说不上是泾渭分明，至少也可以说是各有不同的个性。我想至少有这么两点：其一，艺术散文在艺术性上，一般地来说，要多于高于学者散文。在这一点上，学者散文有其弱点，但不可否认，这也是学者散文的一个特点。显而易见，在语言上，学者散文的词汇量，一般地来说，要少于艺术散文。至于其色彩缤纷、有声有色、精细入微的程度，学者散文显然要比艺术散文稍逊一筹；在艺术构思上，虽然天下散文的结构相对都比较简单，但学者散文也不如艺术散文那么有若干讲究；在艺术手段上，学者散文不如艺术散文那样多种多样、花样翻新；在阅读效果上，学者散文也往往不如艺术散文那么有感染力，能引起读者的悦读享受感，甚至引起共鸣的喜怒哀乐。其二，这两个文学品种，之所以在表现与效应上不一样，恐怕是取决于各自的写作目的、写作驱动力的差异。艺术散文首先是要追求美感，进而使人感染、感动，甚至同喜怒；学者散文更多的则是追求知性，进而使人得到启迪、受到启蒙、趋于明智。

这就是它们各自的特点，也是它们各自的长处与短处。这就是文学物种的平衡，这就是老天爷的公道。

讲清楚以上这些问题之后，我们再专门来说说学者散文，也许就会比较顺当了，我们挺一挺学者散文，也许就不会有较多的顾虑了。那么，学者散文有哪些地方可以挺一挺呢？

近几年来，我多多少少给人以"力挺学者散文"的印象。是的，我也的确是有目的地在"力挺学者散文"，这是因为我自己涂鸦出来的散文，也被人归入学者散文之列，我自己当然也不敢妄自菲薄，这是我自己基于对文学史和文学实际状况的认知。

从文学史的发展来看，无论中外，散文这一古老的文学物种，一开始就不是出于一种唯美的追求，甚至不是出于一种对愉悦感的追求；也不是为了纯粹抒情性、审美性的需要，而往往是由于实用的目的、认知的目的。中国最古老的散文往往是出于祭祀、记述历史，甚至是发布公告等社会生活的需要，不是带有很大的实用性，就是带有很大的启示性、宣告性。

在这里，请容许我扯虎皮拉大旗，且把中国最早的散文文集《左传》也列为学者散文型类，来为拙说张本。《左传》中的散文几乎都是叙事：记载历史、总结经验、表示见解，而最后呈现出心智的结晶。如《曹刿论战》，从叙述历史背景到描写战争形式以及战役的过程，颇花了一些笔墨，最终就是要说明一个道理："夫战，勇气也。一鼓作气，再而衰，三而竭。"我不敢说曹刿就是个学者，或者是陆逊式的书生，但至少是个儒将。同样，《子产论政宽猛》也是叙述了历史背景、政治形势之后，致力于宣传这一高级形态的政治主张："政宽则民慢，慢则纠之以猛，猛则民残，残则施之以宽。宽以济猛，猛以济宽，政是以和。"此一政治智慧乃出自仲尼之口，想必不会有人怀疑仲尼不是学者，而记述这一段历史事实与政治智慧的《左传》的作者，不论是传说中的左丘明也好，还是妄猜中的杜预、刘歆也罢，这三人无一不是学者，而且就是儒家学者。

再看外国的文学史，我们遵照大政治家、大学者、大诗人毛泽东先生的不要"言必称希腊"遗训，且不谈柏拉图与亚里士多德，仅从近代"文艺复兴"的曙光开始照射这个世界的历史时期说起，以欧美散文的祖师爷、开拓者，并实际上开辟了一个辉煌的散文时代的几位大师为例，英国的培根，法国的蒙田，以及美国的爱默生，无一不是纯粹而又纯粹的学者。说他们仅是"学者散文"的祖师爷是不够的，他们干脆就是近代整个散文的祖师爷，几乎世界所有的散文作者都是在步他们的后尘。只是后来由于各种复杂的历史原因，到了我们的现实生活里，才有艺术散文与学者散文的不同支流与风格。

这几位近代散文的开山祖师爷，他们写作散文的目的都很明确，不是为了抒情，不是为了休闲，不是为了自得其乐，而都是致力于说明问题、促进认知。培根与蒙田都是生活在欧洲历史的转变期、转型期，社会矛盾重重，现实状态极其复杂。在思想领域里，以宗教世界观为主体的传统意识形态已经逐渐失去其权威，"文艺复兴"的人文主义思潮与宗教改革的要求，正冲击着旧的意识形态体系，推动着历史的发展。他们都是以破旧立新的思想者的姿态出现的，他们的目标很明确，都是力图修正与改造旧思想观念，复兴人类人文主义的历史传统，建立全新的认知与知识体系。培根打破偶像，破除教条，颠覆经院哲学思想，提倡对客观世界的直接观察与以实验为基础的科学方法，他的散文几乎无不致力于说明与阐释，致力于改变人们的认知角度、认知方法，充实人们的认知内容，提高人们的认知水平。仅从其散文名篇的标题，即可看出其思想性、学术性与文化性，如《论真理》《论学习》《论革新》《论消费》《论友谊》《论死亡》《论人之本心》《论美》《说园林》《论愤怒》《论虚荣》，等等。他所表述所宣示的都是出自他自我深刻体会、深刻认知的真知灼见，而且，凝聚结晶为语言精练、意蕴隽永、脍炙人口的格言警句，这便是培根警句式、格言式的散文形式与风格。

蒙田的整个散文写作，也几乎是完全围绕着"认知"这个问题打转的，他致力于打开"认知"这道门、开辟"认知"这一条路，提供方方面面、林林总总的"认知"的真知灼见。他把"认知"这个问题强调到这样一种高度，似乎"认知"就是人存在的最大必要性，最主要的存在内容，最首要的存在需求。他提出了一个警句式的名言："我知道什么呢？"在法文中，这句话只有三个字，如此简短，但含义无穷无尽。他以怀疑主义的态度提出了一个对自我来说带有根本意义的问题：对自我"知"的有无，对自我"知"的广度、深度和力度，提出了根本性的质疑；对自我"知"的满足，对自我"知"的权威，对自我"知"的武断、专横、粗暴、强加于人，提出了文质彬彬、谦逊礼让，但坚韧无比、尖锐异常的挑战。如果认为这种质疑和挑战只是针对自我的、个人的蒙昧无知、混沌愚蠢、武断粗暴的话，那就太小看蒙田了，他的终极指向是占统治地位的宗教世界观、经院哲学，以及一切陈旧的意识形态。如此发力，可见法国人的智慧、机灵、巧妙、幽默、软里带硬、灵气十足，这样一个软绵绵的、谦让的姿态，在当时，实际上是颠覆旧时代意识形态权威的一种宣示、一种口号，对以后几个世纪，则是对人类求知启蒙的启示与推动。直到 20 世纪，"Que sais‐je"这三个简单的法文字，仍然带有号召求知的寓意，在法国就被一套很有名的、以传播知识为宗旨的丛书，当作自己的旗号与标示。

在散文写作上，蒙田如果与培根有所不同，就在于他是把散文写作归依为"我知道什么呢？"这样一个哲理命题，收归在这面怀疑主义的大旗下，而不像培根旗帜鲜明地以打破偶像、破除教条为旗帜，以极力提倡一种直观世界、以科学实验为基础的认知论。但两人的不同，实际上不过是殊途同归而已，两人的"同"则是主要的、第一位的。致力于"认知"，提倡"认知"便是他们散文创作态度的根本相同点。值得注意的是，在他们的笔下，散文无一不是写身边琐事，花木鱼虫、风花雪月、游山玩水，以及种种生活现象；无一不是"说""论""谈"。而谈说的对象则是客观现实、社会事态、生活习俗、历史史实，以及学问、哲理、文化、艺术、人性、人情、处世、行事、心理、趣味、时尚等，是自我审视、自我剖析、自我表述，只不过在把所有这些认知转化为散文形式的时候，培根的特点是警句格言化，而蒙田的方式是论说与语态的哲理化。

从中外文学史最早的散文经典不难看出，散文写作的最初宗旨，就是认识、认知。这种散文只可能出自学者之手，只可能出自有学养的人之手。如果这是学者散文在写作者的主观条件方面所必有的特点的话，那么学者散文作为成品、作为产物，其最根本的本质特点、存在形态是什么呢？简而言之，就是"言之有物"，而不是"言之无物"。这个"物"就是值得表现的内容，而不是不值得表现的内容，或者表现价值不多的内容，更不是那种不知愁滋味而强说愁的虚无。总之，这"物"该是实而不虚、真而不假、厚而不浅、力而不弱，是感受的结晶，是认知的精髓，是人生的积淀，是客观世界、历史过程、社会生活的至理。

既然我们把"言之有物"视为学者散文基本的存在形态，那就不能不对"言之有物"做更多一点的说明。特别应该说明的是，"言之有物"不是偏狭的概念，而是有广容性的概念；这里的"物"，不是指单一的具体事物或单一的具体事件，它绝非具体、偏狭、单一的，而是容量巨大、范围延伸的：

就客观现实而言，"言之有物"，既可是现实生活内容，也可是历史的真实。

就具体感受而言，"言之有物"，是言之由具象引发出来的实感，是渗透着主体个性的实感，是情境交融的实感，特定际遇中的实感，有丰富内涵的实感，有独特角度的实感，真切动人的实感，足以产生共鸣的实感。

就主体的情感反应而言，"言之有物"，是言之有真挚之情，哪怕是原始的生发之情。是朴素实在之情，而不是粉饰、装点、美化、拔高之情。

就主体的认知而言，"言之有物"，首先是所言、所关注的对象无限定、无疆界、无禁区，凡社会百业、人间万物，无一不可关注，无一不应关注，一切都在审视与表述的范围之内。这一点固然重要，但更为重要的是，对关注与表述的对象所持的认知依据与标准尺度，是符合客观实际的，是遵循科学方法的。更更重要的是，要有独特而合理的视角，要有认知的深度与广度，有证实的力度与相对的真理性，有耐久的磨损力，有持久的影响力。这种要求的确不低，因为言者是科学至上的学者，而不是感情用事的人。

就感受认知的质量与水平而言，"言之有物"，是要言出真知灼见、独特见解，而非人云亦云、套话假话连篇。"言之有物"，是要言出耐回味、有嚼头、有智慧灵光一闪、有思想火光一亮的"硬货"，经久隽永的"硬货"。

就精神内涵而言，"言之有物"，要言之有正气，言之有大气，言之有底气，言之有骨气。总的来说，言之要有精、气、神。

最后，"言之有物"，还要言得有章法、文采、情趣、风度……你是在写文章，而文章毕竟是要耐读的"千古事"！

以上就是我对"言之有物"的具体理解，也是我对学者散文的存在实质、存在形态的理念。

我们所力挺的散文，是"言之有物"的散文，是朴实自然、真实贴切、素面朝天、真情实感、本色人格、思想隽永、见识卓绝的散文。

我们之所以要力挺这样一种散文，并非为了标新立异、另立旗号，而是因为在当今遍地开花的散文中，艳丽的、娇美的东西已经不少了；轻松的、欢快的、飘浮的东西已经不少了；完美的、理想的东西已经不少了……"凡是存在的，必然是合理的"，请不要误会，我不是讲这些东西要不得，我完全尊重所有这些的存在权，我只是说"多了一点"。在我看来，这些东西少一点是无伤大雅、无损胜景、无碍热闹欢腾的。

然而相对来说，我们更需要明智的认知与坚持的定力，而这种生活态度，这种人格力量，只可能来自真实、自然、朴素、扎实、真挚、诚意、见识、学养、隽永、深刻、力度、广博、卓绝、独特、知性、学识等精神素质，而这些精神素质，正是学者散文所心仪的，所乐于承载的。

2016 年 9 月 20 日完稿

目录

巴黎公社珍贵原始史料抄录手记

人家提起《巴黎公社公告集》（以下简称《公告集》），我总说，这本书一般人不会看，有一两百个认真的读者就不错了，但讲讲此书的来历，或许还有人感兴趣。

一九七三年，我随我国出土文物展览去巴黎工作。有一段时间，几乎天天上法国国立图书馆查阅伯希和劫往法国的敦煌写卷；其间又受国内嘱托，常去塞纳河两岸和拉丁区书铺访求公社文物。八月三日那天，上午十点左右，我那部分查阅工作告一段落，便想利用余暇，看点值得一看的东西。当时和文物界同志朝夕相处，耳濡目染，也沾上了点看原件、珍本的癖好，同时为搜购时有所鉴别，便发心想看看公社公告。在书目卡里翻了一阵，翻不到；请查目员代查，也查不到。他问我究竟要借什么，我说就是当年贴在墙上的那种公告。记得我国"文化大革命"初期，北京图书馆登过通知，要求各界出的小报和刊物，都寄十份给该馆；受到这点启发，想必巴黎国立图书馆应有类似藏品。查目员明白了意思，还是遍查无着，便引我去见查目室监事。监事在编印成册的书目中东寻西找，茫无所得，便打电话问内部；内部答，尚需查一查。二十分钟后再去，监事便递给我一张卡片，上面写着书名书号。——这书名书号，我后来就写在拙编《公告集》的前言里，这样，机会均等，大家都能借到。

当时，有了书名书号，无疑是块敲门砖，用以打开革命文物的宝库。但有了敲门砖，还不能立刻深入堂奥。国立图书馆借书，一次借十本，借书单一张张摊开，放在传送带上，由电子计算机收取。我的单子刚送进去，就给退了出来，出纳员说是善本图书，需办申请。一听得办申请，想到种种烦难，身子凉了半截。我问具体是什么手续，她随手递给我一张单子，除书名书号，多了一项借阅原因，我笼统填上"为了研究"。她转身递交主任，主任看后，当场就签字同意——不到五分钟，手续办完了。

到二楼善本室，管理员进库找后说：不巧，此书刚送去装订，过两个月才能出借。我说：我不久就要离开巴黎，行前很想能看一看。他就把主任请出来，主任听了我的申述说：既然你一定要看，那我就叫人提上来，下午来看吧。我说：下午已有安排，明天上午行吗？答曰："既然今天下午可以，明天上午当然更可以了。"我走出善本室，看了一下表：十一点二十分！

　　第二天上午去善本室，就借到两厚册硬纸板黑簿面的合订本。我两手一捧，抱到座上，打开一看，愣住了：原来全是原件，都是一百多年前的真本，有的以校样或清样替代，有的系直接揭自街头，依旧留着硝烟弹痕，可以想见当年公社战士在战鼓炮声中广泛阅取的情景。藏品的开本，跟普通的日报一样大。公告的一端，粘贴在内脊的横档上，按我国装订术语称蝴蝶装，有的纸背还有墙壁粉屑。装订虽较朴素，却完好保存了革命文物的风貌。展读之下，激情满怀。

　　这天上午，看了开头的五十几件，也恰恰是公告中最重要的一部分。收获有二。其一，巴黎起义的头十天，史料至今不是太齐。前三十七件，是国民自卫军中央委员会掌权时发布的，据查国内以前只译出过三件，而这部分公告对了解公社革命的成败却很关键。其二，弄清一个史实，公社的第一个法令，即第三十八号公告，是宣布公社为现今唯一政权，凡尔赛命令一概无效。而我国历来的著作中，都把废除常备军当作第一个法令。从《巴黎公社会议记录》中可以看出，三月二十九日夜间会议上，议程有凡尔赛问题、房租问题、宣言起草问题，最后才"提出废除招募新兵的草案"。三月三十日的《巴黎公社公报》上，按后到先排的通例，次序恰好倒了过来，把废除常备军排在头条，而把宣告公社为唯一政权放在最后。马克思看到的是四月一日《人民呼声报》，该报也把废除常备军的法令排在前面，所以《法兰西内战》中这样写道："公社的第一个法令就是废除常备军而用武装的人民来代替它。"按照事理，也应先宣布公社为唯一政权，然后才是各项具体法令，正像十月革命后，先宣布一切政权归苏维埃，然后才有和平法令、土地法令一样。

国内以前的有关著作，从未提到公社出过一套自成编号的公告，计三百九十八件——这在我是个闻所未闻的大发现。善本室这套藏品，在法国和苏联的著作中似也未见提及。说来令人不信，东西一直在巴黎，难道法国人不识货，要中国人去发现？我想原因不外乎书号未入目录卡，不好查的缘故。法国人熟门熟路，找不到就作罢，以为没有；中国人晓得要入境问俗，入太庙每事问，这样，终于问了出来。

饱览半天，觉得是份珍贵史料，曾建议我们组长全部拍下来。由于没有这笔外汇，他支持我通读一遍。第二天，又去看，边看边作摘记，拟作一介绍文字，以引起国内有关方面注意。晚上整理笔记，发现摘抄缺上下文，不易正确把握文义；转念一想，何不全文副录，一天十张，一个多月即可抄毕。

说干就干，八月六日上午开始付诸实施。我们一行三人，虽说都在国立图书馆，但他们在东方部，我一人在善本室，免得日后有说不清的事，所以每抄一张，就在背面注明抄毕时间，如头五张分别为一九七三年八月六日十一点三十七分、十一点四十三分、十一点四十七分、十一点五十二分、十二点四十一分。万一查到我的时间表，不妨请人也过录一遍，看看是否需要这点时间，从而排除同一时间内旁骛他事的可能。

八月七日下午，又去抄了一两个小时。当天晚上，组长谈情况时说，驻外人员要坚持两人同行制度，意思很清楚了，于是只好老老实实待在东方部。而善本室的书，如还要去看，走前只消夹张纸条，注明日期，放在旁边的架子上，下次即可自己取阅；出纳员根据条上日期，逾期一周不去，即收书入库。我人就在图书馆，公告原件便搁于善本室书架上，但是咫尺天涯，真叫人无可奈何。难道这份珍贵史料，就抄了二十几件而告终？

当时，我们正为国内搜集公社文物，只好先熟悉公社史料，从经手的书刊中，把影印件抄录下来。这样，连善本室的抄件，共得近八十件。在三百九十八件中，这只是个零头。颇费筹措。

根据有关线索，得知一八七四年法国出过一本《法兰西政治墙》（以下简称《政治墙》），收录不少公告。某次，去圣丹尼博物馆，该馆辟有公社展室，叩问之下，借到《政治墙》一书。该书全部是影印件，上册是关于普法战争的，有一千二百页，下册为公社时期的，共六百七十六页。但只能在馆内查阅，不能携出。

此路不通，只好另辟蹊径。有一次参观巴黎圣母院旧址发掘现场，遇加尔纳瓦莱博物馆一考古人员。加尔纳瓦莱博物馆为专门展出巴黎市历史沿革的博物馆；公社的七十二天，也是巴黎市历史中的一段，所以该馆也是收藏公社文物的一大中心。参观完发掘现场，他请我们到公社时期一家有名的咖啡馆去小坐片刻。路上，我提到《政治墙》这本书，他说想必他们馆里会有，可帮忙找找，但不能保证借到。喝咖啡时，谈起我们带来两部文物影片，他表示有兴趣，下次放映时来看。等下次见面，他得意扬扬地擎着厚厚的《政治墙》跟我说，他们馆里的那本，为供读者查阅，不能外借；此书是他托朋友从巴黎市图书馆借来的，可抄，可拍，但走前务必归还。总算万事俱备，只等抄录了！

要抄的却有三百件之多，此时已是八月底，离回国只有半个月了。展览又临近结束，格外繁忙；巴黎展毕，移至伦敦，接着是中、法、英三方点交文物，我作为翻译更是寸步不能离开。白天忙展览这一份差事，晚上写简报之类，等人家闲下来，我开始搞正经的，大致从晚上十点抄到次晨两点。笔杆捏得中指上的肉都陷了下去，隐隐作痛，但还是振笔疾书，不敢稍停。当时，全部的兴趣与关注的对象，就是搜罗和抄录公告。抄完一张，不啻一个小小的胜利，集小胜为大胜，以期"全歼"。九月三日，文物展闭幕，下午三点半，当时的法国总理梅斯梅尔莅临参观，但不巧我三点钟流鼻血不止。故宫瓷器鉴定专家耿宝昌同志说我睡得太少，缺觉，上火了。好不容易，用冷水压下去，总算还能出场做翻译。

为求确切，我抄录时，尽量按原件规格，抄毕即核。文字有疑义，便利用在东方部看书之便，趁休息时间（照实说来，便是趁上厕所时旁人抽烟我不抽烟的空当），赶紧上善本室找出原件查对，同时转一转期。文物点交期间，有一个多星期没上图书馆。等九月十二日上午十点，文物装入几大密封车，往伦敦一走，我随即奔赴善本室，看到公告原件尚未收走，喜出望外，带着谢意问管理员怎么没收走，他说："先生不是关照过，不打招呼，不要收走吗？"说真的，收走事小，送去重新装订就麻烦了，因为《政治墙》里所缺的，有十几件还在这本原件里。忙碌一天，得以在离巴黎前夕，把文字部分全部抄毕。当晚，向第二十四号公告进军，这是一张国民自卫军兵员情况统计表。都是数字，比较难抄，故放到最后，没时间都拟放弃了。现在还剩最后一夜，就奉献给这张表，抄毕已是"二十六点四十一分"，即九月十三日动身的日子了。全部抄录一遍，在打字纸上抄了五百三十六页，约六厘米厚，总算大功告成！

动身那天一早，我第一个进善本室，进一步查对复核，紧张了一上午，到中午一点，非离开不可了。走前，还舍不得把这套藏品还掉，跟管理员说，我过两天不来，你再把藏品收回。其实，我四小时后，就得去奥利机场回国。我们三人小组，刚到巴黎住旅馆，后为节省开支，搬入文化处招待所。在这半个下午，得回使馆吃饭，三起拜辞，还有行李要归整，房间要打扫——后两项，承耿宝昌同志好意代劳了。晚上乘上法航飞机，吃过晚饭，可看喜剧片。我在法国五个月，没看过一场电影。机内收拾餐具的时候，我跟瓷器鉴定专家老耿说，让我先眯一忽。等电影开始，他推推我，我说对不起，你自己看吧，就这样错过了唯一的，也是最后的一场电影。积半个多月的疲乏，几乎一觉睡到了北京。

发现善本室的原件，纯属偶然，而能将公告抄回来，也属不易。不易者，不是说抄多么辛苦，而是过五关斩六将，哪一关卡住了，就搁浅抄不成了。

首先，善本室能向普通读者出借这套举世罕有的收藏，在国内是不可思议的。回国后为核查文字，曾托四位友人上巴黎善本室查过新订本，他们也都无甚困难地看到了原件。

有一位帮了我的忙，还感谢我，使他看到"真正真的真本"，深受教育。老耿这位文物专家，当时上善本室看了藏品，很觉惊讶，说他们怎么肯借给你。为了重新装订，新搜集到的近十张公告，如极为难得的第一号公告，就顺序夹在藏品里出借了！而故宫工作人员进库看瓷器，都要三人一起才能进去；外面人想看，麻烦的报批手续，令人却步。

其次，公告已送去重新装订，人家肯提上来出借，也算好商量。须知没有见过原件，不了解公告的来龙去脉，即使看到《政治墙》，也编不出一本《公告集》的，例证就是苏联《政治墙》有好几本，却没有出过一本类似的集子。

第三，《政治墙》也是上百年的版本了，一个素不相识的人，出于对中国人的信任，凭一面之交，就慨然借与，可谓热情豪爽。而没有这本《政治墙》，在我当时面临的处境下，副录公告将成泡影。

可以说，在图书资料方面，法方倒没有什么阻难。

我在拙编《公告集》前言里写道："本书主要根据巴黎国立图书馆珍藏部所藏《巴黎公社公告》译出。""珍藏部所缺各件，大多已参照《法兰西政治墙》一书补全。"写得颇为冠冕堂皇，看来也只能这样形诸文字，实际情况恰恰相反，公告大部分是依据《政治墙》抄的。一样花时间抄，谁都知道原件比影印本更可靠，更权威，这样做，自有苦衷。非不愿也，乃不能也！

或许有人会说，不能向有关方面反映反映吗？我何尝不愿意改善一下自己的工作条件，也多次表示图书馆里有些难得的史料要查抄，但当时普遍的精神状态是，多一事不如少一事，不出事就上上大吉，所以展览十二日结束，我们十三日就回国了。我曾考虑找更上的上级领导，但斟酌再三，觉得不宜过分坚持：我又不在史学界，人微言轻，说我发现了一份价值连城的史料，不免贻笑大方；因机票已订好，提出想在巴黎多留若干时日，改也难，弄得不好，反会被人怀疑另有所图！

我认为，有些规定和守则是必要的，使大家有所遵循，但某些有利条件，可利用的，也应善加利用。画地为牢，作茧自缚，自己限制自己，于工作无益。像抄录公告，至少还算搜集革命文物，若是其他专业资料，或许没有堂而皇之的理由，虽同样可遇而不可求，由于这样或那样的规定，失之交臂，不是深可惋惜吗？

我很幸运，凭着借阅方便，加上一点努力，总算把海外孤本副录了一份带回国内。爱迪生说，搞发明创造，"一分灵感，九十九分汗水"。我当然谈不上什么灵感，但《公告集》之能成书，却在于灵机一动，想到"抄"这个办法。不抄，

今天可能还没有《公告集》。——现在，书出了，研究公社
史的同志看了或许觉得还有点价值，当初我给杂志社写过一
篇文章，但是人莫予信，退稿；有鉴于此，估计北京很难接
受，才把《公告集》译稿投寄上海人民出版社，于一九七八
年三月份出平装（三万）、精装（数千）两种版本刊行。同样
内容的文章，到《公告集》出书前夕，略加改写，寄交《人民
日报》，始蒙刊登，到这时人家才承认你介绍的史料有价值！

　　国立图书馆进门左首，设有照相复制部，如需资料，填单
子即可代拍。整套公告照相复制，太应该了，就是费用可观，
远非个人能力所能办到。舍现代复制技术，而取手工方式抄
录，是不得已而为之。"抄"是没有办法中的办法，全靠工作
之余，就显得更艰苦一点。搞革命，总得奋斗，甚至牺牲；光
扬革命事业，虽然性质上程度上不能同日而语，但有时也需奋
斗，做点小小的牺牲。列宁说，一八七一年起义，"巴黎总共
损失了约十万子弟，包括所有各行业的优秀工人。"公社战士
浴血奋战了七十二天，我充其量，只是少睡了一个多月。遇到
点阻难，更足以使人激奋，借以表示对公社英雄的一点敬意。

原载《世界史研究动态》

一九七九年第一期

贴在墙上的革命史诗

　　一八七一年三月十八日，巴黎的工人阶级和劳动人民拿起武器，赶走了梯也尔反动政府，掌握了首都的政权。第二天下午两点钟左右，渴望了解时局的人群聚集在国家印刷厂刚印出来的公告前面。"公民们！巴黎人民终于挣脱了别人一直想强加于他们的桎梏……让巴黎和法兰西共同来奠定共和国的基石吧！巴黎人民请各回本区，进行公社选举。全体公民的安全，由国民自卫军负责保证。"这就是掀起上世纪最伟大革命的国民自卫军中央委员会，在巴黎起义之后，最初发布的《告人民书》，也即巴黎公社革命时期的第一份公告。

　　公社起义时，还没有广播等现代通讯设施。原政府的官方报纸《法兰西共和国公报》（以下简称《公报》），在领导起义的中央委员会接管之后，经过改造，沿用原名，到三月二十日出了第一份报纸，成为巴黎革命政权的机关报。《公报》和公告，都是公社时期的宣传工具，有些重要的文件，往往互见于这两种出版物。但公告以其形式简洁，反应灵便，一事一份，贴在街头显目之处，能使消息的传布不胫而走，甚至当天的事当天就能传达到群众之中。如三月二十八日早晨贴出一份公告："巴黎市公社议会的选举结果，定于今天下午四点整，在市政厅广场当众宣布。"那天，得讯前来参加公社成立大会的，就达二十万人之多。会上掌声雷动，炮声隆隆，庆贺新制度的诞生，欢呼新纪元的开始。

整个公社时期，出过一套自成编号的公告，计三百九十八件。其中，在中央委员会临时执政阶段，从三月十八日起义到二十八日移交政权为止，发布公告共三十七件；选举产生的公社成立之后，共出三百六十一件。平均每天出五六件，每件通常印六千份，个别的只印两千份，也有印一万份的。

三月二十八日，世界上第一个无产阶级政权诞生后，公社发出第一份公告——第三十八号公告。公告一开头，便气壮山河地宣布：

巴黎公社为现今唯一的政权，

特此颁布：

第一条　凡尔赛政府及其附庸发出的命令或通告，今后对各国家机关的职员一概无效。

第二条　任何官员或职员，凡不遵照本法令

者，立即撤职。

废除旧法统，正是为了确立新政权。正如马克思在总结巴黎公社历史经验时指出："工人阶级不能简单地掌握现成的国家机器，并运用它来达到自己的目的。"革命的公社战士，着手创建无产阶级专政的新型国家，致力缔造一个新的世界，发挥了改造社会、创造历史的首创精神。

公社相继颁布法令，采取了许多维护劳动人民利益和表明公社真正意义的措施。恩格斯认为，公社所通过的决议完全是无产阶级性质的。"有些决议把共和派资产阶级只是由于怯懦才不肯实行的，然而是工人阶级自由活动的必要基础的那些改革以法令形式确定下来，例如宗教对国家来说仅仅是私人事情的原则。有些决议则直接有利于工人阶级，并且在某种程度上深深刺入了旧社会制度的内脏。"属于后一种带社会主义性质的措施的，是颁布关于房租、没收停业工厂和作坊并将其交给工人团体、禁止工厂罚款、无偿发还典当物品等法令。公社成立的第二天颁布的房租法令，规定围城以来的三个季度，房租全部免缴。这项规定，保护了遭殃挨饿的工人、职员和小资产者，打击了房产业主的利益。在这份公告前面，贫苦百姓笑逐颜开，房东先生却光火恼恨，暴跳如雷，把鼻子都气大了。

概括起来，工人阶级在掌握政权的短短两个多月中所发出的全部公告，起到维护革命秩序，保卫新生的红色政权，实行无产阶级专政的作用。其内容包括公社的政令和决议，前线战况和各类通知，涉及政治、军事、经

房租法令把房东先生的鼻子都气大了！

济、文化、市政、教育等社会生活的方方面面。从某种意义上讲，公告是逐日编写，贴在墙上以供群众广泛阅取的公社纪事，是公社联系群众的纽带与桥梁。公告宣传了革命，反映了公社的斗争实绩，记下了公社的前进步伐，推动了革命的发展。

梯也尔政府对公社散布公告所产生的广泛影响和强大威力，十分害怕。为了防止外省响应巴黎公社发动起义，千方百计地没收巴黎寄出的一切书报文件。但是，它并不能完全达到封锁的目的。革命导师马克思当时侨居伦敦。他在巴黎工人起义之后，立即以参加者的姿态，密切注视巴黎革命形

势的发展，阅读各种报刊，摘录大量资料，其中就包括公社的公告。他在《法兰西内战》一书起草过程中，通过报刊引用的公告文字即有七八次之多。

由于公告印数本来就不大，经过张贴，加上战乱、人为的销毁，以及流失和蠹蚀，公告原件已成为难得的珍本。巴黎国立图书馆善本室在上世纪末或本世纪初，曾将搜集到的公告，汇订成对开本，两厚册。所藏公告，均为原件，用的纸张大多为普通的白报纸。有些公告，取自留存在印刷厂的校样或清样，印在较薄的打样纸上，油墨也浓淡不一。个别公告揭自街头，依旧留着当年的硝烟弹痕和墙壁粉屑，作为历史的见证，弥足珍贵。这部公告装订虽较朴素，却完好保存了革命文物的风貌。展读之下，可以想见当年公社战士在战鼓炮声中，伫立街头，专心阅读，从中汲取力量，受到鼓舞，紧握枪杆，进行战斗的情景。这是革命的史诗，字里行间风云激荡，使人感奋，仿佛置身于伟大的革命岁月。今日之下，仍激励我们学习公社社员的英雄气概，发扬他们的首创精神，为实现壮丽的共产主义明天而勇猛前进！

原载《人民日报》

一九七八年三月二十一日

东京勃拉姆斯小街

记邻国东京的繁华街市，述银座新宿的胜事盛况，这类文章非大手笔不办。本文仅择也是繁华区的原宿，就一条小街做点偏僻的介绍。

《东京旅游指南》称："勃拉姆斯小街，以颇具巴黎风貌胜。"知道京都有条"哲学之路"，乃哲学家西田几多郎生前在此小径散步作哲学之思而得名。查勃拉姆斯，生平从未远涉重洋，到过东京，其命名当别有渊源。

照指南指点，在竹下通一家古本屋（旧书店）旁往右转弯，即拐进一条幽静的小街。原宿一带，是年轻人聚会之地，万头攒动，热闹非凡。但一步入小街，就别有洞天。"初极狭，才通人"，街面只有两三米宽，是条专供"步行者用道路"。街旁错落有致的，是一爿爿、一家家服饰店、精品屋、咖啡馆、画廊等。店屋结构设计精巧，橱窗布置尤见匠心，既高档又高雅。高档往往流于商业气，高雅则具艺术情调。小街依顺各店面格局，略有曲折。边边角角的地方，芳树青翠，杂花斑斓。路灯有的白昼照常点亮，一式仿巴黎旧时煤气灯样，以营造一种怀旧氛围。

小街前半段处，在一家叫 Luseine 的咖啡馆前，花岗石底座上置一尊青铜胸像。走近一看，正是 Johannes Brahms 雕塑，座柱上刻有这位德国音乐家的生卒年：一八三三——一八九七。勃氏《D 大调小提琴协奏曲》基调明朗，意境开阔，与贝多芬、门德尔松、柴可夫斯基的并列为世界四大小提琴协奏曲。他四十三岁时写的《第一交响乐》，被认为是贝

一九九三年秋于东京，勃拉姆斯像前

多芬之后最成功的作品，时誉称为《第十交响乐》。音乐史上有"德国三B"之说，即指 Bach、Beethoven、Brahms。胸像后面这家咖啡馆的招牌里，含有"塞纳"字样，或可称作是"塞纳"咖啡馆，可能为唤起游人的巴黎思念，而不要误以为已入"独意志境"（按：日人称德意志为"独"）。话要说回来，这咖啡馆的装潢，倒是地道巴黎式的，沿街都是落地大玻璃窗，满座的高朋可以直视川流不息的人群，当然也不妨碍行人反观玻璃座内的喝咖啡客。你看人来人看你，想必观察他人行止，不失为一种小小的人生乐趣。进这咖啡馆的，大多喜据临街的座位，故在收银柜旁站着两三批候补饮客，我们就懒得进去凑热闹了；尤其那些座上客悠然自得之状，大可叫人等得意兴阑珊。日本商店取英文店名的已自不少，这里即有多家仅以法文额其门楣，大概以显其优雅脱俗。有一家精品屋，造得像十八世纪的法国贵族府邸，门前有一圆形喷泉，就叫 Le Château de Fontaine——喷泉城堡。比起前街后巷，这里的游人不算多，但拍照留念者不少，大都是来寻幽探胜的。这条颇具特色的小街，长仅百米，走出下半段街口，是一家"莫扎特咖啡馆"。这又有何讲究？原来该咖啡馆播放的，全是莫扎特乐曲；莫扎特音乐具声音之美，尤其动听。据悉莫扎特全部作品，现已录成两百张激光唱片,那是能放一阵,而不至于时时重复。

咖啡文化加异国情调,也不独对日本人有吸引力。我们去的那天,就见有欧美人士流连于此,想正是为求证巴黎印象而来。巴黎号称花都、时装之都,绿树荫中簇拥座座白色裸雕,有种艺术气氛,甚至浪漫情调。我这北京的"老巴黎",这次有幸来日本旅游,特地寻访这条小街,更添一层他乡怀旧游的情致。身临此街,仿佛是从蒙马特高地走下来,进入专售绘画工艺品的幽静小街;感受上有一点不同的是,这小街风味里多出了一点名店的奢华,也许是觉得摹仿巴黎而不得其豪奢,就不足以尽巴黎的极致?

归途中,偷得古人句,拼凑成一绝:

摹拟几欲迷人眼,得趣却是怀旧游。

最是小街行不足,勃氏像前任去留。

原载香港《大公报》

一九九三年十二月八日

译书识语

名著须名译。名译者，名家所译也。对广大受众，本书译者愧非名家；只在同行中，薄有虚名，恒以"没有翻译作品的翻译家"（traducteur sans traductions）相戏称。性好读

一九九四年浙江文艺出版社初版

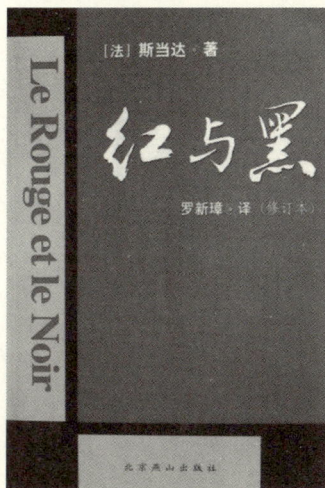
译者自署自定封面

书，懒于动笔，只译得《特利斯当与伊瑟》《列那狐的故事》《栗树下的晚餐》等中短篇，《红与黑》为生平第一部长篇译著。朝译夕改，孜孜两年，才勉强交卷，于译事悟得三非：外译中，非外译"外"；文学翻译，非文字翻译；精确，非精彩之谓。试申说之：

一、外译中，是将外语译成中文——纯粹之中文，而非外译"外"——译成外国中文。此所谨记而不敢忘者也。

二、文学翻译，非文字翻译。文学语言，于言达时尤须注意语工。"译即易"，古人把"译"声训为"换易言语"的"易"，以言文学翻译，也可说，"译"者，"艺"也。译艺求化，只恨功夫不到家。

三、艺贵精。但在翻译上，精确未必精彩。非知之艰，行之唯艰耳。

比起创作，翻译不难。难在不同言而同妙，成其为名译也。

原载浙江文艺出版社初版《红与黑》书末

一九九三年十二月十四日

译者附识

这里附上一篇与斯当达、与《红与黑》，完全无关的文章，但，是一篇好文章，值得一读。《礼记》上说："乐（yuè）者，乐（lè）也。"声乐，器乐，令人愉悦，以之涵养性情。我觉得，人，天生就秉具音乐的潜质。婴幼儿在不会说话、目不识丁之前，已会用哭喊、用声音，表达其不适或饥饿；当然，更会以咯咯笑语，表示其不胜欢欣之意！"凡音者，生于人心者也。"音乐之妙，是能用声音沟通古今，通达人心。吴宁《她是为你弹的》一文，虽谈钢琴演奏，必能唤起人人对音乐心底的感悟。

朱晓玫演奏《哥德堡变奏曲》无数遍，三十年如一日，敬畏巴赫如敬畏神明。为完美呈现巴赫作品的精义哲理，为把无声的乐谱转变成有声的音乐，殚精竭虑，惟精惟一，潜心于识读，以自己的理解，演绎得精彩焕发。精神可佩！

有了朱晓玫的范例，我才不怕见笑，敢说说自己译《红与黑》的历程。迄今《红与黑》全文，已看过不下三十遍！

应浙江文艺出版社之约翻译此书，一稿，二稿，三稿而交卷。一九九一年二月开始译，一章一章分章译，二稿亦分章改，三稿才合起来，上卷下卷分两次交稿。约定一九九三年春节截稿。以为春节在二月，不料那年在一月。待我二月底交稿，第一批几本书已发印厂，拙稿要等九四年那一批一起发。译后抽空，花三个月功夫，把上下卷连贯起来，首尾通读一遍。凡言语相重者，换易或点去数字，使行文更精炼。询得拙稿尚搁在出版社，便专程去杭州，誊录在原稿上，并快读一遍。初校与清样，曾两改校样。至一九九四年六月书出，捧着新印出来的样书，又细读一遍，发现居然有七个错字，叫苦不迭！为浙文社初版本，前后已看了八遍。

为减少错字，凡有出版社采用拙译，都力争看一遍，提供一"无错字"发排稿。但出版社往往有自己一套规章做法，常改动译稿的版式和文字，故每次发稿，势必要重读，扳回此书原著格局。承出版社见重或时间允许，则与法文原著校读一遍，需时三四个月，如是者计有四次，分别为北京燕山出版社二○○三年版、山东文艺出版社二○○七年版、对外翻译出版公司二○一○年版和河南文艺出版社二○一三年版。这次为长江文艺出版社，又与原著校对一过。与原文多次对读之下，理解问题，不时请教友人和法国朋友，所有疑难大致已解决。翻译需天才独到,如朱生豪;亦需严谨缜密,凡常如我辈。下卷,于连与千金小姐私会之前,想到侯爵的知遇之恩,不免感慨一番,斯当达这样表述:Ce mot fut le dernier soupir de sa reconnaissance pour M. de la Mole,见第十三章末;而十四章刚开头,玛蒂尔德在幽会前夕,曾请求母亲允许她暂去微矶邺韬光晦迹,一避了之,斯当达写道,Ce fut le dernier effort de la sagesse vulgaire et de la déférence aux idées reçues. 本书最初因分章译,各自为政,到河南文艺出版社出版时,才看出两人走出人生重大一步之前,文字上以 le dernier 前后有呼应,只怪自己虽然看过无数遍,读原著还不够细。到这次为长江文艺出版社准备发排稿,读到第三十一遍,才想出妥善的译法:于连的"最后一次慨叹"与玛蒂尔德的"最后一次努力"!本《红与黑》译本,就是通过一遍遍读,才一遍遍"磨"出来的;也是通过一遍遍读,逐渐加深对原著的理解。最初读,读到一个故事;读进去,才咂摸出人物的心理。根据此书改编的几部电影,基本上讲一个完整的故事。得其粗者,看到这是一本故事小说;得其深者,乃见一本心理小说。于连与玛蒂尔德彼此探测,唇枪舌剑,思绪交锋,尤其在下卷第八章到二十章,写得曲折而深细,不愧大家手笔。李健吾把十九世纪法国小说三名家作比较,指出："斯当达深刻，巴尔扎克伟大，但是福楼拜，完美。"深刻，比伟大和完美，更重要！斯当达可以说就是靠一部《红与黑》，站上世界文学的高峰！

愿上天赐我机缘，今后还能怀着莫大兴趣，精益求精，不断琢磨和改进拙译，以利识者阅读！

记于二〇一四年十一月廿八日

阿拉伯数字莫乱用

巴黎久客归来，拿起中文报刊，真有一日三秋、刮目相看之感。

以视觉感受而言，眼下报刊上排得浑成一体的中文稿已很少见。诸如"28 佳人"（二十八佳人？），"熟读唐诗 300 首"（也可读作"熟读唐诗三零零首"，七言变八言），令人哑然失笑。尝见某副刊载一文，引杜牧"南朝 480 寺"，我不禁为"24 桥明月夜"担心，更为"30 功名尘与土，8000 里路云和月"捏一把汗。汉字里夹阿拉伯数字又不分场合，方凿圆枘，常不能相间相形，很不好看。这不光是我一个人的审美趣味问题。阿拉伯数字（原为古印度人发明，流传至阿拉伯地区后才传播四方），进入英法文，应该说顺理成章，但注意品位的英法文书刊，也用得很有节制，如法文"二十岁"（A vingt ans）、"二十世纪"（Au XXe siècle），都写全字母（en toutes lettres）或罗马字，也不写数字。奥威尔的代表作，董乐山把书名译作《一九八四》，近译径作《1984》，查

George Orwell 一九四九年六月八日出版的初版封面，题名作 *nineteen eighty-four*。出身和教养，决定奥威尔不会把书名写成阿拉伯数字。雨果的名著《九三年》，法文书名一直是 *Quatre-vingt-treize*（雨果自己习惯于连写，成 *Quatrevingt-treize*，见书影）。好书有好书的品格，劣书有劣书的腔调。只有不讲格调的大路货读物，才滥用阿拉伯数字。或许认为这也是与国际接轨之一途，但接轨也慎勿接成低层次。

阿拉伯数字，近年来在我国书刊上用得过多过滥，用者自称是根据《关于出版物上数字用法的试行规定》（一九八七年一月一日颁布，以下简称《试行规定》）。可这个规定的总则说得很清楚："凡是可以使用阿拉伯数字而且又很得体"时才用——用得不得体，一是直接违背《试行规定》的有关细则，二是做了破坏汉字美观的蠢事。总则中还预为防范，提

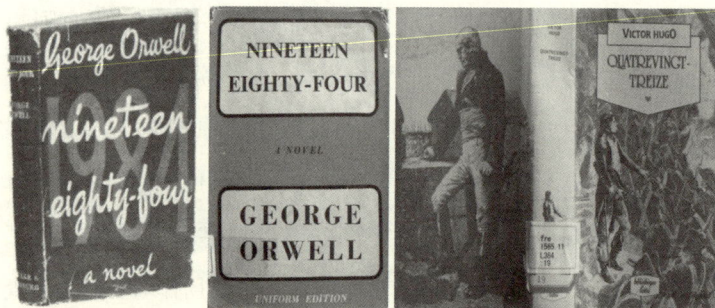

出，倘"遇特殊情形，可以灵活变通"；现在是"灵活变通"不足，生搬硬套有余。总则里特别提到，"重排古籍、出版文学书刊等，仍依照传统体例。"——"熟读唐诗 300 首"云云，蘅塘退士题辞里的话，应属"古籍"范围，可惜一些书刊忘了自己还是"文学书刊"！古籍重排、文学书刊，仍依传统体例，以我的阅读感受而言，经国文章、学术著作，也以仍用汉字数字为得体。

总结新闻出版的经验，本着"清楚、简便、适用"的原则使用阿拉伯数字，原是合理的。此外，似还应考虑到"美观"这一项。鲁迅先生创汉字"三美"说，"三美"之一是"形美以感目"。形美固然感目，形恶也可刺目！数字报表，理工书刊，严格按《试行规定》办，统一规格，醒目易识，大有好处。但一般书刊，尤其是古籍名著典藏书之类，在顾到清楚便捷的同时，也不可不注意美观。各种传媒倡导"爱我中华"，想必其中也包括爱我中华的文字，爱我天天都会看到用到的汉字！

原载《人民日报》

一九九四年八月十日

自家文字"他者化"

鲁迅先生论汉字称:"诵习一字,当识形音义三:口诵耳闻其音,目察其形,心通其义,三识并用,一字之功乃全……故其所函,遂具三美:意美以感心,一也;音美以感耳,二也;形美以感目,三也。"几千年来,汉字已发展成一种独立而完善的文字体系,并立于世界语言之林而毫无愧色。这千万先民的智慧创造,值得今天的我们千万珍视,保卫和发扬汉字文化(Défense et illustration de la langue chinoise)于不堕!

然而,不予珍视的现象,近年来日渐有所抬头,如汉字数字之遭阿拉伯数字侵迫、替代,愈演愈烈,一发而不可收拾。前不久见乐天派语言学家撰文,论证《汉字:永葆青春的文化精灵》;就在该"永葆青春"的宏文里,却意外地葆有若干非汉字所固有的阿拉伯数目,文章言"永葆",自己就没"葆"住!现在打开报刊,随处可见这种不伦不类的表数方法:"1个月中2次车展""用来建造金字塔的石头总计为

6848000 千吨，如果用 7 吨的货车搬运，则需要 978286 辆车皮。"1 个月中 2 次车展"，这种时髦写法，是正是误？这种写法如值得鼓励，那么不久我们就会有幸读到"1 国 2 制""1 日 3 餐""1 年 4 季"等了。如说与国际接轨，至少在英法文（two autoshows in one month or deux salons de voitures dans un mois）中，用阿拉伯数字代之会给人笑话，讥为趣味恶俗（de mauvais goût）。再者，以金字塔石头重量为例，口诵其音，"六八四八零零零千吨"，目察其形"6848000 千吨"，能心通其义为"六百八十四万八千千吨"吗？并不是汉语表数手段贫乏得不能达意而需要引进，现在是汉字数字本来可说得一清二楚的，六十八亿四千八百万吨，改用洋数码反而含混不清了，真不知是何居心，宁舍良好的传统而取蹩足的外来？至于见诸报端的"南朝 480 寺"，七言变六言，则三美俱失矣。

时至今日，正确使用作为汉字组成部分的汉字数字，变成落伍、保守、不规范，甚至视为违法；在出版传媒部门，多出一批热心人，似对汉字数字特别有仇，非要革出教门，而把洋数码奉若上宾。不肖偶一为文，投寄报刊，为数字写法，就常跟编辑起争执：稿上是"二千五百馀年"，印出来成"2500 馀年"（确数与概数抵牾），"八十年代"变成"80 年代"。你去说理也没用，就得执行，个别部门甚至荒谬到图书审查中把使用汉字数字也算错误之列！汉字是亿万中国人的公器，不能因几千万分之一的人对阿拉伯数字特别爱好，迫令大家去做这种可笑复可悲的换字游戏。目前各种报刊大多已向阿拉伯数字体制靠拢，除把汉字版面的匀整美观破除无余，汉字系统又向国际惯例前进了几许？或过头了几许？

《人民日报》一月八日编者按指出：民族语言的纯洁和尊严，"关乎汉语言文字的命运，关乎中华民族的文化自尊"，说得深中肯綮。每一个爱我中华的人，理宜爱我中华文字的纯正与美观，抵制对汉字文化的糟蹋与破坏。阿拉伯数字对方块汉字的杀伤力，远大于省笔简体，因简体尚属汉字体制的一种演进，而非外来。前几年，国际上讨论后殖民思潮颇值得注意，提出第三世界面临一个怎样对待本土文化，怎样从西方支配性的殖民话语中走出来的问题。面对西方的文化霸权，发展中国家似应捍卫本土文化的纯正，加强自身文化的认同。现行的数字用法，恰恰在削弱汉字数字的认同，增强着洋数码意识。足见"文化自尊"不足，数字自卑有余。强行推行洋数码，肯定不会是在西方殖民势力授意下炮制出炉的，但将自家文字"他者化"，实际上已被"后殖民"！这绝不是危言耸听。近代以来，倘如说西方人文科学充斥着殖民话语，那么这种殖民话语对我国的学术文化思想就不会没有一点点影响，伟大如马克思，其亚细亚生产方式与东方专制主义的论述，萨伊德尚且认为是受到近代以来西方中心主义历史观的影响。中国知识界去"半殖民"未远，岂能掉以轻心？

原载《文汇读书周报》

一九九七年四月五日

致《开卷》编者函

□□兄：

　　《开卷》奉悉，甚谢赐览。开卷落实在"卷"，重在有书卷气。文化文化，人文之华也，本身即意味一种升华。办报办刊，一琴一鹤，可喜可贺。不才现忙于赶翻译进度，连复信都腾不出时间，遑论撰稿。说实话，搞翻译本已勉强，写文章更非所长，希谅。

　　第二期陈子善文，文甚善，只是"20世纪80年代以降"云云，若喜欢赶时髦，固勿论矣，而引傅雷文字，均改易成阿拉伯数字，"再过3星期""只有3天""40年以上""5分钟"等，据我所知，傅氏对汉字简化就有保留，更不要说后起的阿拉伯化了。一九五六年十一月出版的《于絮尔·弥羅埃》一书，书名由先生毛笔自署，其中"羅"字，出版社要求改写简体，几经争执，坚持不改，还是照印。他自己死也不会写这种似洋非洋的阿拉伯中文的。连翻译，怒安先生都要求"译文必须为纯粹之中文"，如看到自己纯正文字印得阿拉伯随处开花，以他对版面要求之严，恐怕会怒而不安，拍案而起的。有些出版社，除鲁迅可免阿拉伯化，余者皆无不可，这种新等级制，无奈太势利眼！查阿拉伯数字用法规定是一九九六年六月一日起实施的（此前《试行规定》已试行近十年），凡是重版重排此前的文字，敝意数字以保持原用法为好，切勿一律阿拉伯化。像现行做法，鲁迅汉字数字，傅雷阿拉伯化，会以为傅雷是他去世后三十年，一九九六年，自己用新数字思维写的文章呢！再者，在十三亿人的阿拉伯数字狂热或狂欢中，出版界应有雅量，允许少数十百千人，尊重他们纯正的文字趣味与雅洁的文化心理，继续写他们的汉字数字而不受干扰。让雅者自雅，俗者自俗，各得其宜，不亦快哉！

再回到本题，吾十五有志于学，与我 15 岁上高中，这两个十五有何质的区别？为何一汉一阿？纯是"文改会"胡闹！是胡闹，就当真不得。汉字数字，是数字，但也是文字，如"十年如一日""行百里者半九十""不怕一万，只怕万一"。而阿拉伯数字，说到底，只是符号，用于理工图表，是展其所长，而不宜进入文字之中，如汉语说二三其德，阿拉伯代得进去吗？ 23（二三，还是二十三）其德？"一万"与"万一"，阿拉伯有表述的本领吗？汉字数字与阿拉伯数字最大的区别在于，一是文字，一是符号。如今人为地要用符号去取代文字，承担阿拉伯数字承担不了的功能，必然会暴露出欠缺与不足。眼下大多媒体，不及细辨，只知跟风，舍是取非，而且积十年之功，大有习非成是之势。长此以往，纯正汉字文化将不复存在！一时激切之言，幸勿为意。

　　专此，顺颂

文祺！

原载《开卷》同年第八期

二〇〇〇年六月二十二日

师范可风

我跟许先生仅一面之缘，却留下终身难忘的印象。

说终身难忘，只是印象，其中的细节，生动的谈话，真想捉诸笔端，已记不起许多。诚如法谚所说，la mémoire est courte，记性苦短，虽然还只是十年前的事。

我非北外出身，与北外自无渊源。只为我在《世界文学》译了两篇莫洛亚的短篇，承北外友人转告，说郑福熙先生（北外原法语系主任）认为译出了水平。待一九八四年拙编《翻译论集》出版，大概在下一年九月，一日忽得郑先生赐函，云论集在北外颇获好评，拟请我到校作一次学术报告，题目自定。自问一向搞翻译，无学问可言，又从未教过书，怕不善言说而婉辞。郑先生覆告：《翻译论集》里就有学问，不然，讲述一下编书经过，就是现成题目。自忖究非诸葛亮，不遑三请，二请也当不起，只能勉为其难，硬硬头皮充好汉。生怕讲不好，不敢兴师动众，提议只身骑车去，郑先生坚持派车来接。而来接的车上，赫然坐着郑先生——也是与郑先生初次见面（郑先生亦于一九九一年作古，并此痛悼）。去北外途中，郑先生透露：是许国璋先生盛情邀我去的，这车子也是靠许先生的面子。

更想不到的是，薄暮时分，学校门口，站着许先生及其二三高徒。礼贤下士，非常过意不去，慌忙下车。许大教授说，请你来讲学，无以为酬，聊备菲酌；我逊谢不已，愧称无功受禄。许先生带我们一行，朝饭厅走去。先生高挺身材，几人相随，突然想到苏格拉底与子弟行散讲学之景象。先生对我说，《翻译论集》他翻了一遍，推奖为同类四五本书里功夫下得最深、编得最好的一本，故请我来给同学们讲讲治学心得。我表示抱歉，因与许、郑诸先生不熟，拙编没有寄呈求教，但我是许先生千千万万桃李之一，只不是个好学生，《许国璋英语》没学完学通。先生认为，《许国璋英语》之大行其道，只表示英语界的落后，称这是他早年编的一套书，自己的旨趣现在已转向语言哲学方面。席间，先生问起我求学与工作等情况。

记得讲课是在大阶梯教室，那时大学生很好学，场子还很满。许先生作介绍，夸我虽专修洋文，却饱读经书，能发掘出《法句经序》《波罗蜜经钞序》等古代译论——这是《翻译论集》有别于其他编本的一大特色。其二，也兼及今典。

"金岳霖先生是我的老师，他的《知识论》是部艰深的哲学著作，而编者颇有眼光，从中选取'论翻译'一节，为其他书所不收。"——我想，许先生后来专精于语言哲学，或许正得力于早年的师授。

这次大课，我不自量力，搬弄起古代译论；为求生动，也举了论集里三二译例。最后一例是：This film is a dramatic treatment of a threatened stoppage in a factory. "影片是对一家工厂的一场受到威胁的罢工的戏剧性处理。"

此乃直译，甚至是硬译。"译"即"易"，变换一下句型："本片用戏剧手法，表现一家工厂面临罢工威胁的情况"——意思就清楚多了，句子也清顺多了。运用之妙，存乎一心。

等我讲完，许先生结合留在黑板上的上述例句说："外语要学得纯正，中文也要用得地道，中译外，外译中，务求善出善入，不可不注意于翻译理论与翻译技巧的研究。所以敢把《翻译论集》推荐给大家。"

学问乃寂寞之道，要能够坐冷板凳。越深越难，往往是凭钻研的兴趣，学有所得，即乐在其中矣。意外得到像许先生这样一位可敬前辈的奖饰，自是幸事。尤其是当时，正值我自中译外向外译中转轨之际，因谬受原先单位器重，不欲放走,但我坚持,便褫其华衮,仅以身免;到了新单位,人地两疏,落得"我本不弃世,世人自弃我"的境地,故对许先生的关垂,触绪良深,忻忻鼓舞。一九九四年十一月在杭州开会,突闻许公仙逝。大家说起许先生生前身后事,唏嘘良久。回房间时,与同室的黄源深教授说起:许先生对我还有知遇之恩。作为在语文学界有地位的长者,对后学哪怕是一点点成绩,惠予好评,乐于揄扬,师范可风。而看到出了一本好书,为读书界高兴,一再向门人学生推荐,更是可贵的书生意气。不意黄君听罢,摆摆手说:阁下所说的知遇之恩,还是小焉者也。十几年前,我以无名之辈,在英语教学会上放了一炮,得到许先生称赞,一言九鼎,改变了我的命运,从此峰回路转,而有今日。接着讲出一个有声有色的真实故事,不像我的叙述这么单薄浅陋,不足道哉。

一九九五年二月　北京劲松

趣话《都兰趣话》

这是法国现实主义大师的一部非现实主义戏作。

巴尔扎克也许是最早下海的成功作家。说"成功"，是指作为作家，而非下海。他搞出版，办印厂，改进造纸工艺，接连招来破产，倒闭，期票的追逼，高利贷的盘剥，是现实把他逼成一代现实主义大师！从此，巴尔扎克的名字，与《人间喜剧》结下不解之缘。但泛览之下，会发觉林林总总的《人间喜剧》里，与但丁大师的《神曲》一样，实在没有多少喜剧可言！原来此公的喜剧情趣在现实的压抑下处于监控状态……《人间喜剧》里灌注不下的，才失控洋溢到另一部书——《都兰趣话》里。一八三二年，巴氏着手写统括长长短短近百部小说的《人间喜剧》之初，就双管齐下，开始驰骋想象，拟写笑言戏谑的《都兰趣话》百篇。这位都兰作家看好《都兰趣话》，甚至认为自己后世之名，端赖此书——这只能当作第一百零一则"趣话"！

撰此《趣话》，作者自有一套"故事理论"："已知有一丈夫，一妻子和一情人，要求由此推导出一百个互不相同的故事。"唯大手笔才能化一为百，把人间七情六欲写得放诞风趣，令人解颐捧腹。并自诩这是"滑稽缪斯的淘气之作"！各篇故事，满纸笑谈，常常一语双关，三句不离风月，事涉猥亵而无秽话，无需口口口口，此巴大师之所以不同于王博士册封之贾大师者也。状人间名喜实悲之活剧，固然鬼斧神工；写风月烟粉之趣话，也称得心应手。有些精彩段落，直逼《十日谈》；不少诙谐文字，堪比《笑林广记》。

书中《女妖媚人案》一篇，深得《十日谈》译者方平先生赞许，誉之为"为荒谬的时代写照"。美貌多情的摩尔姑娘，受纨绔子弟伺奉，过着珠围翠绕的买笑生涯，积小致巨，富埒王侯。教会头子垂涎其财货，竟丧尽天良，把她诬为女巫，垛柴烧死。烬尽，香消玉殒，仅剩一胃骨，似舍利不化，金刚不坏。案子本无中生有，所以软胃得炙成硬骨——此乃巴氏妙笔。译者施君康强加一注："胃骨（os stomachal），据字面译出，其义待考。"——注与正文，相映成趣，都笔有藏锋，可谓善滑稽矣！

巴尔扎克写此《都兰趣话》，是拟拉伯雷，用"仿古"笔法；施君传译此书，文字上也下了不少"做旧"功夫。原作行文，古色斑斓，纯是古法语正宗；译文力追明清白话小说笔调，以复制原文风貌，堪称旗鼓相当。书里各篇，前有Prologue，后有 Epilogue，一般译作"前言""后记"，译者仿《桃花扇》首尾两折名目，译作"先声""余韵"，颇见匠心。

译《人间喜剧》，傅雷先生当推为近代一大家。巴尔扎克写《都兰趣话》，则换过一副笔墨，发挥其高卢人、都兰佬之喜剧天性，荒诞不经，微言大义。译者施君饱读中文法文三教九流之杂书，于译事之余，常作不拘一格之文，或在学术性文章中杂以趣语，或寓学术于随笔闲文，时见其淹博与风趣。译巴氏这本奇书，当是理想人选。又，此书本次由内蒙古人民出版社新版，增入英国名家所作之木刻插图若干帧，珠联璧合，更成精品佳帙。（精印插图本《都兰趣话》，[法]巴尔扎克著，施康强译，内蒙古人民出版社一九九五年版）

原载《文汇读书周报》

一九九五年六月三日

翻译完全可能有定本

翻译不可能有定本?

翻译完全可能有定本!

这不是理论上的推断,而是实践作出的回答。翻译有定本,不自今日始,直可追溯到史初。纪元前的刘向(前77—前6),在所撰《说苑·善说》篇引述《越人歌》,记楚令尹鄂君子泛舟江上,榜枻越人悦之,拥楫而歌:"滥兮抃草滥予,昌柢泽予,昌州州,堪州焉乎,秦胥胥,缦予乎,昭澶秦逾,渗惿随河湖。"据语言学家韦庆稳考释,《越人歌》系古僮语:今"原文具传,尤为难得"(梁启超语)。可惜鄂君子不解其意,"乃召越译,乃楚说之曰:今夕何夕兮,搴舟中流;今日何日兮,得与王子同舟! 蒙羞被好兮,不訾诟耻。心几烦而不绝兮,得知王子。山有木兮木有枝,心悦君兮君不知!"这是我国载籍上最早的译诗。楚令尹鄂君子晳,乃春秋时人,可推知《越人歌》距今已逾两千五百年。此译诗刘向著录以来,也历两千余年,迄未见有另译;梁启超称赞

"《鄂君歌》译本之优美，殊不在风骚下"，想能奉为定本。当然，进入二十世纪末，连"春眠不觉晓，处处闻啼鸟"[①]也要翻成白话的今天，《鄂君歌》说不定也会有荣幸被译成白话，但那不是"滥兮抃草滥予"的另译，而是"今夕何夕兮"的今译；即可能出现的白话译本，不是《鄂君歌》的同门兄弟，而是《鄂君歌》的派生小辈。所以，完全有把握可说，擂台摆了两千年，《鄂君歌》当是唯一的定译。或许有人会提出异议，越楚乃古族国，都在大一统的华夏版图之内，多半是方言的不同；须知翻译有语内翻译与语际翻译两种，越歌楚译，无论从哪一种意义上讲，都是译，都是翻译无疑。梁启超把《鄂君歌》称为"古书中之纯粹翻译文学，以吾所记忆，则得二事"中之一《翻译文学与佛典》；钱锺书认为"译文……词适调谐、宜于讽诵"，推为我国"译诗之朔"（《管锥编》一三六七页）。故《鄂君歌》为译本，且为定本，当是不争的事实。

再举佛典翻译的例子。《佛说无量寿经》有七译，《般若

---

① 参见国家教委古籍整理七五规划重点项目古代文史名著选译丛书《孟浩然诗选译》，巴蜀书社一九九〇年版第二〇二页："春夜酣睡天亮了也不知道，醒来只听到处处有鸟儿啼叫。"《春晓》原诗明白如话，现译得语言拖沓，不便记忆，又诗意缺缺，似多此一举。经此今译，"春眠不觉晓"这一名句便消失于无，惜哉！

心经》有十七译。世传鸠摩罗什"如是我闻，一时佛在舍卫国"的《佛说阿弥陀经》，和玄奘"色不异空，空不异色，色即是空，空即是色"的《般若波罗蜜多心经》，为佛门日常念诵的经卷，千百年来已定于一尊。大正藏收录别本译经，只是搜罗略备，丝毫不足以动摇什译与奘译的定本地位。

这是古典，再讲今典。中央编译局译的《共产党宣言》，以前学马列之余，曾部分对照法译本，觉得译笔精当，堪称上乘。该书以前有过陈望道、成仿吾、徐冰、博古译本，编译局本当是集大成本。估计个体译者不会不自量力跟国家大机关抗衡再去另译，编译局也不会轧闹猛另搞一本跟自己作对，现译当可视为二十世纪的定本。又，吕叔湘译《伊坦·弗洛美》，叶圣陶先生推崇吕译有"文字之美"，王宗炎教授评为"字字熨帖"。吕译问世近半个世纪，未见有另译；即使有，谅也必等而下之。盖吕译许多处理，已"曲达原意，妙不可言"。法谚云：Le mieux est l'ennemi du bien，过好乃恰好之敌；已经恰到好处，凭你本事再大，又能怎样？非要美人加墨，描成张飞？！

凡译作与原著相当或相称，甚至堪与原著媲美者，应该说已接近于定本。而事实上，就有若干译本以定本性质在流传，虽则并未有某个权威或哪一机构钦赐这一荣衔。方平与许钧①两家称不存在理想的范本或定本，所论极是，辩驳不倒，但并不妨碍历史的长河中出现过定本或还将出现定本。根据等值等效等外国理论，当然不可能有百分之百相等的定本；我国译家，译求传神，只要能得其近似，为什么不可能有定本！洋译论求等值等效，我们知道世界上不存在绝对相等之两物，当然不可能有与原著相等之定本。我国传统译论，主张信为根本，求其近似，故凡可媲美原著者，即可视为相应的定本。

中国译界，包括文界，还有一桩气人的事，尤其气外国的翻译理论家！裴多菲的《格言》(*Wahlspruch*)，明明是六句："自由与爱情！/我都为之倾心。/为了爱情，/我宁愿牺牲生命；/为了自由，/我宁愿牺牲爱情。"殷夫（1909—1931）译为："生命诚宝贵，爱情价更高；若为自由故，二者皆可抛！"原诗命意，似欠显豁，殷夫译而达之。此诗经多人译出，茅盾试译最早见于一九二三年《小说月报》，其余大多译句齐全，独殷译从原诗蜕化而来，易记易背，以其艺术价值与思想价值而取得独立的存在地位，至今传诵不绝。在历近百年的流传中，四六之争，以少胜多！国人宁急慢完

<hr>

① 方平：《不存在"理想的范本"》，载《上海文化》一九九五年第五期；许钧：《翻译不可能有定本》，载《博览群书》一九九六年第四期。

整之全译，而取不信之妙译。六句凝练为四句，真正译成了"格言"。妙手偶得，值得一切爱诗爱才的人吟之诵之，脱帽致敬！无论如何，殷译四句，比众译六句，更具定本性质。从中或可看出，中国翻译理论确有异乎外国观点之处。外国的翻译理论能论证定本之不可能，中国的翻译实践却很不知趣，偏偏有定本之存在。有时，一个译本翻好，并不是靠一大堆的高深理论，而就凭译者的一点点才气！现今来争说定本，不是为争谁是谁非，而是对前人劳动的尊重与肯定。试想，前贤加上我辈晚生，也有十百千万之众，其中不乏才智之士，有的恒兀兀以穷年，瘁心力于译艺，结果忙了一两千年，竟连一个定本也搞不出来，不亦太饭桶乎？定本问题，借用马克思的一句话说："这不是一个理论问题，而是一个实践问题。"实际情形是：定本常有，而伯乐不常有，尤其不可委之洋伯乐和准洋伯乐之手！

不妨再循名责实一下，想既有定本之名，则必有定本之实。鲁迅心目中有"近于完全的定本"，钱锺书说"定本独传"（《谈艺录》三九七页）。那么，能否反过来说，众本中独传的是否即定本？除个别奇书天书难解难译，一本书，说到底，也大不了一本书而已，不见得比尖端科学更难攻克。

依愚见，朱生豪译《哈姆雷特》①，傅雷译《高老头》，杨必译《名利场》，吕叔湘译《伊坦·弗洛美》，等等，已各极其致，足重于世，自有其可贵之处，在整体或片断上，后人已难以超越。——再说，佳者必传，管他定本不定本！

原载《中华读书报》

一九九六年十月九日

（收入本书时略有增补）

---

① 奈达认为一部译本，其寿命一般只有"五十年"；恰恰在一九九五年，朱生豪（1912—1944）逝世五十年后，相继新出两三套朱译莎集，其译作的生命力似长盛不衰！

艾尔勃夫一日

缘 起

一九七九年夏，得知《世界文学》要复刊，上一年上海人民出版社出了我的一本《巴黎公社公告集》，雅不欲别人以为不才只会翻翻官样文章，焉知不别有所长？于是试译莫

洛亚《在中途换飞机的时候》和《大师的由来》两个短篇送去。"文革"后该刊复刊，是外国文学在我国复苏的第一只春燕，各路好汉跃跃欲试，一时稿挤，听说头两期试刊稿已排满。可不久在报上看到刊出的第二期要目预告，拙译两篇居然登第。后来得悉，是主笔政的陈冰夷先生慧眼识珠，他很欣赏莫洛亚，便动用手中大权，排闼送进第二期！当时全国外国文学刊物只此一家，凡发在上面的作品都备受瞩目，北大教翻译的盖家常先生，

觉得拙译处理颇类傅译，还邀我去给高班同学讲课传法云云。

说到莫洛亚，书柜中有一本书 *ANDRE MAUROIS 1885—1985*，是纪念莫洛亚百年诞辰的小册子，冠有艾尔勃夫市长的序，略谓："后生不知前贤，今天的艾尔勃夫市民已不大知晓莫洛亚巨大的文学业绩，但众多法国大学生，

莫洛亚百年诞辰册

甚至国外研究家（包括来自中国的），都沿循莫洛亚的足履，来我们城市盘桓。"想必对不才两年前的过访，还记忆犹新？看到封面上莫洛亚站在厂区的照片，想起区区亦在那个位置留过影，在艾尔勃夫跑过一天。对，这是我一生中最难忘的一天！而且，有书为证，当地报纸曾以《中国教授在艾尔勃夫的一天》为题，作过详细报道。找到这份报纸，所有细节都有了。百尺楼里藏书八千册，若真看过，足可名家，惜乎落得徒拥书城，作治学秀而已！书柜里塞足常用书。暂时不用或弃之可惜的，都请进纸箱堆在房角。为找这张宝贝报纸，只得移山倒海，附带打扫卫生，忙了两天，还是没有找到，这倒可写成个故事，且含有个教训：本来秘以自珍，结果多藏厚亡！

　　报纸没找到，幸而翻出"一九八三年出国学术交流小结"副本，现将其中一段抄录如下：

　　　　这次交流的重点之一，是围绕莫洛亚的文学活动。莫洛亚为法国两次大战之间登上文坛的知名作家。到莫洛亚出生城市艾尔勃夫访问时，受到市府秘书长接待，并晤见市长尤伊诺（René Youinou），安排我在该市的参观访问。应邀至莫

洛亚中学校友会会长
家午餐，并由该市史
学家协会主席拉杰斯
（Pierre Largesse）[1]
陪同，参观莫洛亚故
居、工厂、中学、墓
地。这次访问，当地
报纸在十一月十八日
头版有消息，四版上
有详细报道。后在巴
黎，拜访莫洛亚之女

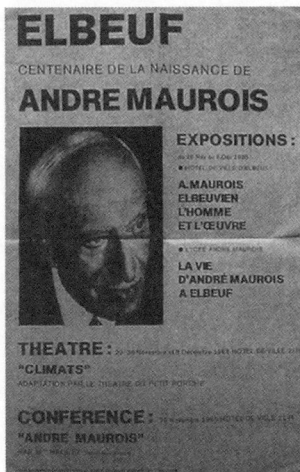

莫洛亚百年纪念招贴

米雪尔（Michelle），谈她父亲的人品与作品。其子
杰哈尔（Gérald），于圣诞节前，专设晚宴招待，
有莫洛亚之友协会主席等人作陪，吸收我为该协会
理事（共十六人，均为部长、院士、议员、市长等
名流，苏、中各一人）。

回国后，根据采访内容与研究心得，编为《莫
洛亚研究》一集，撰《莫洛亚生平及其创作》一
文，以及零星文章两三篇。

---

[1] 姓得好，定然好客。法文Largesse这个词，义为慷慨、大方。

"零星文章两三篇"，却没写到艾尔勃夫之旅！有了上面引文，便可讲故事或编故事了，编是因记忆不确，难免羼入fiction（虚构）也！

作为提交科研处的汇报，写得有板有眼，实际这次过路访问缘于一时兴起。

偶尔成行

那天，对不起，因记事本已不见踪影，其间从水碓搬劲松，从劲松搬太阳宫，由"水"而"木"而"火"，迭经搬迁，至少丢失一个纸箱，正好亡佚其中？所以，那天是几号，已觉茫然。那次文学之旅，是十一月十一日从法国北部埃特勒塔（Etretat）开始的，那是个漂亮的海滨旅游胜地，有莫泊桑与勒勃朗（Maurice Leblanc，《亚森·罗平探案》的作者）的旧宅。约十四日到鲁昂（Rouen），第二天专程去踏访大作家福楼拜故居。大概十六日一清早，乘火车离开鲁昂回巴黎。火车开了两站，停靠月台，从车窗望出去，见站牌上 Elbeuf 字样。艾尔勃夫？莫洛亚故乡！突然心血来潮，拎起旅行包就下车。在法国乘火车，中途上下车无需签票，高兴就下车，再搭合适车次，都是自动检票，没有别的手续和费用。两分钟前还没想到要到艾尔勃夫漫游，这时已走在艾尔勃夫整洁的街市上了。法国气候比我国温和，十一月中旬，还是金色的晚秋，艳阳高照而不觉得热，恰逢这种难得的好天气。

莫洛亚是我喜读的作家，喜读是喜读他的原文，简洁，典雅，有文字之美。读到好处，不禁叹曰：这才是法文！而文妙不可译。任何人来译，即使莫洛亚自己动手译，假如他善中文，也无法尽传其妙。想当年从事中译法工作之初，为提高外语运用能力，读了一批文学作品，最后锁定在莫洛亚的 *Pour Piano seul*（《钢琴独奏曲》）。这是一本中短篇集，故事曲折，文笔清新，字里行间时见俏皮

身着法兰西学院院士礼服的莫洛亚（一九三九年）

幽默。法国评论家谈到本国短篇创作，称莫泊桑之后，一人而已。"如韦梅尔（Vermeer，1632—1675，荷兰画家）的小品画，其中所含的情致与才分，绝不少于鲁本斯和德拉克罗瓦的大制作。"有一段时间，每晨精读一小时，因他的文字，好读易学，翻稿子时用得上。不像普鲁斯特的长句子，读都读不连欠，遑论派上用场了。原为中译法而读，临到为法译中选材，自然就想到莫洛亚短篇。傅雷先生致敝人函中曾嘱告：任何作品，不精读四五遍决不动笔；因莫洛亚的书太熟了，久而与之俱化，译前没再重读，就看一句翻译一句，翻的就像自己想说而说不出的，如苏东坡之读庄子，恍若在翻自己，一个更高明的自己，就只欠原作者的卓著才情和经多见广。心存仰慕，一旦有机会，能身履其地，看看作家生于斯写于斯的环境，当然不肯错过了。

艾尔勃夫，在中国人看来，是个小城，只有二十万人口，以毛纺业为主。问了两个路人，都不知作家的故居何在；后一人指点，可去前面市政厅问。这是一幢三层矩形建筑，高敞华美，在传达室填单，拟求见秘书长。顺序召见，轮到我时，说是为踏访莫洛亚遗迹而来。莫洛亚是当地的骄傲，没想到文名远播，从中国来了位稀客，便引我去拜见市长大人。自诩 grand lecteur de Maurois（照字面直译为：莫洛亚的伟大读者！但此处法文无"伟大"之意，意为大量阅读，深嗜笃好），卖弄了几句，市长听得很感兴趣，与秘书长商议之下，急召史学学会会长，共同为我拟定一份充实的日程。

告别市长及其助理，历史学家拉杰斯先生驱车带我去看莫洛亚家的工厂，这爿呢绒厂，进门就是两长排平行的厂房，织造车间高达六层，当年颇具规模，作家少时曾引以为傲。莫洛亚通过毕业会考后，本拟报考高等师范学校，因有志于写作，哲学教师阿兰劝谕，写作要有生活，先应了解世情，观察社会，不如进他父亲的工厂。莫洛亚从一个个车间学起，掌握生产流程，熟悉营销业务，主持行政决策，从爱好文艺的小老板而成为掌管厂务的大老板。这二十年（1905—1925）的经历，为他写《贝尔纳·盖斯耐》（1926）提供了足够的素材。当年兴旺发达的大厂，经过半个世纪的风雨，已被新厂新产品挤垮，只得停工停产，厂房不久就要改作超市了。

接着去看莫洛亚的旧宅。这是路拐角的一幢两层楼房，临街上下八排长窗，一家独住算得宽敞阔气的了。走过去不远，就是莫洛亚中学校友会名誉会长马赛尔·哈凯（Marcel Haquet）先生家。少年莫洛亚在艾尔勃夫中学上学（1893—1898），聪颖好学，成绩优异，几成优胜奖的专业户（un

莫洛亚中学校门

abonné de Prix d'Excellence）；他去世后，为纪念本地的知名作家和出自该校的第一位法兰西学院院士（1938），学校于一九七〇年改称莫洛亚中学。我们进哈凯先生家时，主人还在学校，由其夫人出面接待。言谈之中，玛德兰娜·哈凯对莫洛亚作品知之甚稔，还是莫洛亚文学的热诚护卫者。等哈凯先生中午回来，略事寒暄，便一起进餐厅。餐厅甚大，餐桌亦大，四人分坐两边。此时此际，令我更佩服主妇的能干了。玛德兰娜一边参加愉快的谈话，一边端出一道道可口的

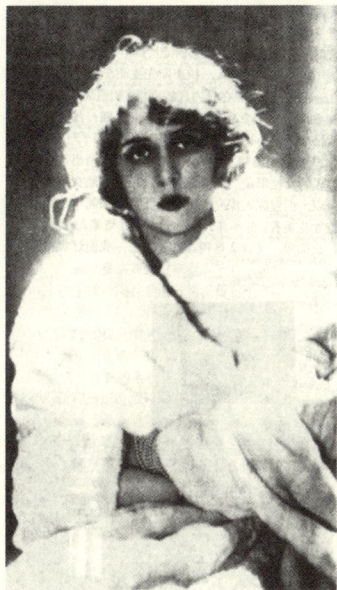

嘉妮·特·斯琴吉维茨

菜肴，包括新出炉的烤鸡，一顿饭吃了两个多钟点！

谢别好客的主人，拉杰斯先生驱车城外，同去参谒莫洛亚夫妇墓。一九一〇年，莫洛亚在日内瓦的剧场，初遇嘉妮·特·斯琴吉维茨小姐（Janine de Szymkiewiez, 1892—1924），惊为天人，注目不能旁移。"她就是《俄国小兵》里的皇后，《战争与和平》里的娜塔莎，《烟》里的伊丽娜。"莫洛亚善写女性，以细腻的笔触，写出一个个有教养有才情、高雅而迷人的女性形象，深得读者喜爱，尤其是女性读者。不少评论家都指出这一点，但没深入探究原因。原因其实很简单，莫洛亚"金屋里"就藏着一位如花美眷，范本在此！他曾说过：与美人相对，就是一种幸福。幸福，就这么简单，又这么难得。壮岁悼亡，我们这位富有浪漫气质的小说家痛不欲生，恨不能生同衾死同穴，坟地上两墓相并，为自己也预留一生圹。又遇上工潮，家务厂务两不顺心，便逃离艾尔勃夫，到京城走文学之路去了。四十多年后，莫洛亚以八十二岁高龄仙逝巴黎，未能叶落归根，la Sylphide（窈窕女子）旁是空穴！

最后一个节目，是去市图书馆。最让我惊讶和不好意思的，是馆方临时置一长桌，列出莫洛亚全部著作（一生出书八十余种），各种版本译本，以及书刊上有关评论，够几位馆员忙乎一阵子的，以供大唐堂堂莫洛亚权威御览！在我印象中，此处收集莫洛亚作品最全，一则出于乡土情谊，再则得益于作家签名本。记得有难得一见的《肖邦》，是一九四一年纽约版，因二战时莫洛亚侨居美国。《乔治·桑传》里，已较多写到肖邦，此系单册，以莫洛亚优美的文笔，写肖邦优美的乐曲，可谓相得益彰，很想一读，甚至很想一译。当时已有复印术，但尚不普及，恨没复印一份，后来遍觅无着！排在桌子上的书册，林林总总，不及遍翻，能好好看上三天，足可造成一位速成莫洛亚专家；若顺序倒过来，先来图书馆抱佛脚，再访各路神圣，就不至于班门弄斧了。心里确实想能看上几天，但微末如我，不宜让人家围着转，再扮下去，这冒牌莫洛亚专家就要露馅了。"凡事当留余地，得意不宜再往！"摘抄一二，记录材料来源，历一小时余，推说明天巴黎有约，一副大事在身的样子，要去赶火车，便于傍晚时分（人家也要下班了）依依惜别！

上了火车，一整天繁管促弦，这时才松弛下来。想昨天，自己背着行李，风尘仆仆，徒步走到（旅游我喜欢边走边看）鲁昂城郊，去专访福楼拜故居，因非开馆日，只得隔着门栅，怅望而归，真正是文化苦旅；而今天，只因灵机一动，艾尔勃夫下车，上蒙市长接见，旁有史家驾车，到处奉若上宾，不殊霄壤之别，而我还是我！境况变化之大，无巧不巧，完全出于偶然——偶然，真莫名其妙也！这天天也高爽，光也明媚，人也客气，给我留下斑斓秋色般美好回忆。按我辈生活，本属平淡的一天竟有如许胜事，良可自慰。

布尔乔亚排场

回巴黎后几天，即按玛德兰娜所示电话号码，电法兰西学院院士哲嗣。我刚作自我介绍，杰哈尔便说：你在艾尔勃夫已大名鼎鼎了，当地报纸对阁下一日行踪已有长篇报道！哲嗣自谦，说他只得其父的管理才能，进入商界；家父的文学才能早已独传其姐，建议我先去见米雪尔。米雪尔也是作家，已出有几本书，便约好到她在纳伊的府上拜访，事隔二十年，所谈已淡忘，只记得一事。莫洛亚七十一岁时，老

枝发新花，写了最后
一本小说《九月的玫
瑰》，记一倦于世情
的老作家，去拉美各
国访学途中，遇一热
情的女翻译，该书前
言申明："谁在小说
里认出真人真事，只

En souvenir du 12 décembre 1983 où j'ai eu le plaisir de savoir qu'en Chine, on s'intéressait de plus en plus à André Maurois

LE CHAPITRE SUIVANT...
1927 - 1967 - 2007

米雪尔题赠本文作者书

证明他不懂何为小说何为人物。"莫洛亚还专门撰文辩解：
"与许多评论家的说法相反，这不是一本自传体小说。"当问
及作品的真实性，米雪尔答得很爽快："这是夫子自道（C'est
autobiographique）！"

　　圣诞前，杰哈尔邀我去他府上晚餐。杰哈尔也住在纳伊
高等住宅区，一见面，就扬起一份《艾尔勃夫报》，上面载有
有关鄙人的"一日帝王起居注"。——回旅馆后，细读之下，
猜出是图书馆照应我查阅资料的那位年轻而美貌的女馆员所
写。生花妙笔，看来是位文学爱好者；具体详尽，想必得诸
史学家之转述。而恰恰这份不该丢的报纸，竟找不到了，何
况文章还是美人亲撰！

　　走进客厅，杰哈尔对莫洛亚短篇的中译者表示热诚的

莫洛亚在纳伊书房（一九五八年）

欢迎与极大的好意，他很关切其父的文学声望，询问在中国的译介情况。接着指着墙上的莫洛亚照片，回忆起当时的情景，以及他家呢绒厂的变迁。名家之后喜欢铁路与收藏，专门收藏铁路文物。餐厅就装修成总统专列，壁挂桌椅俱为总统套房之物。他指着我的座椅说，这曾是戴高乐将军的宝座！——此乃区区一生坐过的规格最高的座椅！作陪的有莫洛亚之友协会秘书长 Jean - Paul Caracalla，经杰哈尔推荐，荣任我为协会理事。菜肴精致，上菜有专司其职侍者，尽显大富之家气派。我国俗谚所谓"三代富贵，方知饮馔"，自可了悟。莫洛亚写资本家《贝尔纳·盖斯耐》的小说，问世时就毁誉参半。保尔·尼赞（Paul Nizan）在《人道报》撰文称："就我所读过的文学作品，没有比莫洛亚先生的更布尔乔亚的了。他竭力赋予布尔乔亚以令人愉快的面貌，让人看到布尔乔亚很有品位，也很讲情趣。"杰哈尔府确有布尔乔亚生活优裕、懂得享受的氛围。饭后在客厅喝咖啡，他打开一盒名贵的雪茄，称是真正哈瓦那产品，每支都是用精选的整张烟叶卷成，说是能令人抽醉。敬烟过来，我说从未抽过雪茄，他说如此名品不妨一试。生平只这一次客串抽根雪茄，时髦几口，学点应酬之道。莫洛亚早年讲到前妻时，说"嘉妮爱奢华和财富带来的种种乐趣"，"喜欢把房间装饰得别有情趣"，至此对布尔乔亚排场，得聊窥一角。

故居门前街留名

十五年后，一九九八初夏，前度罗郎今复来，这次摇身一变，作为译论家，参加中日法三国翻译研讨会。会后，想再领略巴黎风光，去了西面的布洛涅森林。在巴尔扎克时代，名媛贵妇驱车长野大道（Allée de Longchamp）兜风，不

失为优雅的社交，也
是一种暗中的较劲。
莫洛亚小说，也多次
写到布洛涅森林。其
哲嗣曾在那里一家大
饭店宴请过我，可惜
杰哈尔已去世多年。

马约门地铁站指路牌

地铁乘到马约门（Porte Maillot），看到站台上指路牌有去莫
洛亚大街（Boulevard André Maurois）方向，得未曾闻！前
曾听杰哈尔说，"七星丛书"版拟收莫洛亚写的传记，此事未
果，因为未见出版。莫洛亚是二十世纪上半叶新派传记的巨
擘，其《迪斯雷利传》《夏多布里昂传》《三仲马》《巴尔扎克
传》，堪称大家手笔。莫洛亚的作品，印数很大，颇受赞誉，
但文学史上地位似不高。以我国而论，莫洛亚的 *Sentiments
et Coutumes* 出版于一九三四年，傅雷先生于一九三五年七月
即已译出，题作《人生五大问题》，于次年三月由商务出版。
我几乎要写下，此为我国译莫洛亚之始，其实不然。最早译
出的，是莫洛亚一炮打红的处女作《布朗勃尔上校的沉默》，
还是出于大名家林纾手笔，作者姓名译作马路亚，书名易为
《军前琐语》，与原题恰好悖反，惜此原稿为林纾"未刊作

埃森捷拉庄园

品"，没有面世①。莫洛亚的作品，胜在文采、格调、理趣，示人一种"生活的艺术"或说生活的智慧，闪耀着睿智的光华。他最好的作品里，都有些扣人心弦的片段，令人不由得深深感动。他的长篇中篇短篇，我国已都有译本；其传记也已译出近十部，莫洛亚对我国有教养阶层已不算陌生。看到巴黎街道以莫洛亚姓氏命名，私衷颇感欣慰。

① 近时得知，福建人民出版社于一九九三年出有《林纾翻译小说未刊九种》，第六种即安德烈·马路亚原作、林纾和毛文锺同译的《欧战军前琐语》，二九一——三二九页。

从地铁口上来，见树荫夹道的大街两旁是明丽雅致的住宅，屋前有一小方花圃。想必其中一幢，当为作家故居。莫洛亚《回忆录》写到，晚年住在巴黎时，傍晚常偕其续弦西蒙娜（Simone de Caillavet），经此道去布洛涅森林散步。想不到：

> 故居门前街留名，世情身后岂衰微？
>
> 亦有震旦飞来客，夕阳芳草数徘徊！

于一九九八年八月十七日

罗新璋先生访谈录

香港中文大学翻译系金圣华教授，于一九九八年十一月初，来京参加中国译协第四届全国理事会之际，特专访罗先生，畅谈三小时，谈话内容如下：

金圣华（以下简称金）：今天很高兴，有这个难得的机会跟你来谈翻译问题。我在中国翻译家辞典中，看到在你名下只有短短数行，其实你很有成就，这样介绍自己，实在太谦虚了。

罗新璋（以下简称罗）：（笑）有几行就够了。大家一大篇，小家三两行。

金：我倒是有很多事想知道。先谈谈你的学习过程吧！你是北大法语系毕业的吧！

罗：确切说，是西语系法语专业。

金：当初为什么决定念法文呢?

罗：我中学是在上海圣方济念的。大学念法语，是想多学一种外语。五三年统考考进北大西语系。五二年全国院系调整，文理科统统并到北大，清华变成理工大学。那时是全国统一考试，完全是硬碰硬，凭成绩录取。

金：念大学时，有没有开始对翻译发生兴趣？

罗：当时发觉上大学跟念中学很不一样。各地的优等生汇集一起，刚刚进校，"新生"可畏，一些同学已很有抱负，这个写诗，那个写剧本，大多目标明确，知道自己将来的大任。我当时没明确想法，觉得自己一无所长，在班上很"一般"。

金：到底怎么开始接触翻译的呢？

罗：大学二年级时，教材选 *Jean-Christophe*（《约翰·克利斯朵夫》）中的一段 *Mère et fils*（《母与子》），讲到 Christophe 家穷，兄弟几个以土豆当饭。课后去找译文，第一次接触傅雷译文，发觉竟能翻得这么好。二年级寒假没回上海，就找了 *Jean-Christophe* 第一册 *L'Aube*（《清晨》）的原著，再拿译文来对读，觉得译笔高明，令人击节叹赏。原来翻译大有讲究，引发对翻译的兴趣。

金：这样说来，你的翻译生涯，一开始就受到傅雷的影响了。这里，想提一个问题。《约翰·克利斯朵夫》头几卷原文比较简单，能单独抽出来当作少年读物的，但是一译成中文，就大不相同了。换言之，傅雷的译本好像是原创文学似的，有人认为没有把原著纯朴的面貌表现出来，就是不忠实，以你的意见，这种说法对吗？

罗：原著前面几卷从法文来说不深，傅雷的翻译，原文的意思没走样，中文又很优雅，童年、少年的清纯气息也传达得很好。傅雷主张传神，他的文字里似没有忠实的提法，当然不是说他置忠实于不顾。

金：你认为好的译本可以超过原著吗？

罗：为什么不可以？完全对等的很少，技有工拙，才有大小，往往过犹不及。大多是不及，不及的比比皆是，过，当然也可以。能过是一种功力，一种本领，并不是想过就过得了。

金：傅译本有没有添油加醋的地方？

罗：傅译的信实，不成问题。他做翻译一丝不苟，反复推敲，绝少漏字漏句。人民文学出版社出《巴尔扎克全集》，凡傅雷译的，请一批中青年译人全部校核一遍，结果发现在所有译著中，比较起来，傅雷的错最少。人民文学出版社找我校《幻灭》，全书五十万字，只发觉有一个句子处理不太理想，是个长句，我照"傅雷笔法"改动了一下。这一版的巴尔扎克译作，所有译者，不论哪位，都经过校核。

金：我知道你有个感人的故事，就是在原文的字里行间把傅雷的译文，一句句抄进去，以便对照阅读，可不可以说说这事的大致情形？

罗：大二看了《约翰·克利斯朵夫》第一卷原文，接着顺下去，从中文看全书，这样一部好书，相见恨晚。我的性格偏弱，克利斯朵夫雄强的个性，对我是很大的激励，尤其在青年时代，宜于培养一种崇尚坚忍的斯多葛精神。大学毕业时，正遇上五七年反右，之前系主任冯至先生宣读分配名单，我去人民文学出版社；后因学德文的樊益佑成了右派，出版单位他不能去，上头草草了事，就把樊和我一起给派去国际书店，主要管进口图书工作。就是汇集全国各地的订书定单，核对订单上作者、书名、定价、出版社、出版年月等项是否写对，再统一寄给外国经销商。

金：抄录傅译是哪一年开始的？

罗：毕业后，到了国际书店，搞图书进口，没了进修的条件。现在外国文学界大名鼎鼎的柳鸣九是我同班同学，他到文学研究所。反右后，强调要服从分配。毕业分配，也是当年所谓右派攻击的内容之一，如中文系毕业生分配到物理所，戏称屈原弟子去做牛顿秘书云云。到文化部报到时，说我分配至下属的国际书店，人民文学出版社和国际书店当时同属文化部领导。我那时还住在北大，即去系里问冯至先生，冯先生说这情况他也不清楚，劝我服从分配，先去报到，然后再想办法。系里随后出过一封信给国际书店，说明情况，希望调整一下；法语教研室主任郭麟阁先生曾推荐我去商务，商务要，但人已是书店的了，不肯放。在这种情况下，柳鸣九说，只好靠自己努力，将来叫社会承认吧！同班同学或留北大，或去中大、兰大、外交学会，"大道如青天，我独不得出"，真有荆棘载途，走投无路之感。那时候，与樊益佑及两个发货工人，四人住一间房。每天从早上八点上班，到下午五六点，就跟订单发票打交道。

金：做了多久？

罗：五年零三个月，五八、五九年碰上"大跃进"，天天加班，加班到晚上八点，甚至十点。星期天也加班半天或一天，春节法定放三天，一革命化，就只有一两天假。自修时间很少，经过一段时间摸索，定出一张作息表，保证一星期四十小时纯学习时间。那时国际书店在东单候位胡同，前院办公，后院就是宿舍。即使加班再晚，每晚十点到十二点，总可学习两小时；早上五点起床到八点，学习三小时，一天合五小时，五六得三十，星期天则保持十小时学习。严格遵守，刻苦自励，四年不看电影不看戏。有所为就只能有所不为。那时还没电视。

金：那你看些什么书呢？

罗：刚开始是泛看，读点哲学修养书籍，学习在困境中何以自处，克服颓丧情绪，先精神上振作起来。苏轼在《贾谊论》里说：仲尼圣人，历试于天下。"君子之所取者远，则必有所待；所就者大，则必有所忍。"磨难不可怕，孔子曾遭厄于陈蔡之间，绝粮七日，子弟相从勿舍。《孔子家语》里载夫子之言："夫陈蔡之间，丘之幸也。二三子从丘者，皆幸也。吾闻之：君不困不成王，烈士不困行不彰，庸知其非激愤厉志之始于是乎在！"

毕业分配出了个意外，从文学出版社变为国际书店，无端开始了我人生的苦难历程。那时真陷于一穷二白，家累颇重，学业未成，就以"我善养吾浩然之气"，正己立身，大义凛然，去倒霉感，与命运搏，砥砺自己，靠精神力量以为支

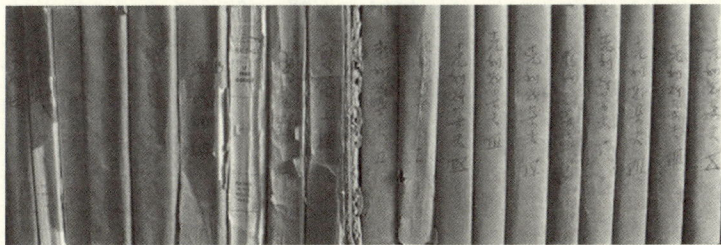

撑，不能倒下。命运的突然打击，厄于不可知力量的支配，逼得自己坚强起来，"天行健，君子以自强不息"。挫折成了人生学堂的第一课，鞭策自己孤军奋斗，争取日有寸进，以期积渐而成。苦难不只是一天两天，天天都要面对，每天都很难挨，而竟达五年零三个月；当时并不知五年后会有转机，只觉得无穷无极了无尽头似的。在阴暗的日子里，小人物中亦有人性之善良和美好。发货科的胡纪泽，是老中法大学出身，不知何故沦落至此。他带领三四个小青年，勤勤恳恳，把发法文书的流程安排得井井有条。碰到书本差错，便来进口科找我。他念法文书名，语音语调是那么纯正，很有法国味道，令人惊叹；凭这发音，就有资格到大学去当教师！六一年年底前，他们发货科给我送来一份友善合作的表扬大字报，当时科里正拟批我看巴尔扎克走白专道路！还有出口科的周仪端，其品貌正如其名字，仪态端丽，像秦怡模样，甚至远胜之，显得很大气，尤其朴素，"天下莫能与之争美"，至少那时比秦怡年轻。据说，会弹钢琴，偶尔也抽烟，姿态美妙，有大家风范。工间操时，飘然一瞥，使人感到愉悦、抚慰。她退休后，偶得其电话号，曾通过一次话。一别二三十年，恨自己笨嘴拙舌，说不出赞美之词，尽是些 banalités 泛泛之谈。她还盛情邀我去她家聚聚，一则因自己忙，再则怕韶华难留，而失去难得的机会。不过也好，心里始终保持她三十许少妇的美好形象。

天天开订单发票，但专业不能丢，别的没条件发展，一个好译本就是一位好导师，就朝翻译方面努力吧。慢慢比较集中，专看傅雷的翻译。每天看若干页，开始时把傅雷译得好的字句记在法文书上，有一天，回过头来一看，发现差不多大部分已记下，只差几个字，何不全文抄上？这时《高老头》已看了一半，后半本开始全文抄录；抄完，又去买一本原著，把前半本补抄上，觉得翻阅方便，是很好的学习方法。初战告捷，便想扩大战果，订了个庞大的计划。等整部《约翰·克利斯朵夫》，两篇梅里美，五本巴尔扎克抄毕，我当时列了一张表，今天带来了，请看！傅雷在上海解放后（至我抄书的一九六〇年）共译有二百七十四万八千字，我抄了二百五十四万八千字，服尔德（今译为伏尔泰）的二十万字，因没有行距较宽的原著，只好作罢。就是说，四九年后十二年，傅雷先生共译有二百七十五万字，我抄了二百五十五万，合百分之九十三，剩下的百分之七，便摘抄了不少卡片。当时下班后，只要有点空，就一边读，一边抄，足足抄了九个月。例如 Le Cousin Pons（《邦斯舅舅》），全书二十几万字，一共抄了十九天，没片刻休闲，全本抄

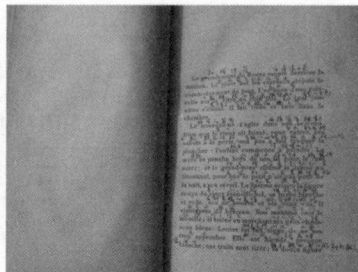

毕，在书后记有："睡眠较少，日睡五时，体力尚佳，唯视力坏下来。"不仅是体力，毅力也是一大磨练。苏东坡说，"古之立大事者，不惟有超世之才，亦必有坚忍不拔之志"。不要说大事，遇到任何阻难，都需要有坚忍不拔的意志。更重要的是，于迷途失津之际跨出了坚实的一步，找到了努力的方向，看到了，如卡莱尔所说，"即使最低处也有一条通往顶峰之路"。

金：大功告成之后，是否觉得学业大进？

罗：是大不一样。还记得那时候，要抄傅译，首先要有原著。如 *Jean-Christophe* 这版本，是从东安市场旧书店淘来的。这部书，十卷本，页边烫金，开价三十五元，三十五在当时是个数目了，买不起，请书店暂保留。那时月薪是五十六元，我是家里老大，要养家，但智力投资尤重要，省了两个月伙食，才买了这部书①。如这第一册，我从买来当天，六〇年四月三十日，晚九时抄起，至五月七日晨七点十五分抄毕，用了一周业余时间（记于书末）。整本《约翰·克利斯朵夫》，共一百多万字，抄了七十二天。那时候不兴留长发，我在抄 Jean-Christophe 前理了个发，下个决心，"灭此朝食"，等全书抄毕，两个半月，头发已长得像个囚犯。说得悲壮点，抄傅译是在节衣缩食、废寝忘食中完成的。真有点发奋图强、艰苦卓绝的劲头，相信只要自己努力，哪有不成之事。当然，全凭年轻。前途虽然渺茫，但觉得只有振奋、只有坚强一途，才能打通人生的通道，即使不成功，也虽败犹荣。命运的力量有时非人力所能抗拒，尤其在逆境中，感到确有实实在在的厄运在，因已给套牢，不是否认所能否认得了的，这是每天醒来就会面对的现实。悲叹只能排遣于一时，不能解困以长久。要么消沉下去，静以待变，但旷日持久，转机能否等到还是疑问，不然，只得磨砺志气，积极抗争，即使失败，至少自己已努力，已竭尽所能，也有失败的光荣在，可以无悔，可以自慰！

　　金：你这么一说，显得意义重大。毅力可佩，精神可嘉！

---

① 当年购买的精装本共分十卷，版本为Société d'Editions littéraires et artistiques, Librairie Paul Ollendorff, 50 Chaussée d'Antin.

抄写傅雷译文，前后共花九个月，可你在书店待了五年多？

　　罗：五八年下放过一年，回来后开始读傅译，一读四年。当时我是文弱书生，下放江苏高邮，大忙季节，男劳力挑秧，一连五十多天，天一亮就下田，到晚上天黑了才收工。而热天天不肯黑，有时八九点钟天还有亮光。下工后，就到河埠头去洗洗腿。下放十个月，体力上得到极大锻炼，成个粗坯，至今顽躯还尚健！现在看五六十年代的知识分子，能上天揽月，能下田插秧，经过脱胎换骨的锻炼，但似缺少点斯文儒雅之慨。

　　金：那时候真得挤出时间来才能读书吧！

　　罗：那时正值"大跃进"，要学习只得从休息和睡眠里挤时间，累一点，犹小事。学的是西方文学，搞的是订单发票，不安心工作，简直可以成为一条罪名。那时候政治环境，不像现在宽松，我们与港台不是有近三十年不相往来？走上工作岗位，碰上"大跃进"、反右倾、三年困难时期，除人事部门和我知道分配工作中的阴差阳错，周围人就批评你不安心工作，批评你白专道路。如跟人家说，我原是分配至人民文学出版社的，人家会以为是痴人说梦。故每走一步，都遇阻力，精神压力很不小。所以在书店工作，格外谨慎，知道不能出一点点错，以保平安。这种情况下，能挤出一点点读书时间就非常宝贵，得用在最有实效的课目上。具体说来，就是集中精神，四年读一经，专心攻傅译。专一则精，我当时是逼得作专一之学。晨读夜习，几年下来，算打下了点基础。年轻，记性好，可说是看得滚瓜烂熟，了然于胸。抄写期间，《世界文学》杂志约我翻一篇八千字的小说，三晚就完成了。以钟点计，就是十个多小时。今天看来，译得还可以，有新锐之气。那时日抄万言，精熟于"傅雷笔法"，翻译能力最强，可惜没人要我译。日后，我之所以能从那环境跳出来，全靠学了点翻译这小本领。李健吾的《包法利夫人》，杨绛的《吉尔·布拉斯》，都是大家手笔，我也看，做笔记。但傅雷的量最大，各种词法句法都出现了，多而全，杂而广，反而好。诚然，抄书是笨办法，我人笨，笨人用笨办法正好。

金：这可是有点愚公移山的精神。

罗：九个月，两百七十天，抄两百五十多万字；山不会再高了，抄一万字少一万字，积小胜为大胜。抄时看一句抄一句，一时里全部心思都专注于精妙的译法，有时看了下一句法文，回头看傅雷的译法，好像是从自己脑子里蹦出来一般。姚鼐说"技之精者近乎道"，傅雷虽然论道不论术，我从他具体的技法着手，慢慢悟出点傅译之妙，翻译之道。庄子说：可以言论者，物之粗也；可以意致者，物之精也。到底何谓得其神，也把握不大准，后来给傅雷先生写了封信。

金：是哪一年呢？

罗：六三年初。家父早死，那时我微薄的薪水，要养六个人，为节省京沪两地开支，我申请调回上海，从科、处层层上去，最终到书店领导，就是不准，按当时城市最低生活标准，本人每月以十二元计，家属八元，证明我五十六元月薪养六个人，本人十二，家人五八得四十，还绰绰有余，理论上说，还有四元富余！并说，你还可搞点翻译，挣点稿费，这完全是欺人之谈。而且，欺人太甚！书店人事处后来已通知有关出版部门，嘱勿发表我的译稿。来调，不放；翻译，不让发表，直欲将人封杀！至此，我只得写信给对外文委（国际书店前由文化部领导，后属对外文化交流委员会），上级机关两天后电告信已收到，意思叫书店放人。

世上的人，有的好，有的不好。共产党员，也有的好，有的不好。我的同学丁世中，在文委，受器重，当口译，能见到周恩来、陈毅这样的共产党员；越是上层，光明越多。我在低层，小地方，很倒霉，没碰上有笑脸的顶头上司，至少没遇到过一位宽厚的领导，肯放我一马。书店那几年，正值反右后，气氛特别肃杀，好像党的阳光永远也照不进来似的。四年不看电影不看戏,是因为穷,有闲话,逼得我非发"愤"图强不可。那时买戏票电影票,在科、室登记,由工会统一代购。还是人家背后叫她"小媳妇"的一个同事嘱告我的,要我注意点,我听后当机立断,不再花一分钱文娱费,养家要紧,免得外议籍籍。环境不是这样严酷,我也不会这样用功。也正是靠非凡的努力,才得以脱离苦海。今天说来,局外人很难想象那时的情形。

我给文委领导的信,就是请丁世中递交文委秘书长陈忠经的。两天后,陈办公室秘书来电,告陈会关心此事。可是不久,中央推行走马换将政策,陈去江西当省委书记,此事交由文委副主任周而复接办。周召我去谈话,他开门见山,说你的问题,主要不是经济问题,而是工作不合适。对外文化交流,外语学生能做的,是口译,文委似想留我,但我比较喜欢文学。周说斯当达(Stendhal)是文学家,但也当过大使,年轻时扩大生活面有好处,便要我去外文出版社(后升级为外文局)。外文出版社是文委下属单位,我表示还是想去人民文学出版社,人文社仍属文化部领导,当时有个原则,大学毕业生学用不一致的,在本部委内能调整的就不外调。我很久以后才知道,关于大学毕业生学用不一致的问题,早在六二年陈毅就有个内部讲话。周在谈话中引斯当达例以增强说服力，想不到后来倒跟斯当达结了不解之缘。[1]

金：结果去了哪里？

罗：那时对外刊物《中国文学》筹备法文版，周叫我去外文出版社，去搞中译外！中译外非外译中，虽然都是翻译，虽然都是文学。后来得知，《中国文学》之所以要我，是主持工作的何路向《世界文学》的陈敬容打听，陈美言了一句，说我是年轻人中（法译中）翻得较好的一个。何路虽然叫我搞中译法，但她相信一种说法：一个人的外语不可能超过母语水平；母语可以，外文估计也就差不到哪里去。——这种说法，当是针对四九年后国内受外语教育的人而言。这样，好不容易，六二年十二月二十八日离开国际书店，当即把翻译上的疑难困惑，拟了一封信向傅雷先生请教。六三年一月三日去外文局报到，下午回家后把信誊清寄出，傅雷先生一月六日就回了信。

金：写信给他的心情如何？

罗：五七年上大四时，寄过一篇翻译习作，傅雷先生曾仔仔细细指出毛病所在。六三年再写信去，北京到上海信走两三天，他大概一月六日收到，想必当天就作回复。拆开信

---

[1] 罗新璋后来曾花两年时间译出斯当达名著《红与黑》（ *Le Rouge et le Noir* ）。

来看，他的字体都变了，原先修长潇洒，作右派后，韬光养晦，字也压了下去，一变而为扁平古拙，有魏晋楷书风貌。尤其信的内容，提出"重神似不重形似"的主张；并说，第一要求将原作化为我有，方能谈到移译。给了我不少忠告，非常宝贵。

金：你有没有见过他？

罗：六四年七八月间在《中国文学》法文版工作时，作为口译，曾去苏州、上海、杭州陪同出差一星期，原本可以挤出时间去拜访的，但我怕见名人，没敢去，结果与傅雷先生缘悭一面。

金：这就可惜了。你在《中国文学》工作了多久？

罗：十七年。从事中译法，也有好处，外文笔头来得，语言才谈得上过关，只是只能暂时告别傅雷，转向如何中译外的问题。一换单位，重新开始学法文。不像以前重理解，现在重运用，要会 manier la langue，讲究文字意趣。头六年很努力，较扎实，有进步；六年后，就上不去了。中国法文到法国法文，这一关过不了。光靠努力，还不够，缺少环境。先天不足，毕竟在长大后才开始学法语，晚了，不是母语，不能天生自然。

金：文学作品一般都是外语译成母语的，这是世界译坛的主流。

罗：这是有道理的。我后来发觉自己再努力也跨不过去，译出来的都是中国法文；法文改稿改动几处，就变地道法文了。于是想转，离开《中国文学》去社科院，虽然在《中国文学》很受器重，任法文组组长，编委会委员，进入领导层。

金：哪一年去的社科院？

罗：八〇年去的。

金：这是你理想的工作单位了？

罗：几经周折，国际书店五年零三个月，外文局十七年。但是，喜欢文学，不一定能搞文学研究。到外国文学研究所，实际上有点一厢情愿。三十不立，四十而惑，已是强弩之末，犹且从头开始，当时读到黄景仁的两句诗"汝辈何知吾自悔，枉抛心力作诗人"，深有感触。到社科院外文所不久，一次去拜访钱锺书先生，说搞了十七年翻译，结果走得还很不愉快（因外文局不肯放）；钱先生说，他也搞了十七年翻译（指"文革"前十七年）。根据我的情况，他建议，就自己喜欢的书，好好翻几本，说国内的外国文学研究水平，相当于英美中学教师的学识。——这当然是指八十年代初的外国文学研究情况。

金：请问你翻译以来，最喜欢的是哪一本作品？

罗：《列那狐的故事》，能放开来翻。《管锥编》中讲"以文为戏"，经子古籍中也有修辞机趣。列那狐翻得最愉快，其中也有点文字游戏，例如第六十八页，以佛经四字一语的句法，译修道院长老的教诲口气。钱先生也曾以佛经体翻译希腊史家希罗多德文章。

金：你写过钱锺书研究吧！

罗：那是谈钱先生对翻译的看法。钱批评袁枚论韩愈"不读其全集"，所以我写钱，从第一个字看起，花三个月功夫，把他全部著作再看一遍，才敢动手。说句大话，我可说，前学傅雷后学钱。可惜只学到点皮毛。钱先生对古今中外的译论，可谓博览群言而自成一家，他的翻译论说和翻译实践，值得我们认真总结和好好学习。

金：还是请你把翻译的心路历程，以《红与黑》为例，约略谈一下吧！

罗：我搞翻译是笨办法。东坡所谓学者须精熟一部书，是"学然后译"，先打基本功，然后才动笔；翻译时，卡住了，"译然后知不足"，再看傅译取经。译《红与黑》时，每天看点傅雷；斯当达说，他每天看三四页民法，写作定定调子，或许是英雄欺人之语，但我看傅译，的确很有启发。他有些处理很高明，到底是大家手笔，举重若轻。他译书过程我们无从知道，但从结果看，可谓游刃有余，每页都有两三处译得很精彩。我曾说："精确未必精彩"，方平先生写文章驳我，认为"精彩不是翻译唯一的追求"。这话当然不错，精彩不是唯一的追求，但不失为一种追求；唯其精彩才不可磨灭，唯其精彩才难以超越。傅雷不为精彩而精彩，有些句子看来平平，但他翻来出手不凡。举例说，伏尔泰（Voltaire）有一句话："Il y a du divin dans une puce"；傅雷译成"一虱之微，亦有神明"，这"之微"两字加得好。这就是他高明之处，若译成"跳虱身上也有神明"，当然也可以，但讨厌的跳虱怎么会有高尚的神性，不大好懂，而且意味大减。"之微"反衬（神明）至大。

我只是"偷得其法"，用傅雷的两三法而已。我译《红与黑》，是参照傅译的学以致用。傅译两百五十万字是个宝库，很多人没去开发。《红与黑》开头，市长盯了太太一眼，我以傅雷笔法译成"瑞那先生一副老谋深算的神情，瞟了他夫人一眼"（en regardant sa femme d'un air diplomatique），而不像有的译者译成"以外交家的眼光看他老婆"。这不是我高明，是学来的，抄来的，抄傅译 *Eugénie Grandet*（《欧也妮·葛朗台》）里的译法。傅雷翻译吃透原文，把字里行间的意思也译出来。上下文照顾到，能把文气理顺。有时同样的字重复出现，译时用字避复，"一字两译"，相互阐发，翻译大有讲究，尤需修辞。

金：文学作品的翻译是奥妙无穷的。

罗：文学翻译是奥妙无穷，但有些文学作品，翻得像白开水，字当句对，没有波澜。袁枚说"文似看山不喜平"；翻译也需运用文字，译文也应尽文章之能事。有的人搞了一辈子，结果并没入门！

金：入门到精通，也不可以道里计。

罗：我奉行实学，观千剑，则晓剑；读千赋，则善赋。看到了什么是好翻译，自己译时就有个准绳。尼采认为，为学开始如沙漠跋涉，是骆驼阶段，艰苦备尝，这个阶段值得珍视。缺了苦学阶段，基础如没打好，可能一切都谈不上。之后，就要像狮子吼出自己的声音。我的吼声是借傅雷之力。有个大学生看了我译的短篇，说译得好，我告诉她，下如此苦功，译得好，没什么稀奇；译不好，倒才奇怪！

金：你真风趣。你有没有推陈出新，脱离傅雷的地方？

罗：我这方面比较保守，不以规矩，无以成方圆，最多也是有所法乃大。一次与傅聪谈到师法问题，他认为，无法之法乃大。

金：那是大家气象。

罗：傅译，严谨而又灵活，自具规矩，故可学。傅译巴尔扎克，值得借鉴，他译笔之妙，远远没给大家学到。傅雷目前还不应是打倒的对象，而是学习的榜样。我译《红与黑》的第一句，就是偷得傅译《邦斯舅舅》之法[1]。

金：翻译的成功方法是应该注意的。

罗：翻译有许多技巧性的东西，自己摸索半天也不知是否对头，毛主席说："把别人的经验变成自己的，他的本事就大了。"现成的东西很多人不去学，真可惜。罗玉君译的《红与黑》，有文学色彩，不失为文学译本。有些译本不讲技巧，字对字，句对句，不求工于技，当然不尽当于道，只能算是文字翻译。

金：赵瑞蕻认为《红与黑》的原文文字比较拙，不华丽，因此自己以前的译法不适当，要全部用口语来重译。你

---

[1] 见 *Le Cousin Pons*, Chapitre XVIII "Un Homme de loi"。罗新璋根据傅译《邦斯舅舅》第二三四页第一句长句切短的译法：L'avilissement des mots est une de ces bizarreries des moeurs qui, pour être expliquée, voudrait des volumes——社会上的风俗往往很古怪，某些字的降级就是一个例子；要解释这个问题，简直得写上几本书，化出《红与黑》的第一句：La petite ville de Verrières peut passer pour l'une des plus jolies de la Franche - Comté.——弗朗什-孔泰地区有不少城镇，风光秀美，维璃叶这座小城可算得是其中之一。直译：维璃叶这座小城可算得上是弗朗什-孔泰地区风光秀美的城镇之一。

对这个看法如何?

罗: 小说里有叙事, 有对话, 叙事可文一点, 对话宜白。赵先生主张全用口语, 一家译法, 当然可以尝试。固然斯当达不求华丽, 但 Julien 第一次去市长家, 见到 Madame de Rênal 这一片段, 就有文字之美。文学作品总有文学性的东西, 质朴也有质朴之美。

金: 对啊! 中文有中文的层次, 法文有法文的品位。文字的层次感, 是很难表达的。例如以前港督发表的文告, 用的英文很浅白, 但译成中文后, 由于习惯使然, 不能用"你你我我"的大白话。目前有些论者认为现代中文里不应用四字结构, 其实, 四字结构分为四字成语及四字句法两种才对。

罗: 四字结构很精炼, 比如法文 Ai-je prolongé les mains dans une caisse qui m'était confiée? (难道我把手伸进人家托我保管的钱柜里了吗?) 傅雷用"监守自盗"(见《贝姨》, 人民文学出版社五四年版五二一页) 四字, 就把意思说清楚了。《诗经》以四字句为主。四字一语, 文字凝炼, 表达精善, 钱基博称之为"研炼而出以简化"。《红与黑》讨论反四字结构, 莫明其妙! 再怎么反, 也反不掉。因为是千百年来使用中形成的措辞方式, 行之有效, 历久不废! 关键是用得恰当不恰当, 而不是用不用的问题。

金：请你讲一下翻译《红与黑》的过程好吗？

罗：最紧张时，每天四点起床，译到七点。清晨，平旦之气，精神好，没有杂事干扰，七点以后就维持不住了，一早就把定量（Pléiade 七星丛书版一页半）约一千字译好。然后白天忙白天的，中间有时间再修改、查书。译长篇如长途跋涉，每天得保持一定定额。

金：你翻译时的手法是怎么样的？

罗：初稿我是撒开手来译，不受拘约，到修改时才扳回来。译初稿，凭感受印象，常有些 Fantaisie（纵逸逞臆的东西）。《红与黑》翻到半中间，国际版权协议要开始生效，知道有好几个人也在译这部没版权的书，不敢掉以轻心，请出版社宽限半年，延长至两年，稍求放心。

金：两年从初稿到定稿，一共改了几遍？

罗：以前翻东西，改一遍抄一遍，会抄三四遍。《红与黑》稿子太长，时间太紧，就只三稿。上卷从初稿到一稿，再到二稿，就发稿；下卷，时间来不及了，就在初稿上反复改，请人抄一稿，抄毕，再从头到尾看三四遍，卷面不干净的，重抄一部分，这样说来，从初稿到定稿，前后也看六七遍。本来笼统说九三年春节前交稿，以为是二月份，哪知这年春节在一月份，这一个月时间出入很大，请求顺延到二月底。九二年九月三十日交上卷，九三年二月二十八日交下卷，因错过了春节前，也就错过了九三年，出版社说要推到九四年才排上出书。因此，交稿后，在副本上再把上下卷合起来，从从容容从头到尾连贯看一遍，时间在九三年三月到五月，看后专程去杭州，因书尚未发排，誊改在发稿本上。这一道改，最大的收获是稿费的减少，多余的字尽净删去，以求简洁，这样，文字就干净多了。文字一般总是越改越好，当然，钱锺书也说不能"过改"。

金：傅雷翻《高老头》，前后译过三次，每次都大事修改，有的地方，第三次翻译时又把第二次译文改回第一次的模样。基本上，读者都喜欢干净利落的文字，现在的译文时常啰啰嗦嗦，正如余光中所说，英文没学好，却把中文给带坏了。

罗：那是因为中文本来不过硬。

金：对呀！正如一个小孩子，禀性善良的，是学不坏的。

罗：文字应该讲究。傅雷的翻译，译来妥帖，而且时有警句妙语，读来有味道。

金：句子不稳，有如三脚凳，摇摇晃晃。中文每句句子的结尾要有分量。

罗：否则就顿不住。

金：你的风格是受傅雷影响的。

罗：不错！我的译笔、文风，都受他影响。傅雷足不出户，但在他，一室之中自有千秋之业，整天在书房里仔细揣摩，所以文字经得起推敲。翻译不能根据外文的长短来翻，如慧皎所说，要"依义莫依语"；译文宜加处理，善于变通，否则是方块字写的外国文。傅雷整日为传神煞费苦心，正如傅聪每天练琴十小时，与琴打成一片，提炼出纯音乐，而摒除乐器声。一九五六年傅聪自国外得肖邦奖归来，在京汇报演出，文化部邀请傅雷出席，那时还没有民航，考虑到从上海一来一回要一个礼拜，影响翻译进程，权衡之下不动心，决定不去，稳坐冷板凳，以事业为重。我们都做不到。

金：现在的概念不同了。傅雷像个隐士，但他的精神领域很宽广。说起来，你译的书我都很喜欢，你自己认为用力最深的是哪一部？

罗：花时间最多的是 *Le Roman de Tristan et Iseut*（《特利斯当与伊瑟》）。刚到外文局时，为学法文，泛读一些文学作品。看了这书很喜欢。"文革"后，文学复生，才动笔翻。"文化大革命"中，短期去了次法国，编译了本《巴黎公社公告集》。这是公文体，《特利斯当与伊瑟》则不同，是文学。

金："文化大革命"中，你怎么去了法国？

罗：基辛格第一次访华，点名要看故宫。国内随后在故宫办了个"文化大革命"中出土文物展，《中国文学》上有篇介绍文章是我译的。七三年出土文物展到法国去，需要翻译，就找了我。展览在Petit Palais"小宫殿"展出，展团成员有空就到法国国立图书馆查阅有关的敦煌写卷。一天，我名下那部分敦煌文物查毕，便想看看值得一看的典籍。"巴黎公社公告"，类乎"文革"中的通告通令。差不多有大半年时间跟文物界朋友在一起，耳濡目染，以观赏真品为贵，表示想看看公告原件。自己没找到书号，求助于图书管理员。他翻了卡，查了编目，也没找到，便打电话到里面去问，里面说二十分钟后再告知。结果借到的是完整的一套公告原件，拿出来两大厚本，是个宝藏，可谓世界上独一无二。这部公告藏品，说不定连法国人都没发现，因为他们自己会查目录，查得到公告图书。我意在看原件，看几张真品，过过文物瘾，不想图书管理员不怕麻烦，真把原件书号找了出来，这批原件几乎包括全部公告，是手稿部（Cabinet des manuscrits）的藏品，还注明À la réserve（特藏）！公告编号，从第五号开始，编到三百九十八号，现存三百六十多件，其他地方还散有多件。这些公告，有的是原件，有的是校样，有的是从墙上揭下的，还留有硝烟弹痕！翻阅之卜，原件，实物，好像接触到了真实的历史，字里行间风云激荡，使人感奋，作为文献，觉得非常有价值，决定副录下来。抄书是我的看家本领（当时，拍照要两万法郎，哪里有这笔经费）！上次是抄中文，这次是抄法文。一天抄十件，一个多月即可抄完。抄，核，再加上展会文案一摊事，每天只睡五小时，也跟十三年前在侯位胡同抄傅译一样。出国时定做的两件衬衫，有一个纸盒，回国时正好装了六厘米厚的抄稿。我们是九月十三日回国。在巴黎一共五个月，这套藏品到后期才发现，一个多月没怎么睡。走的当天，还在 Rue de Richelieu 的国立图书馆核对到下午一点多，再匆匆吃中饭，拜会外交部官员，去使馆文化处告别，等等，下午五点，一上飞机，就一觉睡到北京。

金：是回来后再译的吗？

罗：我选了几份，写了一篇介绍文章，登在《人民日报》。另选译两百多件，寄给上海人民出版社。出版社意思，资料以全为好，就把搜集到的三百八十九件全译出，到七八年才出版，印了三万多本。这是一本资料集成，平装，精装，能售出三万多本，在今天不可想象。

金：你很看重这本书，当时反响如何？

罗：社科院历史研究所曾著文推荐此书，称其中两百多件系国内第一次翻译，是重现公社光辉业绩的珍贵文献。还有一件想不到的事：公告集出版几个月后的一天，在《中国文学》上班时，突然接到北大张芝联教授的电话，予此书以很高评价，并邀我参加不久将在上海举行的法国史研究会成立大会；会上请我作一专题发言。对我这门外汉来说，也算一种殊荣。二十年后，遇到一人，说早知道我的"大名"；自知没几本译作，我说不可能，他说他读我的第一部译作是《巴黎公社公告集》，而且从头看到尾，还写有一篇文章。门外汉遇门外汉，一个非专业人士能读得这么专业，听了让人高兴。

金：你对翻译理论，以及理论与实践的关系，有什么看法？

罗：搞翻译的，应该关心翻译理论。知道理论，尤其是从翻译经验提升而来的理论，对自己下笔有好处。一部分理论，可以很高深，作学理的、形而上的探究。中国不是多了，而是少了。但一般理论，要切合实际，能指导实践才好。有人说中国的"信达雅"不够严密，还不能成为"学"；但能适于用，也就够了。有很多理论很空很玄，西方的一套理论对评定译文定下量化标准，但有时失之繁琐。我翻译时并不想什么理论，一个是读懂、理解，一个是体会、领悟，就开始译了。悟很重要，悟则通，打破外文与中文之间的语言屏障，语言隔阂。

金：你对目前翻译界有何看法？

罗：介绍外国译论，最好能结合中国的翻译实际和翻译传统。目前是引进多于建树。近期翻译刊物有不少关于建立翻译学的文章，比较可行的，是把中国翻译学搞好。切忌把中国翻译学搞成外国翻译学的翻版。我国翻译家对翻译有自己的思考，有自己的一套话语。我们讲"信"，外国人讲"忠实"；"信"与"忠实"，并不等值。"信"，从人言；但"信"与"伸"通，多出"忠实"所不具的涵义。依信而译，任兴而行。翻译（translating）先须严谨，行文（rewriting）不妨放开；也即穷达辞旨，妙得言外。有所羁束又不受羁束，原作客体与译者主体兼容并包，他者（other）与自我（self）两全其美。其中，他者的原作，是第一义的，有羁束力的，但译者的自我，凭情兴意会，时或脱略羁束。当然，外国翻译理论要重视，但不应重视到长洋大人之志气，灭自家人之威风。研究外国翻译理论，不是使自己变成中国的外国翻译理论家，而应能推进我国传统译论的现代解读，发展我国当代的翻译理论。

金：你目前在从事什么研究工作？

罗：研究谈不上，前几年为写鸠摩罗什的文章，看了点什译，看了点佛经，佛经是有深度的智慧，鸠摩罗什的翻译也大有智慧。翻译需要技艺、聪明、巧思、智慧。李义山诗云："独留巧思传千古"；两种语言通兑时，要善于发现相通之处，"巧"度过去。而智慧更是超越时空的。我们的翻译事业里，积累了前人许多智慧。如本世纪初，碰到humour 一词，就难为煞人，想不出贴切译法，今天随手就可写出"幽默"两字，而且音义兼译。须知翻译也是一种智慧（sagesse）啊！

（文字整理　金圣华）

原载香港《大公报》

一九九九年六月十六及二十三日

天机云锦待剪裁

八月十七日晚，一个女孩子打来电话，低沉幽咽的声音，告说她爸爸于当日凌晨两点去世。听后不禁黯然，哀感难胜。王安石悼欧阳修云："生有闻于当时，死有传于后世，苟能如此足矣，而亦又何悲？"苟不能如此呢？

她父亲李恒基，在同学同行中算得上是个人才，但在人口过剩的今天，一万人中恐怕有九千九百九十九人不知其名，然而，这并不妨碍其中不少人受他工作之惠："文革"前十年和"文革"后十年，国人看的法国电影，都经由他初选。他大学毕业后就到中国电影发行公司工作，终其一生，也没离开电影部门。

不过，李恒基并不是学电影的，虽则他后来成了电影方面的专家。他是我北大同学，而且是予我甚大影响的同班同学。记得五三年秋，进西语系，初学法语，齐香先生教语音，一口标准巴黎音兼标准北京话，年轻学子如沐春风。为加强师生联系，齐先生欢迎我们三五人一拨去她燕东园的家。那时大学生比现在单纯幼稚，尽管进了高等学府，大多还是未见世面的毛头小伙子，在教授客厅做座上客不免拘谨，见高级糖果，心虽动而手不敏。这时李恒基处事自如，应对得体，替大家撑场面，给我印象很深。稍后得知，他的出身接近布尔乔亚，而我们乃"普罗"。说来大家以差不多的考分考进北大，但同学和同学之间，天分、才具、教养，千差万别。而李恒基，在班上属于有才华的一类，会写何其芳《欢乐》（告诉我，欢乐是什么颜色？／像白鸽的羽翅？鹦鹉的红嘴？／欢乐是什么声音？像一声芦笛？／还是从簌簌的松声到潺潺的流水？）式十四行诗，带点那时颇受批评的小资情调。其咏怀诗当然秘不示人，但有的写完就随手夹在书里，或忘在桌上以待再推敲。同寝室一位杭州来的同学，也能诗，对李作特别感兴趣，有时引一两句，或戏仿其句，背着李兄，相与为乐。李恒基待人大方，他的书任我们取阅，甚至还向我们推荐。他是班上购书最多的人，那时好书多，书好买，北大岛亭就是书店，凡有好评的新书，他可谓搜罗略备。书看得多，解读得细，有点唯美倾向。

李兄音乐修养也不错，会弹钢琴，他妹妹后来考进上海音乐学院，很可能是受他的影响。当年校内文艺社团很多，在下是考数学系而取在西语系，艺文非所长也，只得望洋兴叹，不敢问津。话说俄文楼二〇一室，每周有星期唱片音乐会，音盲自然不会注意及此。有一次节目里有《天方夜谭》，李兄以最自然不过的态度，约我陪他去听。一路上，他如数家珍，谈里姆斯基－柯萨科夫，也说到强力集团。音乐会通常分两部分，前半场是小品，后半场是重头作品。听完出来，他很兴奋，讲起自己诸多感受，描绘音响幻出的美妙意境，不知不觉中引我进入音乐的殿堂。

北大四年，诗歌、音乐、莫里哀戏剧、法兰西文化，谅必是李兄一生最欢欣的时期。大四当上系团总支部副书记，又与五四著名女作家的女公主热恋，那时在英文专业低班学习，冰清玉洁，令人称羡。不料五七年夏天那场风暴，刮倒李兄，命运陡然沉重起来。他本有志于文学研究，那几年蒋和森在《文艺报》《人民文学》相继发表多篇宝黛钗等人物论，结成《红楼梦论稿》专集，为李兄的枕边书；他的研究方向，大约取径艺术分析一途，只因交了一步噩运，发落到电影发行部门，单位对他似乎不薄，但他作为右派和摘帽右派，二十年里难免心情落寞。电影公司有招待影片，他也请老同学去，相与晤聚，欢然道故，但都不及深谈。他悲苦的独语，自不会让人听到，但那苦涩的谐谑，常令人一粲之后，倍感无奈。前人有言："三十不娶不应再娶，四十不仕不应再仕。"他是在不应再仕再娶之后，先娶后"仕"的（官拜处长）。

　　李兄有才学，不过也有些疏懒，虽部分出于天性，却也是处境使然。因疏懒而才学不见用，至为可惜。因隔行如隔山，他对法国和加拿大电影的研究，自己从来不说，我们所知不多。但工作之余，他对法国文学的热诚，始终不减。以他的修养，尤其是贵族式的趣味，对普鲁斯特的《追忆似水年华》自然情有独钟，译林请他译这部巨著的开篇《贡布雷》，堪称得其所哉。南大一博士生，比较几个译本之后，认为李兄虽不无小疵，但仍不失为众译之冠。李兄专擅译诗，贴切而自然。缪塞的《咏月》，是法文诗里的名篇，且读他所译的其中三节，可看出属辞流便，机杼自具：

　　　　记得那苍茫夜色中间，

　　　　在黄昏的钟楼上面，

　　　　明月正圆，

　　　　好像玉盘顶在塔尖。

　　　　（此句直译为：好像字母 i 上的一点。——李注）

　　　　明月，莫非有什么幽灵

　　　　暗中用线将你牵引？

　　　　碧空清清，

　　　　衬映出你漫步的倩影。

只见你夜夜变换新妍，

满月如盘，初月如弦，

夜晚的行人，

感激你把路途照遍……

法国文学翻译，小说散文有傅译典范在前，提升一大批后起的译者。但法文诗译得不如英诗之多且好，李兄可谓佼佼者。他自己也志在译诗，倾心于《罗兰之歌》，收集诸多版本，预作各项准备，人民文学社也已约他翻译法国文学中这部最早的英雄史诗。他认认真真当一桩事，先把零星译稿打发掉，扫清道路。谁知身体一向康健的他，遽得重病，幸亏手术很成功。九八年春，欣逢北大百年校庆，他要女儿陪伴回到阔别已久的母校，在未名湖畔、宿舍楼区步行一圈。美丽的校园，虽往事堪哀，最后却成为他心灵的归宿：几十年的风风雨雨，涵育他的豁达通脱，重去感受人生中的美好一刻。也曾相约二〇〇〇年元旦，招老同学一起同庆进入新世纪。时已入秋，倒计时日近一日，看来可偿千禧年登临意。一个黑色星期五，病情急转直下，回天乏力，哀哉李兄，他最该译的书，还摊在案头；天机云锦待剪裁，千古词章未展才！

李兄是在今年初夏作例行住院检查，发现病情恶化的。

这几个月里，正值他家搬家；在将搬未搬之际，一时联系不上，知交故旧都不大知情。他去世前十天，其夫人因事曾给李兄一同学打过电话，这位同学乃当今著名学者，顺询李兄情况，仅答以"不太好"，对将约老同学于秋凉后去探视，唯唯唯而已，也无特别表示。故听到李兄噩耗，大家多少有点不测之感。事后得知，李兄病房里就有电话，除与家人邻居联系，不作他用。想必他愿为自己安排一个孤独的结局。两年前他做完手术，我们去探病，他谈起开刀，出语诙谐，似愿减轻我们的沉重。回家养病期间，我跟他有过一次电话长谈，介绍一本刚出的法文作品《穿越死亡》(La Traversée)，作者经略濒死体验，术后新生，待人接物，"其言也善"，尤其病中有诸多感悟。李兄听了，极具同感，只是对自己得病想不通，颇感委屈。是呀，刚到耳顺之年，一切似乎由逆而趋顺，"白天有太好太好的阳光，晚上有太好太好的月亮"，真恨不得让风物之美稍稍驻留，而命运之神倏然点名相召，能不慨叹！这是他情绪唯一的一次流露。涵养很深的李兄，只自己为自己悲哀，与人言，总说手术很成功，情况还正常。他是明白人，在离开人世前，先离开尘世，静聆肖邦，深味人生。其死守孤寂之道，使我想起他译的《狼之死》：咏一狼被围，身陷绝境，自知必死，神情异常冷峻，到死都不哼一声。诗的结尾是：

应当如何结束多灾多难的一生，
狼呀，你是榜样，你有崇高的精神！
细想碌碌一世，生前身后多少事，
唯有沉默伟大，其余都渺小不值。

哀叹，悲泣，祈求，都是软弱卑怯，
应当坚忍不拔，不顾命运恶劣。
不辞任重道远，刚毅地奋斗到结局，
然后像我一样，默默地忍痛而死去。

　　译者翻译一篇作品，尤其经过再三推敲得像诗，会记忆甚深，甚至有——不是狂悖，乃凝思所致——如同己出之感。译者，不是译文的作者吗？李兄十七年前译此诗，只为是维尼自咏的名篇；及至面临大限，李兄想必默念自己的译诗，以斯多葛式的坚忍，对抗命运的打击。而我们去参加他的告别式时，灵堂里却响起喜悦的乐曲。抑亦李兄之诙谐欤？他于孤寂中先走一步，而留欢快给大家，让活着的人感知生活之可喜，生命之可贵！

原载《中华读书报》
一九九九年十月二十日

李涉遇盗

　　李涉，唐代诗人，生卒年不详。宪宗（806—820）时，为太子通事舍人；太和（827—835）中，为太学博士；复以事流放南方，浪游桂林。大概是八世纪末至九世纪上半叶人，生当晚唐时期。世人常引"又得浮生半日闲"句，而往往忘其作者姓名。此句实出自李涉游镇江时，《题鹤林寺僧舍》诗："终日昏昏醉梦间，忽闻春尽强登山；因过竹院逢僧话，又得浮生半日闲。"《千家诗》入选此诗，取第二句最末二字，题作《登山》，而广为流传。

　　晚唐有杜牧、李商隐、许浑、罗隐等著名诗人，李涉只能算小家。不过在当时，可能声名甚著。《全唐诗》存李涉诗一百一十四首，载卷四百七十七，自成一卷。内录《井栏砂宿遇夜客》："暮雨潇潇江上村，绿林豪客夜知闻。他时不用逃名姓（一作相回避），世上如今半是君。"诗本身不算杰出，但其中故事说来别饶兴味。《遇夜客》题目后面，有自注："涉尝过九江，至皖口，遇盗，问：'何人？'从者曰：

'李博士也。'其豪首曰：'若是李博士，不用剽夺，久闻诗名，愿题一篇足矣。'涉遂赠诗云云。"称盗为夜客，甚雅；从问答看，此夜客，素质甚高，堪称雅客！唐代文学，最盛者莫如诗，盛到连盗贼都知诗识礼，得一题诗胜于剽夺钱物，真是诗人之福，更兼留一佳话。近时，偷盗之事时有所闻，甚至为偷盗而一气杀八女者，故装防盗门者日见其多。整顿社会治安，用时尚语，须加强综合治理。综合治理，涉及司法行政、机关街道，等等，等等；有李涉遇盗这一前例，或许加强诗教，也不失为一助！此法看似很迂，但庶矣而富之教之，使民向善，也只能从树立正确的价值观，从提高国民素质着手。

原载《北京晨报》

二〇〇〇年一月五日

喜看爱玛倚新妆

时下一年出书十几万种而好书难求的情况下，笔者日前见到人文社新出的福楼拜集，翻阅了大半天，兴奋了好一阵，如闻空谷足音。印象最深的有两点，一是译文上乘，佳者堪称经典；二是艾珉写的总序，既客观公正，复简明周详，对福楼拜的创作思想与艺术特色，概括到位，不仅是最佳的导读，还可成为文学史中独立的一章。

两年前，笔者译特罗亚的《福楼拜传》，翻阅过不少福楼拜小说译本。福楼拜作品大多一书多译，却未见将其多部作品合成一集。人民文学出版社这套书，名为《福楼拜小说全集》，收《包法利夫人》《萨朗波》《情感教育》《三故事》等多部作品，分上中下三卷，号称全集，其实并不真"全"，作者早年习作均未入选。这好像是人文社的习惯做法，可能是本于追求经典性的意愿吧。该社出的外国作家全集，一般不收其试笔阶段的作品，或有人不以为然，但对作家与读者不失为大好事。良工不示人以璞，将最能展示作家风貌的作品呈现给读者，就已完成介绍之大端。研究者若嫌不全，自可去读原作，而且也以读原作为保险，一经翻译，难免羼入译者的理解，加大了距离。故与其玉石俱收，不如衷其精粹，对文学爱好者更具鉴赏与借镜的价值。何况福楼拜成名以前的《狂人之忆》《十一月》《漫游散记》等篇，其精华部分，大都已融入后来的《情感教育》等作品，不收也不算太大的损失。

外国文学作品面对读者的，首先是译文。译文好坏，直接影响作品在译入国的传布。从此集的全貌看，人文社慎于遴选最佳译本或另请高手新译。《包法利夫人》，人民文学出版社自己就先后出过两个译本。这次不取四平八稳较直白的新译，而采用早先的李健吾先生译本，实获吾心。周克希兄在《译应像写》[①]一文中，论及《包法利夫人》译本，称鄙人"说李译是定本"，真太抬举我了。区区只是社科院的员工，而非院士，有何德何能，敢去封定本？只是早年对照阅读过李译，觉得译笔高明，不琐守原文句法，行文通脱活泼，故推崇再三，以致予人定本说的印象。试随举两例：

A ce tintement répété, la pensée de la jeune

---

① 载《中华读书报》二〇〇〇年十二月二十七日。

femme s'égarait dans ses vieux souvenirs de jeunesse et de pension. Elle se rappela les grands chandeliers, qui dépassaient sur l'autel les vases pleins de fleurs et le tabernacle à colonnettes. Elle aurait voulu, comme autrefois, être encore confondue dans la longue ligne des voiles blancs, que marquaient de noir çà et là les capuchons raides des bonnes soeurs inclinées sur leur prie-Dieu; le dimanche, à la messe, quand elle relevait sa tête, elle apercevait le doux visage de la Vierge parmi les tourbillons bleuâtres de l'encens qui montait. Alors un attendrissement la saisit; elle se sentit molle et tout abandonnée, comme un duvet d'oiseau qui tournoie dans la tempête.

　　钟声悠悠荡荡，重来复去，勾起少妇的记忆，回到童年和寄宿时期。她想起圣坛的蜡烛台，高出花瓶和细柱神龛之上。修女们伏在跪凳，左一顶硬风帽，右一顶硬风帽，仿佛黑点子，夹在一长排白面网当中；她真愿意像往常一样，戴上白面网，再在里头厮混。星期日，做弥撒，她一抬头，就望见淡蓝香云，环绕圣母慈容，嫋嫋上升。这样一想，她感到了，觉得自己柔荏少力，四无着落，好像一根羽毛一样，在狂风暴雨之中打转。

Peut-être aurait-elle souhaité faire à quelqu'un la confidence de toutes ces choses. Mais comment dire un insaisissable malaise, qui change d'aspect comme les nuées, qui tourbillonne comme le vent?

也许想对一个什么人，说说这些知心话。可是这种不安的心情，捉摸不定，云一样变幻，风一样旋转，怎么出口呢?

李译真译得像写作一样（须知译者本色是作家，鲁迅先生曾以"绚烂"二字评李健吾《终条山的传说》），而且不悖原文文意。所谓不即不离，不脱不黏，参活句是也。文字之工拙，关乎各人造诣之深浅。李译的文字，当然是散文，妙处臻于诗性翻译。顺手翻了四五个后出的译本，都太落言诠，似不及李译简洁而有文采。这跟李先生的文字功力与艺术修养有关，也缘于李先生对福楼拜的卓越研究："斯当达深刻，巴尔扎克伟大，但是福楼拜，完美。"——可谓名言。谈到翻译，李先生说过："译者应该钻进作者的生命，才不至于有失他的精神。这是事业，是信仰，是真实与美丽的结晶。"
李先生正是本此宗旨译《包法利夫人》的，倾注了全生命，
心与笔谋，时见精彩，某些方面至今难以超越。就通篇而
论，李译之妙，不在步趋形似之间；自然灵气，莫可名状，
臻于"一件艺术作品，正要叫人看不出是艺术的"（李评《边
城》语）。傅雷论译主传神，金岳霖则倡译味，李译《包法利
夫人》不仅能传原著的风神，而且读来有味。翻译能翻好，
读来有味道，是一大成功，像傅雷译葛朗台，明明是讨厌的
暴君，读来却是有趣的家伙。按国外翻译理论大师奈达的说
法，一个译本的存活期不超过半个世纪，李译理该寿终正
寝。洋权威的观点姑置不论，若对前贤成就略存敬畏之心，
那么可发现，李译仍瑕不掩瑜而光彩熠熠。李先生倘在世，
事情就很简单，亲自修订一遍即可；为难的是李先生已作
古，如按原样照排，缺憾依旧。所幸李先生女公子极通达，
支持出版社重新校订；责编也克尽厥职，以文章高手而甘当
无名英雄，顺应李译文风，略去微眚小疵，个别改动处天衣
无缝，使旧译焕发出新的光彩。进入新世纪，对有定评的上
世纪译本，旧译新订，补苴罅漏，发扬光大，或许是译界的
一项希望工程。好译本亦可遇而不可求，值得珍惜。

　　李译未经人文社修订之前，在众多法国文学翻译作品

中，也是数得上的一个好译本。这或许是出于我的偏爱或偏
见，至少早年读李译本留下了好印象。法国人说，le goût ne
se discute pas，所谓萝卜青菜，各有所爱。后起的众多复译
本各有改进，各有长处，也有译好的，但在风格上，在韵味
上，超过李译者还罕见。有一出版社出《包法利夫人》（陕
西人民出版社，一九九八），提出译文力求"贴近90年代汉
语"，这当然是一种翻译策略。用当代人习用的汉语翻译外
国文学作品，固然是应该遵循的原则，但不同时代、不同体
裁的作品，自具不同文风、不同词彩，恐怕不宜一按"90年
代汉语"来译。特别是古典作品，似不宜贴近，反而应与现
代汉语拉开距离，下点"做旧"功夫，甚至穿上"古装"。
丰子恺译《源氏物语》，追摹《红楼梦》笔法，读来醺醺有
味；钱稻孙译近松《曾根崎鸳鸯殉情》，成功运用元曲语言，
令人拍案叫绝；施康强译《都兰趣话》，仿话本笔调，堪称
当行出色。《包法利夫人》（一八五七）是十九世纪中叶作
品，李译出版于二十世纪中叶（一九四三、一九五八），用
那时文字译出，读来比较贴切。真的贴近了现代汉语，就用
九十年代汉语，虽译古典，却成今典，本欲趋新，反倒背时
（anachronism），遑论等而下之，"今"而不"典"者。相应
的作品，宜用相应的译语，不必统统限定今语，好在我国文

学历史悠久，诗赋词曲、话本说唱，语言样式缤纷繁多，世界上无论哪一类文学作品，都不难在中华文学宝库中找到适当笔墨来移译。此事不难，只在功夫。

原载《中华读书报》

二〇〇三年四月十六日

非偶词俪语，勿足言文

古文里不少名篇，百代传诵，千古不朽，值得我们学而时习，细心品味。其文字之美，声律之佳，气势之雄，意境之高，令人击节叹赏。此等妙处，非读不能领会，非背不能牢记，决非图文书、MTV 所可替代。

《古文大略》拟为外语出身人士而编，非为专业文史人员者也。吾人学外语，特别是在国内学，投入大量时间精力，犹恨学不到手。尤其外语能力成为制胜的关键，以外语为立身之本的学人，往往不惜以荒疏国文为代价。而通晓外语，旨在交流，尤须注重国文。西方文学固有其胜长，我国典籍亦不乏佳什。学点古典经典，于一个人的修养品性，至关重要，甚至不可或缺。中国文化的蕴奥与光华，以散见于古代名篇里为多。阅读经典，可谓"一开始就占据了精神的制高点"（钱理群语）。先哲隽语，后学要义。编者就曾有六年一心学法语，少看甚至不看中文，以深味 les subtilités de la langue française（法文之精妙）。于发音、用字、造句、行文，求之唯细，一丝不苟，期能学通会用；而对母语，则怠慢多矣，满足于大致水平。说得风雅一点，是慕诸葛亮之仅观大略，效陶渊明之不求甚解。诸葛亮舍博观泛览，慎于寻行数墨，即为饾饤小儒，不会成其为闪耀古今的贤相；陶渊明若字字求解，或许提前成乾嘉派小学家，反会失去一位遗世独立的高士。如是读书策略，其于常人，或不及孔明之能见其大，不逮靖节之能得其深，但略知粗解，依旧能诵而有趣，览而有得。

所录百八十篇，除经典名文不可不选，也顾到修业进德敦品励行人格涵养之内容，并兼及思想深刻之文字，如苏东坡《贾谊论》、黄宗羲《明文案序》、顾炎武《与友人论学书》等。古今宏丽精华之文，颜之推仅许以"不过数十篇耳"；今荟萃华章于一编，供玩味佳构于随时。欧苏妙文，倘能细读曼吟，当能省识文字之美。而《滕王阁序》《阿房宫赋》，均系两家之少作，尤为中国之美文（Chinese belles-lettres）。欧阳修论文，主"事信言文"；翻译亦当同理求之。袁枚尝云："骈体者，修辞之尤工者也。"若于文字上求文采，要之，诚如刘申叔所申说："非偶词俪语，勿足言文。"（《中国中古文学史·概论》）孟德斯鸠有言：Happy the people whose annals are vacant（幸福的国民历史上没有记录）；钱锺书译以"国史无录，国民有福"八字，匪独词省而达，更且美言胜信言。"辞之不可以已也如是夫！"故文辞不达，则译事无功。名章隽句，讽诵易熟，记忆匪艰，尤不可不多读，以收事半功倍之效。

再者，读书须放开眼界，外语人士交游会稍广，易逢异邦他国之汉学家，故《梦溪笔谈》《天工开物》《东京梦华录》等著作，宜略知一二。国人尊儒，西人崇道，孔、孟、老、庄，《本起经》《菩提偈》，儒道与佛，兼收并蓄。因翻译与外语如影随形，拣选"五种不翻""译事三难"等论说聊备一格，别开生面。并附早期译经两篇，以志佛典传入予中华文化绝大影响者也。与人交谈切忌语言无味，故摘《世说新语》之名士掌故，无位而尊、无势而热之"钱神"，彼梦此遇、两梦相通之《三梦》，以及一齐凑发、众妙毕备之《口技》，以资谈助。

可惜古文难读，令人裹足怯步，徒羡典籍丰美而逡巡不前，与书的 presentation 不尽无关。为使古文易读，乐于接受，本书首重注音，次在释义。音有正误，诗无达诂。学外语尤重语音语调；洋博士中文念白字，要闹笑话，但懂不懂，相对只关一己之事。一项英语研究表明，语音语调会影响到学习成绩，影响口译的正确性，以及学人的自信心。本书注音，以篇章为单位，务求翻开一页，即能顺畅念下去，"书当快意读易尽"！

陆务观云：著书易而注书难，诚哉斯语。文言之注，确是难题。文前注后，颠倒查对，截断连贯阅读；更有文一篇而注百十，翻不胜翻，翻到手眼皆倦，以废书不观作罢。本书采简注法，只求大致能看懂，通篇能解得。钢琴演奏，有古典派与浪漫派之差别，有法兰西学派与俄罗斯学派之不同，而亦有崇尚简约之极简派（minimalism），如凯文·柯恩（Kevin Kern）照样能interpret music wonderfully。古人有言：书读百遍，其义自见；钱锺书云：观辞（text）也，必究其终始（context）。

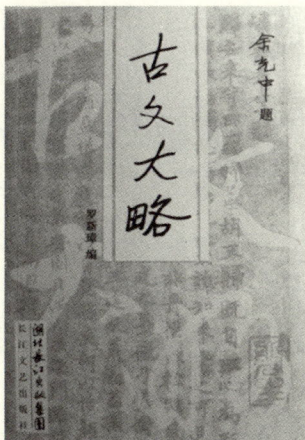

长江文艺二〇〇六年初版本

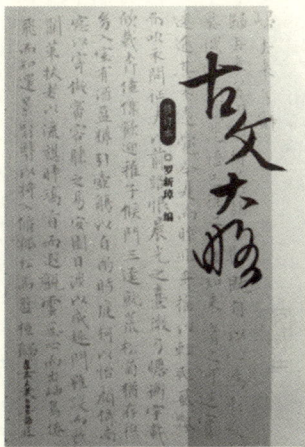

复旦出版社二〇一二年修订本

况且汉字是世界上硕果仅存的表意文字（ideograph），"字"（如伞）有时也表"意"，望"文"或可生"义"！注唯简约，以最少字释最涩意，不备不尽，在所难免。其局限是，太长太难的文章，只得割爱或节录；有时文中典故繁夥，博依繁喻，注不胜注，索性不注，精义奥旨需读者自己动动手动动脑，no pain, no gain。凭聪敏，凭悟性，自能越读越懂。碰到一字二义，如《垓下之围》里"面之"之"面"，作"劈面"或"背面（偭）"解，孰是孰非，专家尚无定论；转而一想，即便有一二不解，并不妨碍读出好文章。再说，不少外语高手，连域外的天书都能看懂译出，遑论自幼习得的本国文字了。另有解构 deconstruction 一派，恨不得把作者逐出文本，意义全凭读者当时语境、当时心态，则更无需多注也。妙文先快快读，理解可慢慢来，盖释意有时不免难于全允，可毕其功于一役也。

本雅明（Walter Benjamin）的语言观，以纯语言（pure language）为最高追求。学外语的难免看到不少拘文牵义、似是而非的中文，本编各篇为地道中文无疑，尽可放心阅读和汲取。未达纯语言之前，先看点纯中文不失为一助。

但愿好书不寂寞。本编最大的愿望，是能成为外文学子乐于翻阅的枕边书（livre de chevet）。今日之下，电脑之为用大矣，然好书还得备几本，于屏幕快览之余，犹有手不释卷之乐，而切不可无书为伴。孟子云："君子深造之以道，欲其自得之也。"晨兴读半篇，夜寐背几行，真积力久，自能得提高欣赏水平与驱遣文字之能力。

选目注释有不当之处，幸博雅君子不吝赐教。

二〇〇五年五月二十五于台湾师范大学国文系图书室

二〇〇九元旦稍加补正

《古文大略》编后记

二〇〇四年初，应台湾师范大学之聘，在译研所周中天教授麾下，勉任客座教授两年。课时不多，待遇优渥，生活便易，师大总馆及国文系图书室庋藏丰富，得饱读为快。出于一时兴趣，辑出好文章百十来篇，取名"Readings/读本"，着重在读也。外语学子，课业有关，容易偏于一方，对国文，尤其古文，明知其有益而苦其难读，往往用力不够。为便于其读而消解其难，本书试作尝试：篇求其精当，文求其明快，注求其易解，版面求其整一。其实，最简易的莫若朱子所说："读书别无法，只管看，便是法。看来看去，自然晓得。"深读久为，自能悟入。

二〇〇五年初，台湾文教部门出台《九五暂行课程纲要》拟缩减国文课时与文言比重，教育界学术界反应强烈，发起"抢救国文教育联盟"，由主张"文化应得到持续传承"的余光中教授任主任。当年五月，联盟发布《行动宣言》，并举行多项活动。时选辑工作已大致就绪，因想请余先生题写

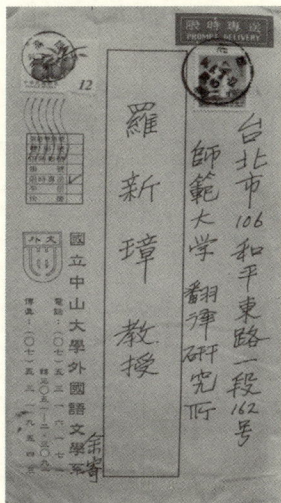

新璋先生：

　　五月十八日大札拜奉，还要至歉！《翻译筚徽》一文高瞻远瞩，《日薄犹得五百字》则自述译道，亲切而幽默：师大能聘到如此良师，诚学子之幸也。

　　拙文《翻译与创作》收入拟编《翻译论集》重出新版，当然同意。至於为尊编《古文大略》题字，则甚倒了我。我的字从未认真练过，写稿勉可题字则见不得人。涂鸦附後，只为证明真是笔钝，千祈勿用也。何时南下当接一叙，耑此即颂

　　近佳

　　　　　　　　余光中　六月二日

书名。余大诗人于六月二日赐函，并题签多则，谦称："我的字从未认真练过，写稿勉可，题字则见不得人。涂鸦附后，只为证明真是笔钝，千祈勿用也。"余字瘦硬，自具风骨，冠于卷首，以光中文此编。

　　古典经典，今人举以为治学之本。而古文名篇，影响尤大。梁启超称：好文学能涵养情趣，作为民族的一分子，"总须对本民族的好文学十分领略，能熟读成诵，才能在我们的'下意识'里头得著根柢"。而"有益身心的圣哲格言，一部分久已在我们全社会上形成共同意识"。值此价值混乱之际，

更宜转向经典：读少少时，得多多益；进而锐精其学，彰显其业。是编也，选而又选，汰而又汰，广读原著，更多看选本，着意汲取台湾语文界最新研究成果，尤得益于黄振民编《历代文选评注》（编译馆版）、周明初编《明散文选》（三民书局版）、陈镛编《清代散文选》（明文书局版）等精选本。年初，看版样时，补白颇取资于刘衍文编《中国文坛掌故事典》（上海辞书社）。为确保本书学术水准，特请蜚声东瀛的国学名家赵桂藩教授审读全稿，绳愆纠缪，一丝不苟，想释义当无大误，校对庶无错字。承蒙薛鸿时、陈伯海、施康强、郑延国、严蓓雯、薛斐等友好不吝赐教，惠我不浅。特向以上各位，以及诸古文选家及国学贤达，致以深挚的敬意与谢忱。付梓在即，区区益觉惶恐，以外语出身而率尔纂辑古文选本，谅达者当不责其僭妄也。

识于京东百尺楼

二〇〇六年四月十七日

七分译三分作

　　紫军先生的《中国绝句与"柔巴依"》，文章做在"与"字上：中国绝句在前，波斯四行诗体在后，二者相距有四百年。在此时光空间，有丝绸之路和回鹘西迁这两条途径，递传中东。回鹘，即回纥，是维吾尔之古称。"柔巴依"这种格式，在维吾尔诗歌史上，可以上溯至六世纪。维吾尔先民敕勒人斛律金的《敕勒歌》，原文即四行诗，北齐（550—577）时译为汉语："敕勒川，阴山下。/天似穹庐，笼盖四野。/天苍苍，野茫茫。/风吹草低见牛羊。"回纥流徙于贺兰山、敦煌、西域一带。《新唐书·西域传》讲："唐兴，（各国）以次修贡……然中国有报赠，西至波斯、吐蕃、坚昆。"中亚地区无论在名义上和实际上当时已列入唐朝版图（见王治来《中亚史纲》二三三页），华夏文化对中亚的影响也较前为大。安禄山起事，唐肃宗曾乞兵回纥，其士卒纵横长安，留京师者常千人。考七言绝句，起自齐梁间，至唐初四杰后始成调。浸润唐风，维吾尔族的四行诗，逐渐成格律化的"柔巴依"。"回鹃西迁一个世纪之后，伊朗出现了'柔巴依'诗体。"（紫军文）我国绝句，或许经维吾尔柔巴依，而成波斯的柔巴依？

波斯天文家和数学家 Omar Khayyam，音译为莪默·伽亚谟、奥玛珈音或欧玛尔·海亚姆，生于一〇四八——一一二三年，约当我国北宋时期，写有柔巴依七百余首，有"波斯李白"之称，因亦嗜酒，且诗风近于太白故。

我国最早译莪默诗《希望》篇者，为胡适氏，其后记中记下："八年二月二十八日译英人 Fitzgerald 所译波斯诗人 Omar Khayyam（-1123 A.D.）的 Rubaiyat（绝句）诗第一〇八首。"（见《胡适全集》卷十页九五）胡博士把"柔巴依"，径称为"绝句"，想必有其理由吧。后之译者，译成文言、白话，格律、自由体者，均有。如二者确有渊源，以绝句译 Rubaiyat，可谓旗鼓相当。因喜读莪默诗，各种译本凡见到都曾翻翻。陈四益先生文（见七月二十三日"笔会"）引郭沫若氏所译第十二首，黄克孙译本作：

> 一箪蔬食一壶浆，
> 一卷诗书树下凉。
> 卿为阿侬歌瀚海，
> 茫茫瀚海即天堂。

黄译《鲁拜集》时有佳句（台湾书林出版有限公司二〇
〇三年版）：

> 不问清瓢与浊瓢，
> 不分寒食与花朝。
> 酒泉岁月涓涓尽，
> 枫树生涯叶叶飘。

> 不事神明事酒魔，
> 前尘后事任蹉跎。
> 借来年命偿杯酒，
> 卖去浮名买醉歌。

黄克孙初译于一九五二年，是二十刚出头的文学青年，
佳句一九五六年始由启明书局正式梓行。黄氏后成为国际知
名的物理学家，美国麻省理工学院教授。他在一九八六年
《序》中称："初读费氏的译诗①时，我刚进研究院攻读理论
物理学，阅读之下，心中怦然有感……《鲁拜集》的翻译，我
的出发点是作诗第一。人必先有感，然后为诗。"依他看法，
费氏译诗，是借奥玛珈音的灵感而重新创作，结果是词藻优

———————
① 指费茨吉拉德的英译。

美，成为传诵的诗章。"相比之下，其他许多比较'忠实'的
译本，不是引人入胜的文学，而是古板的学者的文据。"黄
氏亦取径于此，称自己译法为"衍译"。"衍"，犹引也，演
也。就是不拘泥于原文的衍绎。译，可译？非常译！诗尤难
译。黄氏标举，译中有作，"作诗第一"。以言译诗，七分译
三分作，未始不是一法。

　　附言：承社科院民族所学者热依汗·卡德尔相告：维吾
尔诗歌形式里原先就有四行诗，待波斯形成四行式柔巴依，
便把自己原有四行诗也称为柔巴依。

原载《文汇报》

二〇〇七年八月十七日

育儿之趣

　　家里培养出一个优秀子弟或出挑女儿，是父母的最大成功，至少是一大成就。育儿可以是人生一大乐事。生个好儿女，有时真觉得是"上帝赐予的一份好礼"。

　　每个新生儿，只要胚胎发育正常，都应是健全而完善，生气蓬勃，易于成长的。小毛头靠自己之力，从娘胎里挣扎出来，就具极强的生命力。"婴儿有很好的免疫能力，能抵御大多数细菌的侵袭。"头六个月，从理论上讲，是不会生病也不该生病的。不适，得病，乃护理不善或严重感染。

　　据说，孩子刚生下来，放在母亲胸脯上，天生就会自己找奶吃。但不要欺其初生，以为不识之无，其实，从独立生命开始的那一刻起，他已在用心学习了。甚至在出生前三个月，母亲听的音乐，放过几遍，隔着肚皮听的他也会喜欢。这么说来，其实早在娘胎里，就已经开始学习了。

　　每个宝宝，生来都是通情达理、可亲可爱的。大了之后，多半能讨人喜欢，但也有惹人讨厌的，关键在于养育是否得法。只要教子有方，可以断言，家家都能带出好儿女。

孩子得到父母的百般照料，未必就是最好的照料，这里面有懂与不懂，涉及医学、生理、心理诸多方面众多内容。所有父母自己都是从小儿长大成人的，早先育儿大多取传帮带方式。进入二十世纪，科学昌明，医学发达，儿童医疗独立成科，取得长足进步，连育儿也成一门专门学问。现在坊间相关著作，也已不少。其中影响甚大、较为经典的，当推五十年代美国儿科大夫斯波克博士（Dr.Benjamin Spock）所著的《育儿备览》（*Baby and Child Care*）一书。

斯波克欣慰地看到：随着医务的进展，儿童生长得从未像现在这样健康。斯波克早年习医于耶鲁和哥伦比亚大学，毕业后自力开办儿科诊所，接触到成千上万的小病人。傍晚从诊所回来，用晚膳时，跟夫人讲讲白天遇到的趣事。夫人倒是有心人，日积月累，记下大量案例。十几年后，斯波克有志于著述，还是夫人为他准备下丰厚的资料。斯波克此书，根据最新学理，附有大量实例，内容充实，行文生动有趣，读来不像一般医学书那么枯燥。如小孩把东西扔到地上，母亲捡起来，他又扔；再捡，再扔，大人不免起埋怨心理。道理说来很简单，大人捡，是东西不让随地扔；小孩扔，一来一回，以为母亲在跟他玩呢！每次排便后，小家伙

喜欢回头看看，你想有什么好看，其实他是在检点自己的
"创作成果"！稍大，孩子自己坐马桶，开始往往不肯，表
示害怕。有的东西，一冲就没有了；他怕冲力太大，会把他
也冲下去。所以，宜等他离开之后再冲水。又如，一起玩
时，小女孩一时内急，就地解决，小男孩不意中见其私处，
不说窥阴癖的满足，他先就犯上了愁，怕自己不要也落掉或
无有！儿童思维，往往与大人相左。没有直接的接触，不作
科学的分析，就不可能对儿童有真切的了解，书也就不会写
得如此信实而有趣。

　　该书着笔于一九四三年，一九四六年出版。一书风行，
纽约纸贵。多年后复据后续经验和读者意见，于五七年出修
订本。欧洲各国相继译出，日文版《斯波克博士育儿书》亦
于六一年出版，译者认为已落了后手。几代人都是读其书育
其儿，培养出一大批健康活泼、独立自主、乐观进取、能适
应现代社会的 Spock's Baby。据说英国的玛格丽特公主，以
及苏联政要的千金，都是看了斯波克，才学会养小囡的。其
书一时被誉为"育儿圣经"，其人也被奉为"儿科权威"。到
六十年代，世界各国各种文本总销售量已达二千万册，为美
国二十世纪以来最畅销的著作。

　　斯波克觉得，世界上没有什么比看着孩子一天天长大

更令人着迷的了。无论是体格的发育，头脑的完善，每个孩子的成长，都能一步步重现人类的整个进化过程。到一岁左右，孩子学着站立起来，就像人类先祖几百万年前能逐渐直立一样值得庆祝。养儿育女是艰辛而漫长的历程，同时是极富创意、充满成就感的乐事。听到孩子牙牙学语、咯咯大笑，令人由衷高兴，一切烦恼都可不计。一九五七年再版本，冠有斯波克友人写的一序，称读其书，觉得育儿如此有趣，只恨自己已然老大，再无福气生个小孩来养。

育儿固然是促成小孩体格和精神的成长，于父母，也是走向成熟、人格健全的重要一步。教学相长，孩子和父母，也相互影响。尤其是母亲，有了孩子，切实担起生活担子，人生变得充实，有的甚至戒掉了烟，像换了一个人。

斯波克的育儿主张，主要有下列三点：

一、充满爱心，接受孩子

培养身心健康的宝宝，唯一的诀窍，就是充满爱心，与孩子建立一种彼此尊重、互相支持的关系。婴儿刚生下来，幼小而无助，吃饭、睡觉、屎尿、冷暖等最基本的生命机能，全要靠大人照料。要母亲对他微笑，和他说话，跟他玩耍，受到这些体贴入微的照料，孩子会喜欢与人亲近，高兴生活。得不到关爱的孩子，长大后就会对人冷漠，遇事无动于衷。

类聚群分，婴儿约可分为两类：一类，宝宝的性情，正合父母心意，这是幸运；一类，孩子的脾性与期望的相反，这就要父母多费心思，善于引导，让孩子朝积极健康方向发展。父母的期望与抱负，在多大程度上与孩子天性相符，称之为"吻合度"。吻合度，是父母与孩子相处是否能融洽的重要因素。即使吻合度高，孩子也不会百分之百跟期望值一样。这时爱心就特别重要。喜爱，意味着接受。不讲条件，如实接受。不论男孩女孩，好看难看，父母都应该喜欢，不要尽想不尽如人意处。这不只是感情问题，而具有非常重要的现实意义：即使孩子其貌不扬，有些笨拙，只要能得到大人赏识，他就会感到自信和快乐。若一直看冷面孔，长大后会缺乏自信，影响到智力与潜能的发挥。每个孩子都有强项和弱项，都有天赋和不足。望子成龙，培养超常儿童，这种心意可以理解，但恐怕是严重的错误。聪明的父母，善于帮助孩子发现其所长，顺其自然，因势利导，才能臻于成功。

二、开头半年，最最关键

儿者，人之微始也。斯波克尤注意"生命的第一年"和

"宝宝的两周岁"。小毛头的吃喝拉撒睡，随时有人照应，他会觉得生活里充满慈爱，对人信任；这种基本的信任感，会成为孩子性格的核心。婴儿与大人之间的应对机制，在头六个月里，基本上确定下来。切记：开头半年，最最关键。到两三岁，性格成型。其间，对他影响最大的人，就是父母和抚育他的人。孩子长大后，是积极乐观还是消极悲观，是充满信心还是孤僻冷漠，很大程度取决于两岁前照应者的态度。斯波克倾向于由年轻父母自己带孩子，比年长的爷爷奶奶更有青春气息。孩子学本领，主要通过模仿。跟年轻者养成身手敏捷，与年长者得其谨慎与缓慢。老人带孙辈，怕跌怕摔，结果小孩变得胆小而怕事。

六个月后，孩子有可能被娇惯，被宠坏。为孩子的健康成长，对其不合理要求，就不应通融。父母越让步，孩子越得寸进尺。

一岁会走路了，他蹒跚走进房间，东碰碰西摸摸，什么都想弄个明白。你告诫他："哎，当心，不要靠近电视机。"这下正好提醒了他。他够得着的东西，应该都可以拿来玩。事先得把瓷杯花瓶等，从矮桌上挪开。如孩子在拉电线，最好的办法，不是赶去阻止，你越阻止他拉得越起劲，而是叫他到这里来拿一件新玩意儿，转移他的注意。小孩子非常容易分心，你领一岁半的孩子去糖果店，他根本不会好好往前走，像小狗一样，总有使他感兴趣的事，十分钟路准备走半个小时。他成了一名天生的探险家，不让尝试，不让探索，孩子会变得胆怯而依傍。与其如此，不如尽早给他自由，让他一脚迈进独立自主、充满发现的世界。

初生时那段和顺甜蜜的时光，到两三岁时基本就结束了。他开始认识自我，开始有个体意志与独立思想，要成为他自己。他要脱离父母独立行动了。这种独立性，对孩子的成长是绝对必要的。父母要学会跟这个"新人"打交道，着力培养一个有自己个性、精神健康的小家伙。

三、掌握分寸，严格要求

教育孩子，仅仅有爱心还不够，需要关爱，也需限制。善待孩子，掌握分寸，才不会把孩子宠坏；只养而不教，爱而没限度，才会助长孩子不良倾向。斯波克虽力主对孩子要倾注爱心，但却是位严格主义者。

父母的责任，就是教孩子走正路，用汽车术语，就是孩子提供动力，父母掌握方向。而且，孩子原本就指望父母来引导，以父母为榜样。孩子良好的习惯，主要通过仿效而养成。培养良好纪律，遵守行为准则，不管之管，是为上策。

但即使最听话的孩子，也会有犟头倔脑、不听话的时候。父母要尊重孩子，也要注意维护自己的权威。应该约束的，若父母一味迁就，会给孩子以可乘之机。对其不合理的要求，为不拂其意而勉强依从，从长远看，反而不利于他的长成。因为日后社会上对他们绝不会百依百顺的。这时，就要能说"不"，设定界限。该硬就硬，甚至狠心。要使孩子明白，大人的限制和纠正，全是为他们好。实事求是，以理服人，孩子倒反容易接受。不然，越溺爱，越任性；越纵容，越过分。

总的来说，父母的关爱，比惩罚更重要。有时孩子表现实在不好，不得不予以惩戒。惩罚不是不可用，但必须明白，惩戒从来不是最好的管教方法，这只是一种极强的提示作用。如孩子很晚回家，又不设法告知父母，就罚他一段时间里晚上不准外出，这是要他明白一条做人的道理：每一种行为都要承担相应的责任与后果。也有这样的孩子，经常挨骂受罚，仍恶习不改，此事说来复杂，非三言两语可尽。

中国有句老古话："棒头底下出孝子。"现经专家研究，认为不用体罚，照样能教好孩子。要靠父母言传身教，循循善诱；动之以情，晓之以理。挨打，孩子会感到羞耻、屈辱、痛苦、怨恨，甚至记恨一辈子。据说有种有效的戒罚，就是把孩子关在房里，独自思过，唤起良知，自能醒悟。

斯波克特别反对小孩看电视，认为即使高质量的儿童节目，也会束缚孩子丰富的想象力。电视上看着画面从眼前掠过，应接不暇，被动接受，久而久之，会变得缺乏创造性，不像读书，从从容容，边读边想，能启发想象，活跃思维。最好家里不置电视，有也要控制使用。至少孩子房里不放电视，放在公共空间。要看，最好跟孩子一起看，指出电视里并不是真实的生活，帮他提高识别力。

近见斯波克此书已有中文版，由南海出版公司于二〇〇七年全文译出，依据的原文是"全新第八版"。斯氏《育儿备览》，初版迄今，已六十余年；斯氏本人亦以九五高寿，于一九九八年谢世。其后学尼德尔曼（Robert Needlman）教授，参照儿科研究的最新成果，以及育儿法的改进，对书中实用信息进行更新和补充，还针对青少年的新情况，如胖墩的增加，增设了全新的章节，于二〇〇四年完成"全新第八版"。新版《斯波克育儿经》，据称已译成三十九种语言，总销量计五千五百万册，可见此书影响之持续与深广。

一九六六年我女儿出生，法国友人曾赠我一册据原著修

订本翻译的法文版。有一两年时间，可谓熟读斯波克，得益
匪浅；还跟有关"专家"时相切磋，俨然速成"育儿专家"。
故今朝翻翻南海版《育儿经》，如老友重逢，倍感亲切。但旧
本《斯波克》，既可一般阅读，亦便临时查考，如碰到什么问
题，可根据情况查阅，即知该自己应对，还是去医院就诊，
非常实用。今南海二〇〇七年版书后无索引，不知是原著因
革新而革除，还是中译本为节省篇幅而节减。只是没有了索
引，实用性不免打点折扣，略留遗憾。

二〇〇八年十一月十一日

原载同年十一月二十三日《东方早报·上海书评》

汉语的华茂与技法的精工

　　巴西日裔学人奥赛姬·戴普雷（Oseki Dépré）称：不管承认与否，每一次翻译行为，都是自觉或不自觉，对于翻译的思考。口译急需择定，无此从容，想必多半指笔译。做文字翻译，大量时间用于字句推敲，但据戴氏言，则其译也有思，也就是说，翻译是一种有思想的活动。真正的翻译家，专力翻译，最多在前言后记提到翻译情况，崇论宏议谈翻译者少。有的名家，如曹靖华，甚至认为文无定法，翻译无窍门、无标准可言。但是，最早的翻译理论，恰恰萌发于翻译家的言谈之中。如讲西方翻译理论的鼻祖，就要追溯到古罗马的西塞罗（前106—前43）及其《论最优秀的演说家》（前46）。远的不说，本书[①]的译者中，王佐良教授谈翻译就颇有见地，尝言：译者"处理的是个别的词，他面对的则是两大片文化"。余光中先生则说：对原文中"含义暧昧但暗示性极强的字或词，有修养的译者，沉吟之际，常会想到两种或

---

　　① 即黄忠廉编《译文观止》，已由语文出版社于二○○九年七月出版。

更多的可能性。面对这样的选择，译者必须斟酌上下文的需要，且依赖他的直觉。这种情形，已经颇接近创作者的处境了"。翻译过程中的译理思考，于此可见一斑。

如果把奥赛姬的提法，置于翻译研究这一范围考察，则可看到，在相当红火的理论翻译学一旁，还有较显冷清的应用翻译学这一大块。应用翻译学是否为理论翻译学的凭借与基底，不敢肯定；但翻译理论最初起自翻译应用，翻译实践，当无疑义。译学研究，自上世纪五六十年代蓬勃开展以来，群雄并起，学派林立，其探索的广度和理论的深度，业已构成一门完备独立的学科。而应用翻译，主要停留在应用，大都是教材教程，举例多立论少，具体多抽象少。翻译是将甲语易为乙语，而语言是一种结构，于词语转换、句序重组之际，自需相应技法与对策。王夫之曰："有形，而后有形而上。"有有形的翻译之后，尚有待提升到理论层面和形上境界，使之真正成为一门学。

近半个世纪以来，文学翻译空前繁荣，译作如林。英语文学方面，佳译频现，辉映当世，足可编出一部《译文观止》而有余。名曰观止：观者览也，止者止于至善。即以本书而论，所录各篇，俱为一时之选。前辈译家如冰心、吕叔湘、王佐良、夏济安、高克毅，继起者如余光中、杨自伍、黄源深、王克非、柯平、潘绍中、郑昌锭等，译文各具特色，值得借鉴。披文览胜，或壮美，或生动，或清丽，或谐趣，于母语写作之外，辟出一方夷邦文苑的胜景，令人心驰海外，视通万里，顾不乐乎？培根《谈读书》，说理透彻，警句迭出，如：Reading maketh a full man; conference a ready man; and writing an exact man./ 读书使人充实，讨论使人机智，笔记使人准确。王佐良译笔精练，畅达，古雅，不愧经典译文，译文经典，几无可挑剔。以前，读开头一句："读书足以怡情，足以傅彩，足以长才"/Studies serve for delight, for ornament, and for ability，觉得如仿韩愈句，"师者，所以传道、受业、解惑也"，可译得更紧凑些：读书者，足以怡情、傅彩、长才也。查培根（1561—1626），乃文艺复兴时期人，生当我国晚明，故其文体，王译不取径唐代古文，而向明人小品靠拢。此文另有三四种白话译本，而以文言本胜出。西方文体，也有各种风格，其中典雅、凝练、简练、含蓄一类，试用简约雅致的古文来译，或许倒更对路也说不定。前人论辞达，引例证分四类：浅言不达，深言乃达；详言不达，略言乃达；正言不达，旁言乃达；俚言不达，雅言乃达。此例可谓：白话不达，文言乃达！同代人中无出其右者，想后辈则更难企及。现今译界中人，国学修养，古文功底，一代不如一代，令人感叹，只得让王译专美于前。更可喜的，是王译的成功，唤回时人对传统文言的认同与应有的尊敬。

一国文学里真正美的东西，你可以体会到其妙处，但任凭天大的本领，也无法不折不扣地移译过来，只能直接在原文里欣赏。王勃的《滕王阁序》，当为我国第一美文，翻出去能翻到七分，已是不恶，碰到"落霞与孤鹜齐飞，秋水共长天一色"，一动一静，只十四字，会令最高明的译家绝望。要与之竞赛，超而越之，也像在中文里一样，看过后令人低回赞赏，几同痴人说梦。当然，高手去译二三流作品，出人头地，完全可能。早年大学时代，俄语是公共外语，课文中读到莱蒙托夫的《帆》(*Paryc*)，短短十二行，几遍念下来，感到一种无可言喻的音韵之美，令人陶醉。后来看到几种中译本，总觉得相去甚远。法国诗人魏尔兰（Verlaine）名篇《秋之歌》：Les sanglots longs / Des violons / De l'automne / Blessent mon coeur / D'une langueur / Monotone.（秋之提琴 / 弦弦声声 / 如怨泣, / 单调漫长 / 令我伤神 / 惝无力。）原诗文字很简单，只一句句子，学半年法文，就能念诵叹赏，但要译好，无论用求信求达求雅，还是等值等效等额，再极端的，用音译——求其音韵，也都无法得其神采。此诗的韵味，正在与涵义密不可分的音乐性（la musicalité/ the musicality）上。犹之乎法文版的《秋声赋》而字句更凝练。但无论《秋之歌》《秋声赋》，美文不可译，注定译不好，真是无可奈何之事！除了好诗美文，好得美得不可替代，一般文学作品，中文都有可能翻得比其他文字稍好一些，原因在于汉语的华茂。古人说：文辞以体制为先。早在东汉建安末年，曹丕在其《典论·论文》中已说道："奏议宜雅，书论宜理，铭诔尚实，诗赋欲丽。"那时已区分出四科八类，后来更是众体间出。各国文学都有名篇杰作，但中国文学似乎更绚丽。上古时期我国已有《诗经》、《楚辞》、《国策》、《史记》、汉赋、骈文，佳句华章，百代传诵，而西方有些国家，说来不信，当时连语言都尚未诞生。又如古文中，诏册檄表，纪赞箴颂，各有其体，义例精密。尤其骈俪，典雅华赡，乃中国文字特有的修辞技巧。钱锺书谓："骈体文不必是，而骈偶语未可非。"语体文里就含有不少骈俪成分，为文字之美增色不少。一般而论，翻译比写作用到的文类或许更多。翻希腊神话、西方史诗、骑士传奇、古风歌谣，以及作品中的书翰、启事、呈文、状子，文字讲究的话，欲显文体差别，也宜仿我国相应体裁。今天做翻译，理当用现代汉语，但根据文章体类，浅近文言，诗词曲赋，偶词俪语，排比对句，倘能掌握几副笔墨，可以丰富修辞技巧与表达手段。如夏济安译散文，通篇白话，碰到这句英文：The sitting still at home is the heavenly way; the going out is the way of the world，用偶句对仗，作：在家安居者天之道也，出外奔波者人之道也，言畅而意深，于齐整中见工致。故外文的原意，运用汉语丰富的词汇与句法，完全可以译得词意圆妥，曲尽其妙。

仲尼云："载之空言，不如见之行事之深切著明也。"理论贵在抽象，但也易流于玄虚，不若见诸践履，更有启发。且看例句：

> See how the woods from an amphitheater about it, and it is an arena for the genialness of nature.
>
> 万木拱抱，又好像罗马的圆剧场，这里所表演的，都是大自然温柔敦厚的一方面。

这一译例，出自 Thoreau 文 *A Winter Walk*（《冬日漫步》）。廖美珍教授在介绍译者时说：上个世纪，中国文坛用英文写作而显得"不隔"的唯少数几人，夏济安是其中之一；同时，可说也是翻译作品"不隔"的不多翻译家之一。"不隔"，是一种很高的境界。夏先生是难得的人才，没有留学的资历，甚至也没有到过英美等国，而英语有如此造诣，真令人叹服。英汉是两种语系不同、大相径庭的语言，往往扞格难通。翻译时，要去"隔"会通，关键不仅在"遣词"，更在"造句"和"行文"。句的分量，重于词。廖教授紧扣原文，深探夏译特征，归结为善小句、善拆句、善增词、善再创四类。该赏析文引两段原文，各含两句，分别拆为十个或十二个汉语短句。并加以评说：汉语句型是小句优势，此说颇有见地。英语呈形态结构，汉语无形态制约；英语可长言回环，汉语则断处皆续。而且，据柯平译 *Felicia's Journey*（《费利西娅的旅行》）一文所作的统计，得出最好句长勿过二十字。西方文字，常句长数行，长袖善舞，脉络清楚；中文如照搬，尾大不掉，转折不灵，就需"在句法上使用技巧"，拆成小句，历历如贯珠，符合汉语阅读习惯。将原文多重意思，纳入汉语络绎行文之中，依乎文理，顺乎笔势，没有阻隔之感，没有斧凿之痕，极尽译事之妙。具体做翻译，宁可无理论，不可无技巧。赏析者在夏译《冬日漫步》中已指出多种翻译技巧，此处不妨从"善小句""善再创"引举译句中，再提取一点剩余信息：

Singing birds and flowers perchance have begun to appear here, for flowers as well as weeds follow in the footsteps of man.

　　花花草草普通总是逐人迹而生；这里既有人烟，我想鸟应该唱歌，花也应该开放了。

　　此处 the footsteps of man，前译"人迹"，后译"人烟"；又，另一句 the absence of color，前译"看不见色彩"，后译"色彩的缺乏"，均一词二译。这一译法的好处，一是避免同词重出，增益修辞；二是以两词释一义，总比单词释一义，意义更周全；三是拆短句子，周转灵便。词组转换等，当然是技巧；而一词二译，甚至可视为纯技巧，运用得法，百试不爽。故而，除了各种具体技巧，可能还有一种普适技巧，更具相对独立的价值。

　　此处说的一词二译，英译中里有，法译中也有。如 Balzac 的 *La Cousine Bette* 有句：

　　Wencelas Steinbock était sur la route aride parcourue par ces grands hommes, et qui mène aux alpes de la gloire, quand Lisbeth l'avait enchaîné dans sa mansarde. (Editions Albin Michel, P.304)

　　Wencelas Steinbock had had his feet set on the hard road trodden by those great men, leading to the heights, when Lisbeth had kept him on the chain in his garret. (*Great Books of the Western World*, vol.45, P.266, Encyclopaedia Britannica, Inc.)

> 傅雷译作：伟大的人物都走过了<u>荒沙大漠</u>，才登上光荣的高峰；文赛斯拉·史丹卜克被李斯贝德幽禁在阁楼上的时节，已经踏上那一段<u>艰苦的路</u>。

法文 aux alpes de la gloire/ 光荣的阿尔卑斯山峰，英译省去 la gloire/the glory，只译出 the heights。西文 la route aride/the hard road，前译"荒沙大漠"，后译"艰苦的路"，这样处理，层次清楚，避免长句。试想，倘用直译，后一句成：已经踏上那一段伟大的人物都走过了才登上光荣的高峰的艰苦的路。不仅四个"的"字，的的不休，其中一句名言，更胎死腹中。技巧精良，译笔才能出采：伟大的人物都走过了荒沙大漠，才登上光荣的高峰。从踏上艰苦的路，到登上光荣的高峰，人生因苦难而崇高，表达因技巧而深刻。从技法到思想层面，其间的得失与深浅，尽可付诸应用翻译学作形上研究。技巧虽是形式，但译技的背后，焉知没有通往译艺的蹊径？译艺，翻译艺术；艺者美也，予翻译以美的表达。正是表达的美，使文学翻译，真正臻于翻译文学。

又：

Il aima mieux rester dans l'incertitude que
d'acquérir la plus légère preuve de l'infidélité de
Valérie.（P.262）

He would rather remain in uncertainty than
be given the faintest shadow of proof of Valérie's
infidelity（P.252）

傅译：他宁可糊里糊涂把疑问搁在那里，不愿
看到有一点点证据，坐实华莱丽的不忠实。

此处 preuve/proof，分别译成"证据"和"坐实"。若光
用"证据"一词，句子就成"不愿看到有华莱丽的不忠实的
一点点证据"，累累十八字，而另起一义，借"坐实"来点断
和挽转文句，则念起来更顺畅，意思更清楚。

《冬日漫步》的"汉译例话"指出，夏译不照搬原文形
式，拆句易词，手法多样，盖法者所以适变也。如果问夏先
生，或许会像苏东坡谈自己书法所说，"我书意造本无法"，
没有有意识地运用什么技法，只是把理解所得，凭借笔力，
尽意曲达以出。傅雷先生曾把翻译比作临画，"所求的不在形

似而在神似"；其三数篇谈翻译的文章，亦俱是论道不论术。名家巨匠或许就靠学识修养文字功夫，冥会变通之术，而译成传颂之妙文。译文技法，如不对照原作，往往隐而难见；译者本人即使讳言技巧，技巧不会就不存在，上文所举多例已足以证明之。

甚至可说，好的译作，篇篇都有翻译处理，处处都需翻译技巧。穷变巧于转换，务异言之可诵。翻译而无技巧，可乎？没有技巧，怎能译好？盖因翻译中，不时会遇到难字棘句，常法难胜，非技巧不能奏效。至于技巧后面的考量，则取决于各自的翻译观。翻译观，宣之于口的，或未经言表的，管其大，乃其本；技巧，数数所谓雕虫小技，是其末。但，勿因技小而不为。技巧切不可小觑，以为是低层次，须知技可致艺。无技巧，就无艺术。只有技艺纷呈，译笔才能多彩多姿，如夏济安之译《冬日漫步》。

严复在《原富》按语中言："盖学与术异。学者考自然之理，立必然之例；术者据既知之理，求可成之功。学主知，术主行。"翻译技巧，也是一种术。"术主行"，以"求可成之功"。即术之施行，可求得成功！可见技巧的力量，技巧在提高翻译质量中的力量。可以说，好的翻译，必有技巧的功劳，不管是刻意营求，还是功到自然成。正像钢琴家、小提琴手，凭借精湛的技艺，才有辉煌的演绎。而杂技魔术，更是完全靠"技"靠"术"；熟能生巧，神乎其技，令人惊叹。周敦颐谓："文辞，艺也。"翻译是一门语言艺术。艺中有术。术的有无与高低，关乎艺的文野与精粗。翻译质量的获致中，翻译技巧的份额绝不可低估。真要做好翻译，须极端重视翻译技巧的悟得与妙用。

忠廉兄索序予我，盛意难却。自己也愿借机说一说技巧与文辞之不可轻忽。不讲技巧，长句难字，固难胜任；光有技巧而文辞不美，还是美中不足。遂不揣谫陋，将点滴感想，拉杂写来，更兼枝蔓。有些话，可能时贤早已善说之矣，幸恕我献曝之孤陋寡闻。愧甚歉甚。

二〇〇九年三月廿六日

成败荣损一刹那

——《翻译论集》前后话

    浮生蹉跎，一路走来很长，回望之下却去日如烟。往事故交旧文章，没的没了，散的散了，过去了理应就放下了，之所以还有一点顾眄与念想，或许只为究竟其原委：守持根本，感恩人生。

    一九五七年秋，我从北大西语系毕业。早在六月初，系主任冯至先生已在全班同学会上宣布分配名单：原定和德文专业樊益佑一起分到人民文学出版社。樊兄湖南浏阳农村人，成分好，只因鸣放时讲了回乡所见违法乱纪的事儿，被指斥为攻击党的农村政策，定了右派；为了表明不是专门惩罚右派，不仅他没去成人文社，连我也顺带一道发配到国际书店。学非所用，卖了五年零三个月的书。涉世之初，苦难成了我人生的第一课。一时身处绝境，脱困无望。但深知消沉不得，时时鞭策自己，惕励奋发。直到六二年广州会议，周总理向知识分子脱帽鞠躬，陈毅副总理讲学用不一致的内部可作适当调整，我才调动去外文局《中国文学》法文版，以应人才青黄不接之需，而那位直言莽撞的樊兄依旧留在书店，到后来觉得他连留在国际书店也不配，才调出北京，去了银川。樊兄从湖南县中考入北大，国学功底扎实，到了宁夏，"人贱地卑，难于为事"，但为不负所学，不枉学了德语，在极艰苦的条件下，用了前后十年，一心译《浮士德》，其间数易其稿，出版过程中还遭"煮豆燃豆萁"的相煎之苦，最后以樊修章的笔名，于九三年在译林出版社出书。右派了五十年，卒于〇七年夏①。

　　我于六二年十二月二十八日，办理离开国际书店的手续；六三年一月三日去外文局报到，也就在当天晚上，给傅雷先生写了一封长信（在书店工作期间，刻苦自励，曾四年读一经，专攻傅雷翻译；之前之所以没去信，是怕先生认为

---

① 樊益佑，笔名樊修章。一九三二年生于湖南浏阳高坪石湾村农家。其父与三兄力田，供樊上学。年少苦读强记，打下旧学根基。五三年考入北大西语系。五七年六月，系主任冯至先生宣布樊分配至人民文学出版社；旋因毕业前划为右派，改派至国际书店进口处。后阶级斗争形势严峻，认为樊不宜搞"对外"进口；作为阶级敌人，更不容他在京城有一席之地，于六五年逐至宁夏。其父及两兄在三年困难时期饿死；因同情彭德怀，且有言论，六五年底定为现行反革命分子，至七九年三月恢复普通人身份，任教于宁夏大学中文系。七七至九二年，以十六寒暑，五易其稿，译成《浮士德》，并《歌德诗选》。编有《晚唐小品文选注》，为《唐之韵》二十集电视片解说词撰稿。二〇〇七年病逝于银川。留有文稿及旧体诗多种，未刊印。

自己没学好才去卖书的）。傅敏兄后来告我说，其父阅我去信，大为感动，在当时人事旷疏很少复信的情况下，一月六日当天，即复一长函。在下一封信里，先生说他前信没有留底，烦我抄一副本寄去。就这样，接续上大四那年和傅雷先生的通信往来，到六六年"文革"初起、先生愤然弃世前，前后曾致我约十封书信。

六七年初，《公安六条》颁布，春节前实施严打，刮红色风暴，我内人单位红卫兵宣布要来抄家。她那时属于黑五类子女。其父是沈阳市公安局的侦察员，早年曾在日本人手下做过事，但他很早就开始为共产党工作，四八年本被派去台湾，因遇台风未能成行。他工作出色，经常受表彰；因调动频繁，到新单位大家还没熟悉他，来不及考察，又调走了，所以入党未成。到五七年右派攻击五○年"镇反"、五四年"肃反"扩大化，才被收审，查了两年，最后认定无血债但有历史罪恶需清算，送去劳改三年。到八十年代始获平反，肯定他"长期奋斗于隐蔽战线"，尊崇为离休革命老干部。此是后话。——抄家前夜，我老婆很惶恐，自己先翻箱倒柜清理一遍。唱片事小，抄出来要砸就砸，她认为最危险的莫过于傅雷给我的信，不如烧了落个干净，免生事端，乱世求个太平最重要，因为傅雷目标大，当时已被打倒，且自绝于人

新璋先生：大作及

尊译摘句陆续收到，Rene 与 Phili 均□廿二岁时
书读时阅读迟滞对浪漫派感德原著久不弃而辍，爾後拔枝阅尚
望 惠寄 僕人孩子日裏涂日课外尚有其他以人校订之作品初排
在星期日卷之内反明见访之多打搅 尊稿必须相赏时方能作
博雨 实偶為幸

戴以對自己译文迄未满意，苦闷之处而浅与 先生同感译文之
载何容易等激伏晚余精神对原作精会意语而传神鲁感愈不足
怕為一事用中文表达为又一事况东方人与西方人之思想方式有茶

本於政我人重综合重暗示重含蓄西方人則重分析细微曲
折捉摸唯恐不尽惟惟恐不周此两种 心理截然领悟治变
流商為 文放之在翻译意义即已晦涩達論情绪不若西欧文
字波此同源以同典故文历史尚浅内法接亲
遠不如三千年傳统之文言一即肯穷气数工作有長期摸索
拘口之病又須做简单重神纵不有形似译文光润之往粹之中无尖成
尊孔乃神傅译以似写成在一家派愧乎難以行文流畅用字遣辞包
我事能而論自閉與拟定目標相误尚遠。

先生以九閒月之精力钟神抄译，戴之国可佩，私人阅之挑所
傅物按之恐温詳误之唐必有贵视原篇 见言以便及有、無任感激。
戴字未曾独服身义追视神往壶感瘢湍湍度往、眼漲滋滋律事逐度
急慢而追工愈多誤所谓眼累累高手绕会、便永远跟不上牛。
至於戴译作為传稿、銅贵器遐遺過人首書籍之中短篇著乎。刊載
曾對撗害易看写甘武篇之属、一刊既滚沒胪。須怕与深入崩中
短篇、幅太多往短期内强束為瘢晝成績而有方便事变疏遗

陸筆、方滚求译尤为要事任何作品不释读之立迄无不動筆光為浮
事基与法門会要参致斟原作速通思想感作之化為我有既颇浏悟初
速译、手口心法及行文习惯、无故此慣國用方敝便之译事敬实。
近古人累以最彿终身为很欠、無戴威之小悟始到之同悟無過多慣
尝能而得解、無初世之社會经验、懒参之心曾对、剖所谓覆解懒蟹原
作、即所得解及本必能源田腐悟、锡缩悟尤菜译多与法至原作对识谬
精曲不乞很累译下去忠實以译文原约本然有所借鏡须以日償独持

眼忽悄之浪累言此浔、知、宜善百敢原文徐它、译者忠持高執
实書必當可科 天下略有翼动笔、与、疗修修所展

文徑

傅雷拜启

一九六三年一月六日

民。那时冬天用蜂窝炉取暖，眼看那沓马上就要付之一炬的信函，忽然想起先生嘱我抄一副本供留底的那封信，从其嘱托之殷当知此信有非常之处。趁老婆转背之间，我飞快把那封信从信封里抽出来，塞进裤子后面袋里。就是刹那间的一转念，留下了那封信。——在此，暂把时间之流打住片刻。那一刹那真是性命交关！那封信如顷刻之间化为灰烬，日后就写不出谈傅雷翻译的文章；如无此文，商务就不会找无根底的人来编《翻译论集》；如无此论集，台湾师大就不会把个冒牌翻译理论家请去到图书馆扎扎实实读三年书；如不读这三年书，就会大大落伍，轮不到在此饶舌了！今日的一时虚誉，全系于当时的一线生机。——信中先生提出："愚对译事看法实甚简单：重神似不重形似；译文必须为纯粹之中文"，并求"行文流畅，用字丰富，色彩变化"等主张。若烧了那封信，七九年为傅雷平反追悼会之际，或许就心灰意懒，不会去写什么文章；就算勉强写了，先生教诲不可能记得那么真切，最要紧的是，缺乏凭证，言而无"信"，会少了振振有词的底气。

"文革"期间，傅雷一直是反动权威、打倒对象，那封信就隐讳多年。待到"文革"后期，七五、七六年外国文学介绍开始复苏，李文俊时有一新译作寄我"指正"，我出于礼数，写去一二看法。李文俊是海纳百川能成其大的人物，事后请我和内人去他府上吃螃蟹作为酬答：三雄一雌，也顺带庆祝四人帮垮台。席间朵颐大快，宾主尽欢，我说所谈看法并非自以为是、没有依据，便把傅雷墨宝展示于他。其后，冯亦代开始筹办《读书》，草创之初，各方征稿；李文俊觉得此信珍贵，向冯推荐，遂刊登于《读书》七九年第三期上。不久，从《参考消息》上得悉，傅聪去国二十年，将于近期回沪参加其父平反追悼会。感念自己在学译过程中曾有幸得到大翻译家指点，出于对先生的崇敬与哀思，写了一篇《读傅雷译品随感》，发表在《文艺报》第五期，聊表纪念之情。

当年面对烧红的蜂窝煤，须臾间抽出那封信是个偶然。更偶然的，是商务编辑陈应年碰巧读到那篇随感，几年后竟然还想起来，请我编一本《翻译论集》。陈应年北大毕业后，在商务做编辑，已编"林译小说丛书"十种，"严译名著丛刊"八种，认为接着该编一本翻译研究的书，便找到了我，以为我对翻译理论有兴趣，或许还有点研究。那时翻译研究不像现在已成规模，没几人写文章，所以还记得我。我觉得他的设想很好，但自己虽热衷于译事，却不精于译道，先口头承应下来，唯恐辜负了人家一片好意。我跟陈应年说，可先找找看，有没有其他合适的人选。八二年中共中央召开

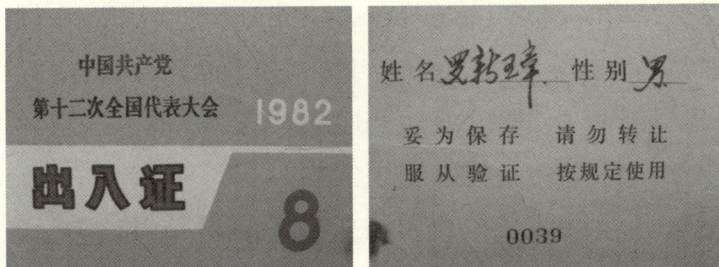

十二大，八九月间我去参加翻译班子文件翻译，把手头工作暂告一段落。翻译组工作结束后，我去找陈应年，问有没有其他合适人选，有没有别人在编同样的书。据他所知，尚无。于是就暂定由我来编。

万事开头难。在迷宫里给我一根阿利雅德涅（Ariadnê）之线的，是南大罗根泽教授《中国文学批评史》中"佛经翻译论"一章。从中查进去，刨根究底，旁及其他，还真找到了线索。我一九八〇年调入中国社会科学院外国文学研究所，外文所的人也可以到科学院图书馆借书。科学院图书馆位于东厂胡同、中国美术馆对面，库藏图书五百万册。目录中翻到佛经卡片，便填卡试借，木版本、线装本、珍本、善本，居然都可借阅浏览，无意间竟发现了一座宝库。在"科图"查资料一查查了四个月，早上开馆就去，傍晚四五点离馆，再借出三本书（馆方规定每次限借三本）；想当初可以把古籍借回家看，确乎是一份奢侈！查阅了很多经卷序文，都是旧版原版书，没有句读，当时复印不像今天这么方便，图书馆不提供复印，多数资料只能手抄副录。白手起家，唯勤查勤读，做专一之学，坏处是少了切磋商讨，一切都靠自己摸索。断句拿不准的时候，就向馆里看书的老先生请教。如此这般，从汉魏唐宋、明末清初、近代五四，一直到现在的翻译文论，都搜罗研读一过。兢兢择别，不敢有失。因为天天去，一去就是一整天，渐渐和馆里的工作人员相稔熟。有一位高个子李姓男馆员人很好，不厌其烦，为我查书提供诸多便利和帮助。八十年代初，人际关系还很朴实，我也只在书出之后，奉赠一册，聊表谢忱。

书编好了，当时编这类书都要有一篇"批判性"的序，不然不好出版。我此前在《中国文学》做了十七年中译法，没有正经写过文章，有也只三两篇短文小序。所幸我在看书抄资料之际，随手写了一些心得和笔记。便把这些片段文字按年代排下来，拟了一篇一万多字的初稿，除了材料的杂乱堆砌无他。编书，浸淫日久，渐能得其条理。改二稿时，把史料梳理了一下，大致分成古代、汉唐、清末民初、现当代几个时段，概括出各阶段翻译理论的要义和前后承继的脉络。现在回想起来，写此序得力于三点：

一是发掘出了一点新材料。千年佛典译籍一直库存在那里，但要你下功夫去发现，才能成新史料。做学问，资料很重要。挖掘出新史料，才可能有新史识，才能让材料活起来，赋予学术以新生机。关于中国翻译史，近现代资料当时已能陆续见到一些，独缺古代部分；在"科图"发现的古代译经序论，追根溯源，从认识发生论来说，原初部分恰恰最重要。犹记得第一次看到金陵刻经处版线装本《法句经序》全文时的兴奋心情，其出发点之坚实，立足点之高卓，不愧我国译论第一文。

二是做事有一点责任心。在《中国文学》期间，出于工作要求，养成一种认真负责的精神。当时，翻译安徒生的叶君健是领导，何路是总管，她抓总，工作有章法，只管三个组长：中文组陈丹晨、英文组唐笙（杨宪益戴乃迭夫妇就在组内）、法文组我。实际工作中认真踏实，是第一要义。孔子嘱告要"执事敬"。任一事，成一事。诚如乔治·史坦纳（George Steiner）在《人生勘误》（*Errata*）中所言：做事就要把事做好，做不好就有罪，罪在没有尽责，尽达到优秀之责。编此书时也秉承了以往的工作习惯。为《翻译论集》收集材料花去四个月，写序用了一个月。篇目迄止于八二年年底。加上后期整理，于八三年春节前结束。编纂那几个月，都全身心凝神专注，无丝毫懈怠旁骛，以期快快结束，转回我研究所的业务。总之，用力甚勤，费时半年。很多人以为编这样一部《论集》，总得花上三年五载，其实集中全力，夜以继日，于短期内亦可毕一事。当年王国维之于《宋元戏曲考》，"以三月之力，写为此书……非吾辈才力过于古人，实以古人未尝为此学故也"。前人未尝为，草创功易成。

三是略懂得一点文章法。"文革"时，有天天读。每天早晨上班，八点到九点，读一小时毛选，开始看中文版，后来可看法文版，再后来可允许看外文书。当时悉心研读莫洛亚（André Maurois，1885—1967）作品，印象最深的是其短篇小说集《钢琴独奏曲》（*Pour piano seul*，1960），文辞甚美，既古典又现代，甚优雅复清新。普鲁斯特的长句学不来，莫洛亚的遣词造句则可学。我一向嗜读莫洛亚（le grand lecteur d'André Maurois），对我为文为人都有很大影响。在《中国文学》时期，"为文"主要是翻译时法文字句的推敲，遇较弱的文稿则带点编译性质。莫洛亚行文，力求"简洁、贴切、明晰"（la concision, la précision et la clarté），切忌拖沓、重复、晦涩（le pléonasme, la répétition et l'obscurité）。那时手头常用的工具书，是《正确的用法》

（*Le Bon usage*），讲究用词典雅，行文简练，以致法国人都称我为 le puriste（纯正派）。而表达的完善，有助于思想的深化。序文写得稍长，要收得紧才好。就在我为如何收尾犯难时，莫洛亚又来帮了一忙：出身于大布尔乔亚，莫洛亚继承了家族的呢绒厂，白天管厂，晚上看书，鲜有空闲写作。他读到文学评论家儒尔·勒梅特（Jules Lemaître，1853—1914）用"人类兽性的悲观史诗"（Une épopée pessimiste de l'animalité humaine）一语，概括左拉《卢贡－马卡尔家族》（*Les Rougon Macquart*）二十部长篇的内容后，觉得大可仿效，开始尝试把读过的每本书都缩节成一句话，反过来，他认为一句话也可以衍化为一本书。我从中受到启发，也试着把《论集》的内容用一句话来概括，当作这篇序的结语。古代部分比较好办，"案本而传"，取"案本"两字，傅雷翻译求"神似"，钱锺书标举"化境"，只严复讲译事有三难，信达雅，多出一字。再读严复译论，其言："求其信，已大难矣！"而译事之信，当包达雅。有了！遂把我国一千七百多年的译论概括为"案本－求信－神似－化境"八字，题作《我国自成体系的翻译理论》。当时尚无此术语，殆近于今日所谓之宏观研究。这八个字简明易记，起了画龙点睛之效，读过后多少会留下点印象，不异援溺文于忘海。

　　在社科院外文所十六年，广读法国作品，兢兢业业，却治学无成，不意正经工作之外，私下编了一本《翻译论集》，倒成了我安身立命的依凭，并造就在译界的虚名。大哉，偶然！不才偶一为文谈傅译，想不到为陈应年看到，而此文能写出最硬的凭证，是傅雷谈文学翻译的这封信犹存，而原信真迹在一刹那间几乎就要付之丙丁。多险啊！存毁系于刹那间！而这偶然却仿佛在冥冥中铸就了我的命运。再拓开一步说，人生不也就是众多偶然的凑集！

　　《翻译论集》于八四年出版不久，为听取意见，商务曾以编辑部名义，登门拜访吕叔湘、钱锺书、王佐良、季羡林、王以铸等名家。关于古代部分，钱先生认为：主要的都已收录，即使有遗漏，亦无关紧要。下一年八九月间，北外法语系主任郑福熙先生约我去作报告，给同学讲讲翻译。当时电话不普及，约请都是书信往来。我推说没学问，讲不了，郑先生说讲讲你编书的过程就很好。我当时还年轻，想讲不好就不好麻烦人，便说我自己骑车去，郑一定要派车来接。那时只有公务车，没有私家车。郑先生随车来，告此车是以许国璋所长名义要来的，讲座也由许先生亲自主持。许大教授在会上开场作介绍，说与《翻译论集》同时推出的翻译理论书有四五本，以这本编得最好：一是第一次收了古代译论，

二是辑录了金岳霖《知识论》里"论翻译"一节。估计是看
到其师金老的文章也选入其中，特加谬奖。现在看来，以我
当时的学识准备和理论修养都还有差距，而此书居然能编
成，真天助我也！

之后二十年，一直从事我的所谓法国文学研究，翻了两
本中世纪小说，以及一本《红与黑》，一本莫洛亚。但等我退
休以后，《翻译论集》却风生水起，忽然成了我"再就业"的
神奇名片。〇二年兰州大学曾邀我去作学术报告。零四年台
湾师范大学请我去讲课，就因此书是他们必读参考书。

〇三年三月末，
我去台湾辅仁大学参加
"第四届中世纪学术研
讨会"。那一届的主题
是"骑士精神"，因为
我译过一本骑士小说
《特利斯当与伊瑟》，
所以有幸应邀参会。研
讨会的海报也贴到了台
师大，翻译研究所所长
周中天教授恰巧看到贱

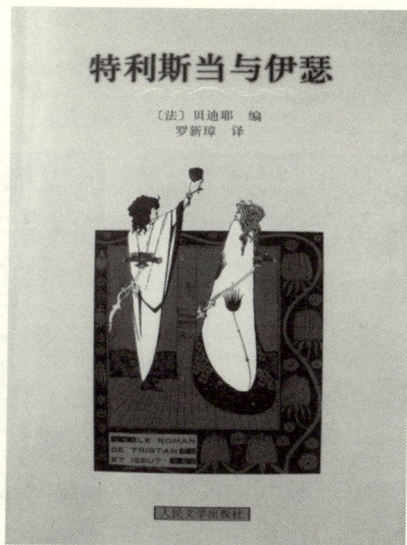

特利斯当与伊瑟

〔法〕贝迪耶 编
罗新璋 译

人民文学出版社

名列入贵宾栏，就跟辅大要我的 E-mail，发来一封英文电邮：

Dear Prof. Luo:

Greetings from Taiwan Normal University.

You may be happy to know that many people in Taiwan admire your expertise in translation theories.

We are very happy to hear your visit to Taiwan and would take it as our great pleasure to invite you to give a lecture to the faculty and students of our institute…

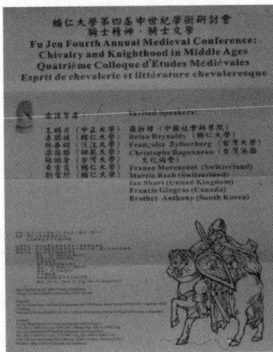

辅仁大学骑士文学研讨会海报

参加辅仁大学中世纪学术研讨会

请我去做两小时讲座。那次行程安排得很紧，前后只六天，除去来回路上两天、开会两天、游览一天，正好有一天自由活动，于是就去讲了一次。译研所招过几届硕士生，九月份开始招第一批博士生，周所长以为我术业有专攻，诚邀我去讲学。我说自己业已退休，又过了耳顺之年，既不是博导，也不能用英文讲课，要讲也只能讲讲中国传统翻译理论。周说，学校并不要求所有老师都用英文授课，研究所弱项正好是传统译论。博导不博导无所谓，只要是教授就可以。末了他说："像你这样的人才，闲在家里太可惜了，何不来我们这里教书！"最后这句话让我动心。在外文局和社科院这么多年，做的一直是翻译和所谓的文学研究，从来没教过书，心中没多大把握，于不置可否中到期归来。

台湾回来绕道上海，正好碰到在沪探亲的施康强兄。说起台师大邀约之事，施兄打趣说："假如请的是我，就一定去。与其像有些博导挂了牌不开张，不如你罗某，不挂牌径去台湾开张！"受到好友鼓动，于是便把这份"美差"应承下来，办好手续，硬硬头皮就去了。原计划秋季开学履新，却因那时非典猖獗，拖到零四年二月才成行。去台之前，了结杂务之后，只准备了两讲，也就是两周的课程，其余只好到了学校，临时抱佛脚了。说到底，我对传统译论的了解实属粗浅，当初编《翻译论集》看了一些资料，囫囵吞枣，未及细究，只是粗引端绪，并无粲花吐论的真才实学。在台湾教书两年，倒真是教学相长；后来换新所长，续聘一年。报酬丰厚，生活便易。三年间，除了上课就是读书。图书馆庋藏丰富，借阅方便。生平第一次在陌生地甚少打扰，能静下心来，踏踏实实读三年书。

应该说偶然编的这本《翻译论集》，给我带来诸多机遇，更明确了学术方向。零六年华东师大请我去讲课，因办证借书不易，基本上就用台湾的讲义而加以条理化。零九年南京师大外语学院张杰院长请我给博硕士生讲翻译，住处离南京图书馆新馆不远，得查考之便，所授内容，说得时髦一点，可谓是华师大本子的升级版。当年年底，苏州大学外国语学院王腊宝院长邀我去参加他们的翻译高层研讨会，看到现在翻译研究领域人才济济，学问越做越细，也越做越深。反倒自己多年前，机缘凑巧，编了一本集子，拼凑了一篇序文，初期粗浅，却备受称颂，膺誉过隆，真很不敢当。本来，区区一得之见，不值智者一笑。今日之下，勉强可戏称 un pseudo-historien des théories de la traduction 名不副实的翻译史家，如没编这本书，那真是一事无成 un vrai rien 了。会议期间，得方华文教授赠《二十世纪中国翻译史》一书，说最后一章专门谈到我的译论研究。后生谦逊，称他们这一代是读《翻译论集》成长的，还说为我培养了很多"粉丝"。老夫不才，虚荣之余，唯有羞愧。

《翻译论集》八四年初版印行一万册，九一、九四、九八年都曾提出要重版，因误字、标点，有五十页需改版而搁浅。如承陈福康、朱志瑜诸位曾善意指出，彦琮《辨证论》里所定"十条"，其文为"则有十条字声。一句韵，二问答……"正确标点应为"则有十条：字声一，句韵二……"《翻译论集》此文标点是根据《续高僧传》本，当时借书查

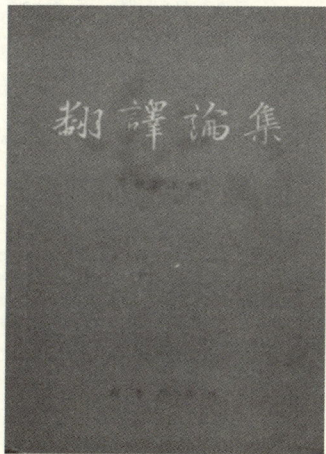

八四年初版本　　　　　　　〇九年修订本

书都在科学院图书馆进门的一楼；拙稿付印期间，即八三、八四年间，才得闲偶尔上二楼工具书阅览室，翻得严可均编的《全隋文》，三十三卷里也收有彦琮此文，标点不同于《续高僧传》而得其正解：真文士句读胜于诵经和尚也。查八三年五月出版的《中国佛教思想资料选编》第二卷第三册第三〇一页，此段标点也作"则有十条字声。一句韵。二问答……"难兄难弟，错误与拙编相同，因为该选编用"金陵刻经处"本也是根据《续高僧传》标点。《翻译论集》八四年五月出版时，就已发现若干标点错误，但木已成舟。直到〇二年商务副总编提出可重排重印，才和陈应年一起调整旧文，改正句读，纫箴补缀，至〇九年九月始出新版。好不容易，出一新版，应力求其完善，但抽改样却未允我 check，怕我改动多，结果留下若干本可消灭的错字和不足，至为遗憾。《翻译论集》主要由我编纂，但陈应年当年力主其事，且自始至终参与意见；再版时，陈表示，他编书一生，唯此书稍有价值，愿署上一名，故而在新版上一起署名主编，也是感念老友昔日发想作成之意。

　　《翻译论集》的题字，取自怀仁

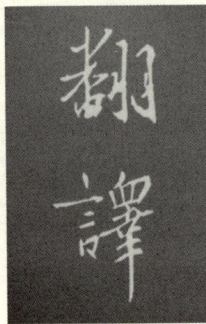

集王羲之书的《圣教序》。其中"翻译"二字，写得妙绝。"翻"字少一撇，而"译"字多一撇，无意中点破了译事的玄机：翻译必然有得有失，文虽左右，只要大义不殊即可。正如傅雷先生所说："即使是最优秀的译文，其韵味较之原文仍不免过或不及。翻译时只能尽量缩短这个距离，过则求其勿太过，不及则求其勿过于不及。"

概而言之，蝼蚁浮生，一辈子无非也像做翻译那样，在"过"与"不及"之间做人、做事、做文章。

（文字整理　黄荭）

二〇〇九年底二〇一〇年初　撰于南京北京之间

原载《东方翻译》二〇一〇年第二期

积极倡导推动，慎勿越俎代庖

把我国典籍"送出去"，不失为一种积极的主张。以文化人，影响才深。心是好的，但也须注意效果。中华人民共和国成立初期，莫斯科外国文出版社一片好心，把苏联小说，如西蒙诺夫的《日日夜夜》等，译成中文送进来。当时阅读，因是莫斯科译的，总觉得是外国中文，不如国内译者译得好，后来得知那里倒亦有真正中国人在译。五十年代初，仿苏联建制，文化部下成立外文出版社；"文革"前扩大规模，升格为外文出版发行事业局。就是专做把文化送出去的工作，曾兴旺一时。进入新世纪，外文局框架犹在，但业务基本停顿。从莫斯科中译本之不被看好，到外文局之萎缩凋零，或有什么含义可昭示于人？"中国制造"商品，如服装玩具，不论到什么国度，拿来就可以用。但文化，有个接受和融合的过程。音乐、舞蹈、绘画、电影，直接诉诸受众，障碍还不算大；一旦涉及文字层面，需语言转换，情况就不怎么简单。中国人译外文，语法可以不错，但人家习惯上不常这么说；有时我们译来复杂，人家说得很简明。各种语言，各有禁忌，如"工程师在业余时间帮那女工做物理习题"L'ingénieur avait la bienveillance d'aider cette ouvrière à faire des <u>exercices physiques</u> (c'est impossible) aux moments de loisir，照字面译成法文，就是笑话。可怕的是，印出来后，还看不出毛病何在。中国人译外文给外国人看，往往吃力不讨好，慎勿越俎代庖！

再者，不说盲目自大，也要避免一种想当然，以为中国学问只有中国人来做才最高明。二十世纪初，法国汉学家沙畹（Edouard Chavannes，1865—1918）与伯希和（Paul Pelliot，1878—1945）研究敦煌文献，就曾走在罗振玉与王国维之前。又如国人读《论语》，大多沿袭传统经解。孔子讲"君君、臣臣、父父、子子"，一向视为严封建等级之分，而比利时人李杨（Simon Leys）则把此语佐以"正名"说，认为恰当约定个人的身份与职责，是社会稳定的基石。更由美国Brooks夫妇，把《论语》里真正的"子曰"和子贡曰，以及子游、有子曰，曾子、曾元曰，从门派更替与话语权转换切入，将全书二十篇重新排序，英语读者才有幸能读到新编"论语原本"（Bruce & Taeko Brooks. *The Original Analects*，1998）。以致有人惊叹：

西人读孔今犹新！在中国文化走出去之后，也有值得反馈回来的信息。

原载《上海采风》

二〇一〇年三月号

记高慧勤

一九三四年，高慧勤出生于辽宁金县，诞日好记，即圣诞节前的平安夜，十二月二十四日。在沈阳、大连，读小学、中学，五三年考入北大。五七年以优异成绩毕业于东语系日语专业。她喜欢语言和方言，尤善模仿，注意语音语调，毕业前预分配，以音色上佳，为中央人民广播电台"日本放送"相中，拟要去作广播员培养。恰值反右斗争，毕业前政治鉴定对她很不利，因同情"右派"同学——当时只是同班同学，言论偏激，定性"右派"是运动结束后的事——思想严重右倾，开除团籍。这样，就止步于新闻出版部门，而分配至国际书店，经管对日图书进口业务，于兹达二十一年之久；她觉得浪费了许多读书、做学问的大好时光。日后，在一次工作接触中，结识中央台资深日语广播员陈贞，可能惺惺相惜，两人遂成莫逆之交。翻译中不懂处便向陈贞请教。翻森鸥外《泡沫记》遇到一难题。主人公要从慕尼黑到德累斯顿去，在德累斯顿一词后，用了助词"を"，逻辑上讲不通，就去请教陈贞，陈贞看了也解释不了，特地写信去问平冈敏夫。平冈敏夫接信后，翻自己的藏书，发现以前看的时候就用笔加了一个"さして"标注。平冈敏夫转询森鸥外研究家小泉浩一郎，说日本的研究界还没人提出这个问题。平冈后来著文，认为"事情看来虽小，但很重要，因为涉及阅读文本的根本问题。森鸥外的这个笔误，日本学界百年来一直没有发现，却让一个外国人指了出来"。日本一藏书家，有一套森鸥外大全集，计三十八厚卷，收森鸥外的全部作品，包括业务上的医务报告之类，片纸只语，靡无遗漏。觉得这套书对高或许更有用，特地分四纸箱寄来北京，盛情可感！

我在北大学法文时，当时无现成课本，全用齐香、吴达元先生自编的讲义。高结婚后，于六二六三年，照着我大学一二年级的油印讲义，基本是自学，循序前进，练习照做，不费分文，学会了法语。她注重发音，每天四点半起身，收听中央台对非法语广播。那时对外广播尚用法国人，取其语音纯正，所以她还学到一点标准法语语调。九八年曾去巴黎自费游两个月。我因参加会议，只居留前半月，余下一个半月，她就靠早年习得的一点法语"应付裕如"。凡要办事打交道，事前把法文写在纸上，到时变笔语为口语，以能与巴黎人用法语会话为快事。

六四年，国际书店进出口分家，国际书店只管出口，进口划拨新成立的中国图书进口公司。高原管日文图书进口，分家后在朝内大街九岳府图书进口公司上班，与人民文学出版社望衡对宇。时任人文社日文部主任的叶渭渠先生，有时过马路（那时车少，路中尚无隔栅）到图书公司订书，遇到低班同学，久而相熟。那已是"文革"后期，约一九七三年，人文社开始编译不定期《外国文学情况》内刊，供文艺界领导了解情况，参考批判之用。叶渭渠提供日文资料，约高写文章概要，觉得还合适，稍后扩大至作品翻译。高本闲置，很高兴有事可做。如七五年六月出版的《外国文学情况》总第七期上，刊有"根据山崎朋子原作改编的《望乡》"一文，约两千字，文末无署名，此文为高所写。后来她还译了《望乡》电影文学剧本。"文革"中反资产阶级法权，写文章出书，都无名无利无稿酬。早年高修完大二法文，接着对照读法文《欧也妮·葛朗台》，查字典，看懂文句，再看傅雷怎么翻。傅雷译笔传神，卓然超群。于中法文对照阅读中，对具体的文字处理，译法的精良，有着切实的了解和领会，获益匪浅。叶先生后来约高翻译日文作品，法文日文文字虽不同，但翻译的道理可以相通，便把傅译原则运用于自己的日语翻译中，学以致用。受傅译影响，其日译文字略有点一己特色。一般而言，有特色，才出色。高在"文革"后期以编译的文章和翻译的作品，作为微薄的业务成果，为她七八年脱离外文书店、调入社科院外文所创造了条件。所以，高在生前对叶一直心存感激，时常提及。

到了外文所，首先是学术转轨，从事日本文学研究，撰有《日本古典文学中的悲剧意识》《传统·创新·别立新宗》《自然主义与"私小说"》《忧伤的浮世绘——论川端康成的艺术世界》等文。

八四八五年，曾应聘去京都工艺纤维大学教基础人文课程，用日文讲授中国文学、中国文化两年，自兹口语大进。九三年去东京大学访学一年。

行有余力，则以"译"文，作为研究之余的副业。森鸥外、芥川龙之介，为高喜读的作家，译有两家中短篇若干，分别出有《舞姬》与《蜘蛛之丝》两本小说集。改革开放之初出版的《外国名作家传》里"川端康成"一则为高所写。出版能人刘硕良在主政"诺贝尔文学奖丛书"时，特请高译川端三部获奖中篇。是为高译川端之始，以后，又陆续译出《伊豆的舞女》《美丽与悲哀》等名篇。约二〇〇六年，人民文学出版社新来编辑耿学刚，比较数译，择取高译《雪国》，列入"名著名译插图本"丛书，于二〇〇八年一月初出版。时高在中日友好医院住院，于元月四日看到快递送来的样书，展抚良久，在扉页上签上叫了一辈子的姓名，是为其绝笔。六天后，即溘然长逝。

前不久，从刘硕良著《三栖路上云和月》，附文《"获诺贝尔文学奖作家丛书"读者反映》中，读到安徽读者张正升致译者函：

慧勤老师：

拜读了您译的《雪国·千鹤·古都》，有一种说不出的心情。川端作品中的那种花轻似梦、细雨如愁的气氛，令人低回往复，哀乐无端。借用前人王士禛的七绝，可以说是"绝代销魂"。您的译笔又是那样的优美、清丽、传神，成功地将川端作品中的禅心语境传达给了我们这些不懂日语的读者。每一个真正的文学爱好者，心中必定都对您怀着一种深深的崇敬与真诚的感激！

安徽岳西县统计局岳桐　转农村青年　张正升

可惜，此函当时未转致译者。"优美、清丽、传神"，谬蒙崇奖，非所敢承。但有读者喜欢其译笔，译者地下有知，当会感到欣慰与高兴！

二〇一三年四月

读傅译《幻灭》

　　一九六四年十一月，傅雷先生回首译事，称："《人间喜剧》共包括九十四个长篇，已译十五种，虽不能囊括作者全部精华，但比较适合吾国读者的巴尔扎克最优秀作品，可谓遗漏无多。法国一般文艺爱好者所熟悉之巴尔扎克小说，甚少超出此项范围。"

　　其所译第十五种，是《猫儿打球号》，于一九六五年底寄交人文社，惜乎佚失于"文革"浩劫。连译者本人在内，见过此稿者恐怕只有三两人。书无，唯留文字记载。有意思的是，巴尔扎克在其亲自编订的《人间喜剧》分类总目里，把 *La Maison du Chat-qui-pelote* 列为总第一篇（第一大类 Études de mœurs——"风俗研究"下，第一分支 Scènes de la vie privée——"私人生活场景"之首篇），而却是傅译巴尔扎克的最后一篇!《猫儿打球号》是先生收官之作，《幻灭》才是真正的"天鹅之歌"。"鸟之将死，其鸣也哀"，故也将 le chant du cygne，译作"天鹅哀鸣"；法文字典里，指其寓意为 le dernier chef‐d'œuvre，最后的杰作。《幻灭》可谓兼备（早中晚期）众美，译笔明净，精审不磨，无愧于最后的杰作之称誉。

传统的翻译研究，主要是译本研究；近二十年来，开启过程研究，研究翻译中人（le traducteur au travail），翻译主体（le sujet traduisant），走向译者（aller au traducteur）。过程研究，难于译本研究；译者怎么翻，你怎么知道？David Hawkes 在翻译 The *Story of the Stone*（《石头记》）时，随翻随记，留下一份 *The Story of the Stone: A Translator's Notebooks*——《红楼梦英译笔记》，计有四百一十六页，研究者如获至宝，可破解其译思和心得，读出其翻译过程的"有声思维"。傅译巴尔扎克，主要在四九年后。旧知识分子在新政权下，特别慎重，只在书末注明译出年月，不多着笔。所幸现有《傅雷家书》，译《幻灭》的过程，能从中钩稽出若干条来，已属难能可贵。

傅译《幻灭》，"从一九六一年起动手"，有"七百五十余页原文，共有一千一百余生字。发个狠每天温三百至四百生字，大有好处"。同年六月，收到"宋[淇]伯伯从香港寄来"的《幻灭》（*Lost Illusions*）英译本"。"至此为止，此书我尚在准备阶段。内容复杂，非细细研究不能动笔。"——

"事先熟读原著，不厌求详，尤为要著。任何作品，不精读四五遍绝不动笔，是为译事基本法门。"先生这样告诫翻译学徒，他本人原本就这样做，一直身体力行。

一九六三年三月谓："我的工作愈来愈吃力。初译稿每天译千字上下，第二次修改（初稿誊清后），一天也只能改三千余字，几等重译。而改来改去还是不满意（线条太硬，棱角凸出，色彩太单调等等）。改稿誊清后（即第三稿）还改一次。"初稿日译千字，二稿日改三千，三稿还得改一次。"翻译工作要做得好，必须一改再改三改四改。"

一九六四年八月七日致信人文社总编室："兹另邮双挂号寄上拙译巴尔扎克著《幻灭》（三部曲）三册，请查收。译序可用则用，可改则改，万一不堪造就，即摒弃亦无妨。"《幻灭》"从一九六一年起动手"，到一九六四年八月寄出，"总共五十万字，前前后后要花到我三年半时间。"《幻灭》到"文革"后，于一九七八年作为傅雷遗译始由人文社出版，惜译序亡佚。

译此书时，于一九六二年初致梅纽因函说道："目前我每日工作八小时，然而巴尔扎克《幻灭》一书，诚为巨构，译来颇为费神。如今与书中人物朝夕与共，亲密程度几可与其作者相较。目前可谓经常处于一种梦游状态也。"可谓入乎其内，相当投入。

《幻灭》已译了一年多，于一九六二年五月九日告傅聪："近来我正在经历一个艺术上的大难关，眼光比从前有高出许多（一九五七年前译的都已看不上眼）。"

眼光又高出许多，何从得窥其端倪？此处录一九六三年初致笔者函中语："愚对译事看法实甚简单：重神似不重形似；译文必须为纯粹之中文，无生硬拗口之病，又须能朗朗上口，求音节和谐；至节奏与 tempo 当然以原作为依归。"先生一九五一年重译《高老头》时，提出翻译"所求的不在形似而在神似"，十二年后颠倒上下，强调"重神似不重形似"，突过前言多多。

傅雷翻译，通常分为四九年前后两大时期。四九年前，先生自称还没脱离"学徒阶段"，对话生硬死板，文气淤塞不畅，新文艺习气尚刮除未尽；四九年后，进入成熟时期，译文以传神取胜，独树一帜，卓然成家。据上文"一九五七年前"一语，则成熟时期似又可细分为：早期，一九五七年前；中期，一九五七年后；晚期，《幻灭》阶段。

四九年之后，先生四十出头，意气风发，每年推出一本新译。《幻灭》里人物大丹士谈到写作，曾发表高见说：la passion a des accidents infinis. Peignez donc les passions, vous aurez les ressources immences. —— "痴情变化无穷。你一描写痴情，办法就多了。"巴尔扎克就擅长描述极端的痴情，如《葛朗台》之于吝啬，《高老头》之于父爱，《贝姨》之于嫉妒，《邦斯舅舅》之于收藏，而《夏倍上校》，朗松推为"最悲壮"（un pathétique puissant）。据法国评论，写痴情，后起作品尚未有超过巴尔扎克者。原著精彩，译笔讲究，致力于"行文流畅，用字丰富，色彩变化"；并以此三要素，营构语体文的美学生成。其译文之美，交口赞誉，当时在文理科大学生、知识精英中流传甚广，而翻译风格尤受赏识。作家叶兆言，言其文风就颇受傅译文体影响。

"葛·高·贝·邦·夏"，为傅雷翻得最好的五本巴尔扎克小说。此五书专美于前，《于絮尔·弥罗埃》（一九五六年底出版）像拖了一条光亮的尾巴。

一九五七年后，划为右派，对狷介孤傲的译者，也创巨痛深，心情难免暗淡。痛定思痛，韬光养晦，从西学取进，转向老庄出世，开始研究碑帖，培育英国玫瑰。其间译有《赛查·皮罗多》（一九五八年四月）、《搅水女人》（一九五九年十二月）、《都尔的本堂神甫·比哀兰德》（一九六一年二月），文风随遭际而转变，译笔似与前期稍异，尤其《搅水女人》，很有点旧小说味道。试举两例：De douze à quatorze ans, la charmante Rabouilleuse <u>connut un bonheur sans</u> <u>mélange</u>——"可爱的搅水姑娘从十二到十四岁<u>一路享福</u>。"

又：La petite Rabouilleuse était <u>si contente</u>, en comparant sa situation chez le docteur à la vie qu'elle eût menée avec son oncle Brazicr, qu'elle se plia sans doute aux exigences de son maître, comme eût fait unc esclave en Orient——"搅水姑娘拿她在叔叔家过的日子和医生家的一比，只觉得<u>称心受用</u>，当然像东方的奴隶事事听从主人。""一路享福""称心受用"，不是孤立两语，当与全书文体一致。一九五七年前，译笔有光彩；一九五七年后，文字尚简质。其一九六三年致笔者函称："旧小说不可不多读，充实词汇，熟悉吾国固有句法及行文习惯。鄙人于此，常感用力不够。"可见，当时正在用力。旧小说味道重，就会不大像外国小说。

后期，《幻灭》阶段。"从一九六一年起动手"，但就在一九六一年初，为提高傅聪的艺术修养，特用毛笔，花一个多月工夫，誊抄《希腊的雕塑》一编，约六万字，并加笺注。抄时得重温希腊精神，"追怀两千年前希腊的风土人情，美丽的地中海与柔媚的山脉，以及当时又文明又自然、又典雅又朴素的风流文采。"并把希腊精神，比之于"我国两晋六朝"，其襟怀气度与前一时期自是不同。大概于抄录同时，开始翻译《幻灭》的种种准备。稍后九月三十日，报载摘帽。

讲到张爱玲的文字技巧，傅雷指出："把旧小说的文体运用到创作上来，虽在适当的限度内不无情趣，究竟近于玩火。旧文体的不能直接搬过来，正如不能把西洋的文法和修辞直接搬用一样。希望作者从此和它们隔离起来。她自有她净化的文体。"旧小说文体用到翻译上，有个适应和适度的问题。从很有光彩的语体文，经过古朴的旧文体陶洗，傅雷译《幻灭》时，趋于一种明净的文体。先生向往清明高远之境，明净就是文字洗练、干净。举《幻灭》第二部中一句句子为例：Chacun se sentant de force à être à son tour le bienfaiteur ou l'obligé, tout le monde acceptait sans façon. ——"每个人都觉得可以与，可以受，坦然不以为意。"文字相当简洁，细读意思也很清楚。先生辞世近五十年，法语界还无人能译到这个水平！在《幻灭》全书已译出，改二稿时说，"改来改去还是不满意（线条太硬，棱角凸出，色彩太单调等等）"。"这四五年来愈来愈清楚的感到自己 limit（局限），仿佛一道不可超越的鸿沟。"才华出自年华，老去才退，不无先例。另一种情况是，因傅译已趋顶尖水平，更上层楼，不免万难突破之感，只好让他留在翻译家的苦恼里！

《幻灭》是《人间喜剧》数十部书里篇幅最大的作品，

巴尔扎克于一八四三年作品完成当年，曾致函 la Princesse Belgiojoso，称此书是"我作品中首要之作"。——"l'Œuvre capitale dans l'Œuvre."

《幻灭》反映王政复辟时期从内地到巴黎，新旧交替，"一方面是内地和巴黎的地方背景，一方面是十九世纪前期法国的时代背景：从大革命起到一八三〇年七月革命以后一个时期为止，政治上或明或暗的波动，金融和政治的勾结，官场的腐败，风气的淫靡，穷艺术家的奋斗，文艺思潮的转变，在小说的情节所需要的范围之内都接触到了。"《搅水女人》译者序中的这段话，也大致可移用于解读《幻灭》，因为两书同属"风俗研究"编之"内地生活场景"。

傅雷在分析《都尔的本堂神甫》这个中篇时指出："巴尔扎克又是保王党又是热心的旧教徒。"——"不错，巴尔扎克在政治上是一个正统派；他的伟大作品是对上流社会无可阻挡的崩溃的一曲无尽的挽歌；他对注定要灭亡的那个阶级寄予了全部的同情。但是，尽管如此，当他让他所深切同情的那些贵族男女行动的时候，恰恰是这个时候，他的嘲笑空前尖刻，他的讽刺空前辛辣。而他经常毫不掩饰地赞赏的人物，却正是他政治上的死对头，圣玛丽修道院的共和党英雄们，这些人在那时（1830—1836）的确是人民群众的代表。

这样，巴尔扎克就不得不违反自己的阶级同情和政治偏见而行动；他看到了他心爱的贵族们灭亡的必然性，从而把他们描写成不配有更好命运的人；他在当时唯一能找到未来的真正的人的地方看到了这样的人——这一切我认为是现实主义的最伟大胜利之一，是老巴尔扎克最重大的特点之一。"

引文中提到"圣玛丽修道院"，法文原文为 le cloître Saint-Méry，傅雷在书中译作"圣·曼里修院"。这批共和党英雄的活动与事迹，主要见之于小说第二部第四节 *Un premier ami*——第一个朋友，以及第五节 *Le Cénacle*——小团体。手捧本书的读者，倘无暇从头细读，不妨先看这两节。第一个朋友和小团体，是书中最有思想性、崇高感的片段，是《幻灭》全书的精华，或许也是《人间喜剧》中的一个亮点。

"小团体"一节是如何写成的呢？巴学专家 Antoine Adam 研究《幻灭》手稿，发现原稿上并无此节："La longue description de ce groupe[①] a été ajoutée sur épreuves" / "长段描写小团体的文字，是校样上加进去的。"就是说，巴尔扎克在改校样时，看毕第一个朋友，觉得意犹未尽，就顺此思路，下笔滔滔，增添一段妙文。据考证，大丹士（D'Arthez），是

---

① 引文中上上一行，正式用过 Cénacle，出于修辞考虑，用字避复，此处换用 groupe，理解绝对无误。

依一文社核心人物 Buchez 为原型的；在复辟王朝和资产阶级
王朝下，涌现不少主张社会改良的青年社团，最有名的如圣西
蒙小组——le Cénacle saint-simonien。正是基于广泛的社会
接触和深刻的社会观察，巴尔扎克在状摹金钱肆虐的恶俗世界
之际，构筑了艺术与思想的神圣殿堂，在描述新闻界"这个不
法、欺骗和变节的地狱"时，不忘知识界还有这个超群绝伦
的"小团体"，即在混杂的社会现象里见出希望之星、理想之
光。这才是对现实世界的深度刻画，才是现实主义的伟大胜
利。巴尔扎克的宏伟抱负，是要为一个时代、一个社会立言，
正是凭借其胸罗万象之大襟怀，高屋建瓴，才有此雄健瑰伟之
大文章。

上面之所以不惜篇幅，引了几占半页的恩格斯致哈克奈
斯函，只因为此系笔者看到的所有《幻灭》评论中最精到之
言。巴尔扎克写得精彩，恩格斯评得深刻。看过这部小说，
再读这段评语，会更叹服其警辟、独到。恩格斯的博识，连资
产阶级作家都为之折服，莫洛亚在所作《巴尔扎克传》中，以
赞同的态度，引恩格斯语："J'ai plus appris dans Balzac que
dans tous les livres des historiens, économistes et statisticiens
professionnels réunis ensemble." ——"我从巴尔扎克那里所
学到的东西，也要比从当时所有职业的历史学家、经济学家和

统计学家那里学到的全部东西加起来还要多!”

　　笔者算是看过一点法国作品,而恩格斯并不专门研究法国文学,偶谈《幻灭》,鞭辟入里;扪心低首,良可愧也!书中 D'Arthez n'admettait pas de talent hors ligne sans de profondes connaissances métaphysiques. “大丹士认为不精通形而上学,一个人不可能出类拔萃。”精通形而上学,谈何容易!而这似乎是一切人文学者的基本功。基本功不到家,今无知妄作,以抄书当评说,似我这样滥竽学界、浅学无成,早可废然歇笔矣!罗新璋走笔于二〇一三,癸巳白露。

谈傅译精华

　　译本的生命，在读者悦读。我观傅译本，才格出寻常。其选书之精，译笔之佳，足以成为翻译力作的可靠保障。傅雷的大部分译作，俱能泽被当代，传颂后世，至今影响力犹存。

　　傅译成就最高的，是巴尔扎克名作，都是进入法国文学，进入西洋文学首选的作品。"巴尔扎克"，恩格斯"认为他比过去、现在和未来的一切左拉都要伟大得多的现实主义大师"。而傅译文笔，依从原著，优于原著；本雅明早就说过，"翻译绝对不是两种僵死的语言之间干巴巴的等式"；后起的译者，借后知之明，后来而居上，顺理而成章。

　　"立己达人"（见《历史与现实》一文），可谓是这位饱读洋书的仁人志士之终身职志。"己欲立而立人，己欲达而达人！"贝多芬曾予大影响于先生灵智的成长，他觉得表示感激的最好方式，是"把我所受的恩泽转赠给比我年轻的一代"。《约翰·克利斯朵夫》，罗曼·罗兰视为一部"英雄传记"（biographie héroïque），"主人公是当今世界的贝多芬"。此书不仅写活一位伟大的音乐家，而且以其独立的人格，显示出一颗英勇而高尚的灵魂。傅雷于一九四一年推出四厚册全译本，王元化作为第一代读者，说"克利斯朵夫不但给予我一个人对于生活的信心"，当时还有"许多年轻人也得到他巨人般的援助才不致沉沦下去"。五三年推出这部巨著的重译本，成为大学生抢读的热门书，当时报纸宣称这部书"影响了一代青年的精神面貌"。"文革"中，不少上山下乡的知青，在山村小屋里深夜捧读这部长篇，随着故事进展，觉得自己的灵魂经历了一次精神洗礼。作品越有价值，就越有生命力。好书自有自己的号召力，但好书也万勿轻易错过。上世纪末，美国《生活》杂志社在百万读者中开展"人类有史以来最佳二十本书"的评选活动，《约翰·克利斯朵夫》榜上有名，名列第八（载《文汇读书周报》二〇〇〇年一月一日）。

丹纳的《艺术哲学》，同时代的文艺评论家曾推许道：黑格尔之后，欧洲还没有人像本书作者那样就文艺美学问题发表如许深刻精辟的见解。译者相信，这本著作，"若能用功细读，彻底消化，做人方面，气度方面，理解与领会方面都会有进步，不仅仅是增加知识而已。"傅译诸书，都是极好的人文读物，于一个人的精神气质、人格提升都有助益。

　　先生笔耕三十余载，译书六百万言。当今社会，已非十九世纪那个阅读世纪，故仅遴选其中最有价值的两百万言，编成《傅译精华》五册。量不甚大，短期内当能读毕；书不甚厚，占地少当易收藏。吾人爱美爱真理，亦当爱伟大的典籍。阅读在一个人精神成长中至关重要。笛卡尔言："我们在阅读伟大的著作时，就是在和伟大的灵魂对话。"普通人生活中不容易结识伟大的人物和深刻的哲匠，但不难读到伟大的作品和深刻的著作。傅雷先生既致力于译伟大的作品，也未忽略深刻的著作。崇高的作品，使我们向往崇高；深刻的著作，帮我们走向深刻。

　　愿读者以高昂的意兴，来打开傅译这个宝库吧！

二〇一五年九月十九日

莎译中之杰出者

余笃嗜朱译莎剧有年，尝首尾诵读其中十余剧，赞其译艺，悯其遭际，悼惜不胜！七八、七九年，履职外文局《中国文学》法文版（*Littérature Chinoise*）期间，据 Pléiade 版，从英法文对读莎翁名剧，觉法译近英文原著，犹不及朱译之辞达而味隽，感叹朱氏真译莎之不易才也！

翻译，术也；术者，亦必本乎学也。

朱生豪生于民国元年二月二日。一九二二年入嘉兴国民第一高级小学，二九年秀州中学高中毕业，保送杭州之江大学。

二九年《秀州钟》第八期，刊有朱作《古诗与古赋》，文长约八千字，为其高中时所作，时年仅十七岁。由此可知在中学阶段，朱生豪便对先秦到魏晋的诗赋已很稔熟，且有自己的心得感悟。诗赋的平仄对仗、诗体词牌，亦在阅读中慢慢无师自通。是文谓：《诗经》为古诗中第一部伟大的总集，《楚辞》为中国文学中"最有光彩的明星"。而古今风诗之妙，无右于十九首者；"赋也者，受命于诗人，拓宇于《楚辞》也"——堪称卓见。从古诗古赋谈到新诗运动，认为"新诗运动就是诗体解放运动。所谓新诗的形式，有许多受西洋诗的影响，也有许多采自中国的词曲和旧诗，但是它的精神，却正是古诗与古赋那种自由的精神"。——归结简切。

朱译莎剧之诗，手法多样。如《第十二夜》（*Twelfth Night* II – 5）中的四句，译成四言诗经体：

Jove knows I love:	知我者天，
But who ?	我爱为谁？
Lips, do not move;	慎莫多言，
No man must know.	莫令人知。

《温莎的风流娘儿们》（*The Merry Wives of Windsor* III –1）第三幕开头爱文斯的唱辞，则采用离骚体参差句：

To shallow rivers, to whose falls

Melodious birds sing madrigals；

There will we make our peds of roses,

And a thousand fragrant posies.

众鸟嘤鸣其相和兮，

临清流之潺湲，

展蔷薇之芳茵兮，

缀百花以为环。

又如将《终成眷属》（All's Well that Ends Well Ⅲ - 4）里海伦那给狠心丈夫的信，译成五言诗：

I am Saint Jacques' pilgrim, thither gone：

　　Ambitious love hath so in me offended,

That barefoot plod I the cold ground upon,

　　With sainted vow my faults to have amended.

Write, write, that from the bloody course of war

　　My dearest master, your dear son, may hie：

Bless him at home in peace, whilst I from far

　　His name with zealous fervour sanctify：

His taken labours bid him me forgive；

　　I, his despiteful Juno, sent him forth

From courtly friends, with camping foes to live,

　　Where death and danger dogs the heels of worth：

He is too good and fair for death and me；

Whom I myself embrace, to set him free.

为爱忘畛域，致触彼苍怒，

赤足礼圣真，忏悔从头误。

沙场有游子，日与死为伍，

莫以薄命故，甘受锋镝苦。

还君自由身，弃捐勿复道！

慈母在高堂，归期须及早。

为君炷瓣香，祝君永康好，

挥泪乞君恕，离别以终老。

二○一一年八月八日于丹麦卡隆堡

第十句"弃捐勿复道"，
直接取自《古诗十九首·行行重行行》之成句。朱氏熟读古诗，各体均有心得，故能据西诗之内容与情绪，译以相应体例，得力于古诗文之涵煦也。莎士比亚五音步十音节抑扬格诗，朱生豪译成四顿十字"创格的新诗"，尤为精彩。例如《罗密欧与朱丽叶》（*Romeo and Juliet* V–3）终场诗：

A glooming peace this morning with it brings;

  The sun , for sorrow, will not show his head:

Go hence , to have more talk of these sad things;

  Some shall be pardon 'd, and some punished:

For never was a story of more woe

Than this of Juliet and her Romeo.

清晨带来了凄凉的和解，
太阳也惨得在云中躲闪。
大家先回去发几声感慨，
该恕的、该罚的再听宣判。
古往今来多少离合悲欢，
谁曾见这样的哀怨辛酸！

尤其最末两句，作为翻译，暗合得意忘言之旨；作为译诗，又寄慨遥深，宜于反复吟诵。

朱生豪在之江大学主修中国文学，以英文为副科。大二加入之江诗社，社长夏承焘觉其天资聪颖，诗才超卓，日记里曾有如此感想："闻英文甚深。之江办学数十年，恐无此未易才也。"（《天风阁学词日记》，一九三一年三月八日）朱曾把历年积存的诗词，汇为《古梦集》三百余页，新诗厘成《小溪集》《丁香集》两册。惜乎悉毁于战火！搜求其劫后遗篇，仅得新旧体诗四十余首。能诗能词，辞章渊雅，乃朱生豪强项，于纷纷莎译中独能胜出，当不为无因矣。

三三年夏，之江国文系毕业之际，于六月十二日《之江期刊》创刊号发表《斯宾诺莎之本体论与人生哲学》，谓"斯氏的中心观念即是他对于万物本体的认识"。第一部分题为形而上学，可看出朱氏沉潜好学，耽于哲理思考。巴尔扎克在《幻灭》中言："不精通形而上学，一个人不可能出类拔萃。"此文或可见证朱氏已步入出类拔萃之途径。又，之江大学文科三三级同学会之文艺刊物《汹涛》，刊出其《中国的小品文》，文长五千言。从周秦到现代，分小品文为四个时期加以考察，称这种文字，有"美妙的情感，深微的思想，活泼的描写和风趣的话语"。"小品文虽则是散文，它的趣味是比较地接近于诗的。"论者谓朱氏以雅言译西文。雅言者，有修养之文字，即其所推崇之诗的散文。朱译意达言从，尤贵在散文的形式里，而有诗的意趣，不但格高，而且情韵悠长。莎士比亚"分行而不押韵"的素体诗（blank verse），如：

But, soft! What light through yonder window breaks?

It is the east, and Juliet is the sun!

Arise, fair sun, and kill the envious moon…

(*Romeo* II-2)

朱生豪往往译成"不分行而押韵"的散文体，作："轻声！那边窗户里亮起来的是什么光？那就是东方，朱丽叶就是太阳！起来吧，美丽的太阳！赶走那妒忌的月亮……"可谓得失相补！

之江毕业，三三年七月随即入世界书局，任英文编辑，参加编纂《英汉四用辞典》。三七年七七事变，八月十三，日军进攻上海，朱只身逃离住处，一年间辗转于嘉兴、德清，迨三八年下半年才重回世界书局。三九年九月，与书局编译所所长詹文浒同进《中美日报》；詹任总编辑，朱实任詹之秘书或总编助理而无相应之名分。十月十二日始，在报上开"小言"专栏，至四一年十二月八日珍珠港事件，报社被封，两年又两月间，共撰文一千一百四十一篇。大率日撰一篇，多则二三篇，如四〇年十二月三十日，即写有《日德在太平洋上的勾结》《苏日重开渔业谈判》《维希拒以海军交德》三篇。总体说来，"小言"不小。每篇虽只三四百字，涉及内容却甚广大，评议正在发生的世界大事。皆为朱氏读当天新闻写下的感言，凭敏锐的知觉、犀利的笔锋，对日敌汪伪反动势力，择其一端，致命一椎。"敌我不并存，汉贼不两立"，站在报纸立场，发扬民族正气。尤其，"小言"不浅。小言里，除《马相伯先生的精神》《悼蔡孑民先生》等正面赞颂文字，大多为一事一议的时政短评，口诛笔伐，嫉恶如仇，刊于显著地位，相当于微型社论，如《美国准备一战》的副标题，即为"社论意犹未尽，再申论之"，体现报纸的精神，甚至成为报纸的灵魂。七百六十七天，一千余篇短文，虽为书生议政，亦是经世致用之显示。早年写诗填词，儿女情多；此二年余，天天纵论天下是非，邦国得失，真乃"笼天地于形内，挫万物于笔端"。翰墨凌云，雄健豪迈，于日后莎剧里帝王将相贵族阶级之翻译，实有裨助之功。

《译者自序》言："廿四年春，得前辈同事詹文浒先生之鼓励，始着手为翻译全集之尝试。越年1937战事发生……转辗流徙……及三十一年1942春，目观世变日亟，闭户家居，摈绝外务，始得专心壹志，致力译事。"

一九三五年秋，致宋清如函中谈道："昨夜读莎士比亚，翻到的是 *Titus Andronics*，这是莎剧中最残酷的一本……剧中把一片血腥气渲染得很厉害，但无论就文辞或性格的描写而论，这本戏确乎不能说是莎翁的杰作，第一个缺点是太不近人情，第二个缺点是剧中人物缺少独特的性格。但力量与气魄的雄伟，仍然显示出莎翁的特色。""我最喜爱的两篇莎翁剧本是《暴风雨》和《仲夏夜之梦》，那里面轻盈缥缈的梦想，真是太美丽了。"

朱当时在泛读莎士比亚，函中所言系其对《泰特斯·安得洛尼克斯》一剧的看法，这是一部复仇悲剧，场面粗野而缺乏形而上的教益，一般贬甚于褒。朱生豪指出是剧两个缺点的同时，犹言其在力量和气魄上仍不失莎剧特色。

一九三六年夏，六月二十五日问宋清如："你崇拜不崇拜民族英雄？舍弟说我将成为一个民族英雄，如果把 Shakespeare 译成功以后。因为某国人（按：日本于一九二八年由坪内逍遥译出莎翁全集）曾经说中国是无文化的国家，连老莎的译本都没有。我这两天大起劲，Tempest 的第一幕已经译好，虽然尚有应待斟酌的地方。做这项工作，译出来还是次要的工作，主要的工作便是把僻奥的糊涂的弄不清的地方查考出来。因为进行得还算顺利，很抱乐观的样子。"七月三十一日函告："我已把 Tempest 译好一半，全剧共约四万字。这一篇在全集中也算较短的。一共三十七篇，以平均每篇五万字计，共一百八十五万言。"《暴风雨》是朱译第一个莎剧。

一九三六年八月十七夜，告宋清如："今晚我把《仲夏夜之梦》的第一幕译好……《仲夏夜之梦》比《暴风雨》容易译，我不曾打草稿，'葛搭'（这两个字我记不起怎么写）的地方也比较少，但不知你会不会骂我译得太不像样。"

一九三六年秋，□①月八日，再告："昨夜我作了九小

---

① 朱生豪致宋清如函，只在结尾随手写个日子，多无年月；年系推测，月则空阙。

时的夜工，七点半直到四点半，床上躺了一忽儿，并没有睡去。《仲夏夜之梦》总算还没有变成'仲秋夜之梦'全部完成了。今天我要放自己一天假，略为请请自己的客。明天便得动手《威尼斯商人》。"

"廿四年春"，即一九三五年春，朱生豪听从詹文浒建议，开始研读莎士比亚，首先译出《暴风雨》和《仲夏夜之梦》。兴趣转入莎士比亚之后，从此一扫早期彷徨无聊之状。此前的一九三四年信里说："因为我知道我是无用的。是无所谓彷徨吧？无聊是他的名字。""我有些悲哀，是茫茫生世之感，觉得全然是多余的生存着，对谁都没有用处。"又："心里烦躁起来，想要咆哮，这种生活死人才过得惯。""如果到三十岁我还是这样没出息，我真非自杀不可。所谓有出息不是指赚三百块钱一月，有地位有名声这些……我只要能自己觉得并不无聊就够了。像现在的这样，真令人丧气。读书时代自己还有点自信和骄矜，而今这些都没有了，自己讨厌自己的平凡卑俗。"一封署名为张飞（朱致宋函，信末署名随性情写，如"汝友""厌物""伤心的保罗""快乐的亨利""饿鬼""野狼""拿破仑""常山赵子龙""伊凡·伊凡诺微支·伊凡诺夫"等）的信，最后一句为："我真想把自己用大斧一劈两爿。"自投入译莎，便全力以赴，再没功夫哀叹了。

为这伟大的事业，努力使自己身体感情各方面都坚强起来，要做一个"坚毅的英雄"。"一译完《仲夏夜之梦》，赶着便接译《威尼斯商人》。"

　　一九三六年秋冬的"廿四夜"抱怨道："今晚为了想一句句子的译法，苦想了一个半钟头，成绩太可怜，《威尼斯商人》到现在还不过译好四分之一，一定得好好赶下去。我现在不希望开战，因为我不希望生活中有任何变化，能够心如止水，我这工作才有完成的可能。"译毕第二幕第五场后写道："《威尼斯商人》不知几时能弄好，真要呕尽了心血。昨天我有了一个得意。剧中的小丑Launcelot奉他主人基督徒Bassanio之命去请犹太人Shylock吃饭，说My young master doth expect your reproach. Launcelot是常常说话用错字的，他把approach（前往）说作reproach（谴责），因此Shylock说So do I his，意思是说So do I expect his reproach。这种地方译起来是没有办法的，梁实秋这样译：'我的年青的主人正盼望着你去呢。——我也怕迟到使他久候呢。'这是含糊混过的办法。我想了半天，才想出了这样的译法，（朗斯洛特说）'我家少爷在盼着你赏光哪。——（夏洛克接上一句）我也在盼他"赏"我个耳"光"呢。'Shylock明知Bassanio请他不过是一种外交手段，心里原是看不起他的，因此这样

的译法正是恰如其分，不单是用'赏光—赏耳光'代替了
'approach—reproach'的文字游戏而已，非绝顶聪明，何能
有此译笔？！'"我已把一改再改三改的《威尼斯商人》正式
完成了，大喜若狂，果真是一本翻译文学的杰作！把普通的
东西翻到那地步已经不容易。莎士比亚能译到这样，尤其难
得，那样俏皮，那样幽默，我相信你一定没有见到过。"

　　得意之情，溢于言表！也只有给女友的信，才会写得
如此坦率，毫无顾忌。碰到谐音双关，通常觉得束手无策之
处，朱生豪兴会淋漓，用机灵破解难题，因难见巧，显示出
翻译的智慧。从此勤其一生之精力，尽心于译道，同时反复
研读莎剧，对这位伟大的诗人和戏剧家，愈发热衷与崇敬。
九十月间，告：

　　　　昨夜读 *Hamlet*，读到很倦了，一看表已快一点
　　钟，吃了一惊，连忙睡了，可是还刚读完三幕。

　　　　Hamlet 是一本深沉的剧本，充满了机智和冥
　　想，但又是极有戏剧效果，适宜于上演的。莎士比
　　亚之所以伟大，一个理由是因为他富有舞台上的经
　　验，因此他的剧本没一本是沉闷而只能在书斋里阅
　　读的。譬如拿歌德的 *Faust* 来说吧，尽管它是怎样

伟大，终不免是一部使现代人起瞌睡之思的作品，诗的成分太多而戏剧的成分缺乏。但在莎氏的作品中，则这两个成分同样的丰富，无论以诗人而论或戏剧家而论，他都是绝往无继。

一九三六年十月二日的信中，朱谈到译莎计划：

一译完《仲夏夜之梦》，赶着便接译《威尼斯商人》，同时预备双管齐下，把《温莎的风流娘儿们》预备起来。这一本自来不列入"杰作"之内，*Tales From Shakespeare* 里也没有它的故事，但实际上是一本最纯粹的笑剧，其中全是些市井小人物和莎士比亚中最出名的无赖骑士 Sir John Falstaff，写实的意味非常浓厚，可说是别创一格的作品。苏联某批评家曾说其中的笑料足以抵过所有的德国喜剧的总和。不过这本剧本买不到注释的本子，有许多地方译时要发生问题，因此不得不早些预备起来。以下接着的三种《无事烦恼》《如君所欲》《第十二夜》也可说是一种"三部曲"，因为情调的类似，常常相提并论。这三本都是最轻快优美艺术上非常完整的喜剧，实在是喜剧杰作中的代表作。因为注释本易得，译时可不生问题，但担心没法子保持原作对白的机警漂亮。再以后便是三部晚期作品，《辛白林》和《冬天的故事》是悲喜剧性质，末后一种《暴风雨》已经译好了。这样就完成了第一分册，我想明年二月一定可以弄好。

然后你将读到《罗密欧与朱丽叶》，这一本恋爱的宝典，在莎氏初期的作品中，它和《仲夏夜之梦》是两本仅有的一喜一悲的杰作。每个莎士比亚的青年读者，都得先从这两本开始读起。以后便将风云变色了。震撼心灵的"四大悲剧"之后，是《凯撒》《安东尼与克里奥佩特拉》《考列奥来纳斯》三本罗马史剧。这八本悲剧合成全集的第二分册。

但是我所最看重、最愿意以全力赴之的，却是篇幅比较多的第三分册，英国史剧的全部。不是因为它比喜剧悲剧的各个剧本更有价值，而是因为它从未被介绍到中国来。这一部酣畅淋漓的巨著（虽然有一部分是出于他人之手），不但把历史写得那么生龙活虎似的，而且有着各式各样精细的性格描写。尤其是他用最大的本领创造出 Falstaff（你可以先在《温莎的风流娘儿们》中间见到他）这一个伟大泼皮的喜剧角色的典型，横亘在《亨利四世》《亨利五世》《亨利六世》各剧之中，从他的黄金时代一直描写到他的没落。然而中国人尽管谈莎士比亚，谈《哈姆雷特》，但简直没有几个人知道这个同样伟大的名字。

　　第三分册一共十种。此外尚有次要的作品十种，便归为第四分册（宋清如按：在后，一九四六年，世界书局出版《莎士比亚戏剧全集》时，因为英国史剧部分尚缺六本未曾译出，就把原拟作为第四分册的十种作为第三分册，史剧部分未出版）。后年大概可以全部告成。告成之后，一定要离开上海透一口气，来一些闲情逸致的玩意儿。当然三四千块钱不算是怎么了不得，但至少可以悠游一下，不过说不定那笔钱正好拿来养病也未可知……

写此信时，朱生豪估计"后年大概可以全部告成"，"后年"即一九三八年。然而世事难料。《暴风雨》《仲夏夜之梦》《威尼斯商人》译毕，至三七年七月，译成《皆大欢喜》《无事烦恼》《温莎的风流娘儿们》《第十二夜》等剧本。此时，七七事变突然爆发，八一三日军进攻上海，朱从汇山路

寓所半夜仓惶出逃，随身只带一只小提箱，中间装的"只有
一本牛津版《莎士比亚全集》和一些稿子"。具体哪些稿子不
详。八一三前译出的喜剧部分，根据与世界书局的约定，都
陆续交稿。八月十四日书店被占，当作兵营，交稿本均毁于
一旦。在《中美日报》时期，"生豪只要有空，就看莎剧"，
"重新补译了一部分"，同时为国内新闻版写《小言》。四一
年珍珠港事件，朱生豪又一次逃难。补译部分，在一二·八
中美日报馆被占时成了殉葬品。

一九四二年六月，朱新婚后与宋清如同回常熟岳家寄
食，闭门谢客，一心译莎，再次从《暴风雨》开始。实际
上，大部分喜剧这已是第三译了。到年底，"补译了《暴风
雨》等九个喜剧。"

一九四三年初，偕妻宋清如回嘉兴老家，译出《罗密欧
与朱丽叶》《李尔王》《哈姆雷特》。下半年牙周炎时时发病，
仍"握笔不辍，专心译莎，（年内）次第译出悲剧八篇，杂剧
十篇"。

一九四四年，带病译出《约翰王》《理查二世》《亨利四
世》上下篇。四月，译完《莎士比亚戏剧全集》三辑，并撰
《译者自序》。当史剧译到《亨利五世》第二幕时，病情突
变，至此，计译出莎剧共三十一个半，尚差史剧五个又半。

十二月二十六日午，一代译家，抱恨长逝！

　　传世的这三十一部译作，都是一·二八事变之后，朱生豪蛰居常熟、嘉兴时期，重起炉灶，相继译出的。已决心译莎之际，朱信里曾说："我完全不企求'不朽'……但一个成功的天才的功绩作品，却牵萦着后世人的心。"（三五年八月）

　　二十世纪译莎三大家，都为引介英国最伟大戏剧家作出重要贡献。

　　首推朱生豪，以《莎士比亚戏剧全集》行世。其写于四四年四月的《译者自序》称：全集"分为喜剧、悲剧、杂剧、史剧四辑"，原以为到年底全集能译竟，讵料下半年病情转危，绝命时留五个半史剧未译。四七年世界书局始出其喜剧、悲剧、杂剧三辑，计二十七个剧本。台湾学者虞尔昌见到朱译，极为佩服，补译史剧十部，五七年由台北世界书局出版《莎士比亚戏剧全集》五卷，遂成完璧。

　　五四年作家出版社出《莎士比亚戏剧集》十二卷（朱原译二十七种，补未刊史剧四种）。七八年人文社出《莎士比亚全集》十一卷（朱译三十一种，未译六部由方平、方重、章益、杨周翰补全）。九八年译林出增订版《莎士比亚全集》八册（朱译为主，其余由索天章、孙法理、刘炳善、辜正坤译出）。

次推梁实秋（1903—1987），以六七年台北远东图书公司《莎士比亚全集》四十册（剧本三十七，诗集三）著称。

三推方平（1921—2010），以编二〇〇〇年河北教育出版社《新莎士比亚全集》十二册（译于九三年至九七年，方译二十五剧，阮坤、吴兴华、汪义群、覃学岚、屠岸、张冲等译其余）获名。

三系列中，几套朱译，前后累计印售达百万部，影响最大。梁译九五年由中国广播电视出版社和内蒙古文化出版社分别引进，也有相当印数。方平本，当初仅印两千部，连堂堂社科院图书馆都未收藏一部！

许国璋评朱生豪："境遇不佳而境界极高"，"不同于他人也高于他人"。朱译就凭牛津版全集一册；梁译到五六十年代，所据莎剧版本众多，也更讲究。莎士比亚英文，虽是近代英文，有的字写法与现代英语无异，含义与今却有不同，如 Virtue 一字，当年有 valor"勇猛"之意，而不是当今作"美德"解。梁言："文艺作品的价值很大一部分在其文字运用之妙，所以译者也要字斟句酌，务求其铢两悉称"，"译者不但要看懂文字，还要了然于其所牵涉到的背景，这就是小型的考证工作"。四百年前莎剧莎诗中每一个字都能看懂弄明白，本身就已很了不起。梁谈译莎，谓"译文以原文的句为单位"，"有一句原文，便有一句译文"，并"尽可能地保存莎士比亚原文的标点符号"。可见是以"存真"为宗旨，紧扣原文，甚至连字句标点都不轻易改动。

朱读莎士比亚，悟其蕴涵，得其意象，迁想妙得，译出其"文"意，文气文华文妙，"境界极高"；王国维言，"有境界则自成高格"，朱译之所以独绝者在此。梁译"字斟句酌"，"铢两悉称"，功夫用在"字"上。朱译梁译，面对同样的莎士比亚文字，一重文，一重字；一译文意，一译字义；一求"神韵""意趣"，一求"铢两悉称"。两家之不同，在文学层面与文字层面之区分。试举《李尔王》(*King Lear* II‑4)中译诗为例，英文原文：

Winter's not gone yet, if the wild－geese fly that way.

Fathers that wear rags

Do make their children blind;

But fathers that bear bags

Shall see their children kind.

Fortune, that arrant whore,

Ne'er turns the key to the poor.——

But, for all this, thou shalt have as many dolours
for thy daughters as thou canst tell in a year.

先看朱译：

> 冬天还没有过去，要是野雁尽往那个方向飞。
> 老父衣百结，
> 儿女不相识；
> 老父满囊金，
> 儿女尽孝心。
> 命运如娼妓，
> 贫贱遭遗弃。
> 虽然这样说，你的女儿们还要孝敬你数不清的
> 烦恼哩。

梁译更贴近原文：

> 若是野鹅向那边飞，冬天是还没有过呢。
> 父亲穿着破衣裳，
> 可使儿女瞎着眼；
> 父亲佩着大钱囊，
> 将见儿女生笑脸。

　　命运，那著名的娼妇，

　　从不给穷人打开门户。

　　不过，虽然如此，你为了你的女儿们所感受的
"隐怨"将要和你在一年内所能数得清的"银圆"
一般多哩。

　　梁出身书香，私塾启蒙，清华八年，留美三载，中英文
俱佳，《雅舍小品》足见其超卓的学养与文笔。梁译莎士比
亚，拿出做学问的功夫，前后达三十七年之久。周兆祥嘉许
梁译"研究工作做得充分"，但认为"不宜上演，读起来也
乏味，它最成功的地方恐怕只在于帮助人研究莎士比亚"。
梁译信实可靠，可作莎剧教科书，这倒正符合梁的意愿，他
说过："我翻译莎士比亚，旨在引起读者对原文的兴趣。"《雅
舍小品》与梁译莎剧，文字判若两人。有关梁译，评论家对
这位散文大家说了不少不客气的话。北塔说："梁译是典型的
学者翻译，比较老实，缺乏才气，尤其缺乏诗味。"严晓江认
为，梁译"创新不足，保守有余，语气缺少变化"。深探莎翁
巨丽文学宝库，字字句句都能辨析清楚，功不可没。余光中
对梁氏极为推重，赞曰："文豪述诗豪，梁翁传莎翁"；涉及
梁译，亦谓有时候似乎"宁可舍雅而就信"。

　　方平认为莎士比亚是戏剧诗人，莎士比亚的剧本是诗剧，理想的莎译应以诗译诗，并主持出版《新莎士比亚全集》诗译本。从评介文章，读到多段方译莎剧，意美，音美，更兼形美，确乎胜过相应朱氏旧译。上引《李尔王》同一段落，方译意思就醒豁得多，不过就译诗而言，似趋于白，较朱译"略输文采"，而且不独此段为然。方平有译得好的地方，就总的印象而言，如不怕偏颇，则朱方伯仲，在文白之间。且看方译：

　　　　看大雁都往那边飞，该知道冬天还没过完呢。

　　　　老头儿披着破衣裳，

　　　　聋哑儿子瞎女儿；

　　　　老头儿口袋响叮当，

　　　　孝顺儿子好女儿。

　　　　命运，这不要脸的臭女人，

　　　　几曾对穷汉笑脸来相迎：

　　　　话是这么说，你有了那两个宝贝女儿，管叫你一年到头气得饱饱的。

　　　　　　　　　——引自方平编译《莎士比亚精选集》
　　　　　　　　　燕山出版社二〇〇四年版八三八页

鄙意，译本兴衰，五十年里或能见端倪。本雅明言：译本，是原著后起的生命（afterlife）。半个世纪，在这一相对时间段里，或可观测译本的生命力。经过岁月的洗礼，时间的筛选，译本真的优秀，自能脱颖而出，甚至被奉为经典；经典须经时间检验。奈达倡言：译本一般只有五十年寿命；过五十年，玉石俱焚，似太绝对了点。尤其上世纪三四十年代的朱译，经过六七十年，卓然挺立于诸家莎译之上，进入二十一世纪，书香犹在，诚难能可贵。朱译的成功，一是笃嗜莎剧，于原作精神，颇有会心；二是译笔优美，格调高雅，文学性强。三是用字讲究，词汇丰富。莎剧以词汇量大著称于世，词近三万（二九〇六六个，另一说取最大值为四三五六六个）；朱译文辞华赡，藻采缤纷，除用成语典故，还自铸新词甚夥，如"美谷嘉禾""弱蕊纤苞""属僚佐贰""盗国窃位"（A cutpurse of the empire and the rule）等，虽较生僻，亦一看能懂。《译者自序》里说："夫以译莎工作之艰巨，十年之功，不可云久。"十年功夫不寻常，但七七事变之后，颠沛流离，逃难失业，宋清如言，"莎翁剧集中全部的悲剧、喜剧、杂剧以及史剧的一部分，都在两年中次第译就"。北塔文章中说道："一九四三年，他逃回故乡嘉兴，就凭着一部中型的《英汉四用辞典》，一年中竟然译出了《哈姆雷特》等十八部莎剧，简直是一个奇迹！"一年里能译好一本《哈姆雷特》，已属不易，何况十八部莎剧！致宋清如的一封信里说："今夜我的成绩很满意，一共译了五千字，"那时正在译《仲夏夜之梦》，"也许明天可以译完，因为一共也不过五千字样子。"一夜译三千五千，简直天方夜谭，哪来时间思考推敲，后期初稿多半就成定稿。或许与他习性有关，朱早年说自己"做文章，写诗，我都是信笔挥洒，不耐烦细琢细磨"（一九三五年二月二日）。朱是凭才气在译！凭青春的生命在译！莎翁早期的抒情剧，以歌颂青春、爱情、生命为事。朱译《威尼斯商人》《罗密欧与朱丽叶》《奥瑟罗》《哈姆雷特》等，文字里有一股热情——passion，良才以显为能，智慧借人物的独白和诵叹而彰显！世人叹其殒折太早，才三十二。恐怕正是少年之笔，才能译好赞颂朝霞之章。青春毕竟无敌！

朱生豪北未过浩荡扬子，南没跨越汹涌钱塘，困于时局，更不要说留学英美。自叹："然才力有限，未能尽符理想；乡居僻陋，既无参考之书籍，又鲜质疑之师友。谬误之处，自知不免。"彭长江在校读《英雄叛国记》第一幕（*Coriolanus* I），即发现有三十余不妥处，译时朱已重病缠身，或许也昧于罗马史事，难免误解误译，如 musty superfluity（I–1）一语，朱译作"朽腐的精力"，根据剧情似指"讨厌的废物"。要充分欣赏莎剧，最好读莎氏原文，梁译也有不可靠处。莎氏，醇乎醇者也；朱译，大醇而小疵。

"大醇而小疵"，语出韩愈《读荀》，谓"考其辞，时若不粹"；韩愈的这一评语，并不妨碍后世继续读荀，并深入研究。朱译的瑕疵，多半由于版本的欠善或理解的偏误，也有主观意识的因素，如遇粗俗不雅的字句，则采取雅译或不译的方法，从百分之百对应的角度，自是可议之处。朱译不是亦步亦趋地随从译，而是善自为谋地诤友译。如朱丽叶句（III–2）：He[Romeo] made you [those cords] for a highway to my bed，梁实秋的"凡例"是，"原文多猥亵语，悉照译，以存其真"，作"他使你作为通往我的床上的大路"，方平译为"登上我的床"，朱译有意误译，"他要借着你做接引相思的桥梁"。相思喻床，桥梁替换大路。如此明目张胆，当可举为翻译中创造性叛离（creative treason）之特例。文艺，高雅事也。朱读《十日谈》，认为"文章很有风趣，但有些地方姑娘们看见要摇头，对女人很是侮辱"（一九三四年四月二十日）。朱自己翻译时，碰到"要摇头，很是侮辱"处，以其审美趣味和道德观念，便略为改

易，以适从大众的阅读习惯，应对国人对经典作品的阅读期
待。虽可訾，亦切当。

今秋，中国图书馆学会推出"中国家庭理想藏书"，书
目一百种，其中第二十八种为朱译莎氏《哈姆雷特》；此举使
朱译不再只是文学爱好者的读物，从此走进千家万户，普及
到中学生等年轻群体。自一九二一年田汉译出《哈孟雷特》
起，九十年来，据孟宪强统计，此剧已有十个不同译本。或
许朱生豪找到了恰当的表现形式，以诗性散文和多种诗体译
出一个"中国莎士比亚"。十译中独取朱译，表明多数书友
比较认同朱译莎剧，几代读者就接受朱生豪版莎士比亚，接
受这一个莎士比亚！去年年底，笔者在一篇翻译文章中举例
说道："如：What a piece of work is a man!... The beauty of
the world! The paragon of animals! (*Hamlet* II-2) 英文原
句，从字面上看，似较平易，朱译作：'人类是一件多么了
不得的杰作！……宇宙的精华！万物的灵长！'遂成千古
名句，令人击节叹赏！此句 Emile Montégut 法译作：Quel
chef-d'oeuvre que l'homme!... C'est la beauté du monde!
le type suprême des êtres créés! 而 August Schlegel 的德译
作：Welch ein Meisterwerk ist der Mensch!... Die Zierde
der Welt! Das Vorbild der Lebendigen! 这也是做中国人的

福气①，能读到如此优美的莎剧译文。"朱译《哈姆雷特》虽备受推崇，亦不无小疵。如第三幕（III-4）中句…sweet religion makes /A rhapsody of words. 张世红根据语境，认为 sweet religion 应作 sacred vows 解，此句似应译作：使神圣的婚礼（宜易为誓言）变成一串谵妄的狂言。

　　彭长江十分推重莎剧，于朱译中白璧寻瑕之余，认为"莎剧为不朽的世界名著，必须有尽可能完美的中译本，从整体上说来，朱译已构成了完美译本的基础，但是并非完美无缺。为了得到完美的译本，另起炉灶重译，未必能达到朱译已经达到的水平；参照朱译本重译，难免有掠人之美的嫌疑。因此，笔者建议有关方面组织力量重校莎士比亚全集，出版修订本"。——实为明智之见。从学历看，朱只是在传统文化环境中刻苦自学的文艺青年，大二时幸遇夏承焘，并未受到特殊培养。一百年后的今天，家庭环境、文化气氛，已绝然不同，整个社会走上现代化道路，孩子即使从小上国学班，也不可能受

① 见《译艺发端》湖南人民出版社二〇一三年版第二页。为写拙文，今年七月，曾请北京外国语大学黄焰结博士生从网上下载资料，其中有苏福忠先生发表于二〇〇〇年《读书》上的《说说朱生豪的翻译》，言及"朱生豪在他血气方刚时选择了莎士比亚，是莎翁的运气，是中国读者的福气"。福气之说，罗是比较法译德译后发的感叹。苏言在先，罗言在后，所见略同。说来惭愧，本文只一二浅见，很多看法前贤时彦已善言之。凡"互文"到的，特向各位作者致以崇高的敬意和深挚的谢忱！

到当年那种社会文化的熏陶，打下深厚的国学功底。未来的莎译家对原文的理解上可能胜于朱，而笔达上或许难免略逊。时代已经不同。朱生豪这样的翻译家，已可一不可再。故此，朱生豪算得上是近百年来可遇而不可求的，莎译中之杰出者。

　国人现今读到的朱译莎剧，其实多半不是真正原本，百分之百的朱生豪。四七年世界书局版《莎士比亚戏剧全集》，系据朱译手稿所排初版，惜民国书籍，现已不多见。五四年作家出版社版《莎士比亚戏剧集》刊三十一剧，是最全的朱译；出于对译者的尊重，出版说明里言明："在译文和注解方面，只作了很少的修订。"后来几套以朱译为主的全集，译文都经多人校订；校订对原译虽有所补益，但遣词造句，已不全然是朱译原来面目，或略损及朱译精神风貌。本版系据初版本，参照朱氏翻译手稿校正，由译者哲嗣朱尚刚先生授权，还原成体现朱译原貌的"原译本"。朱译莎剧，对莎氏原典而言，是大醇而小疵；朱译作为独立文本，此"原译本"，于体现朱译文风，当可谓醇乎醇者也！

罗新璋拜识

二〇一三癸巳

十一月十五日

《猫球商店》等中短篇读后记

　　十九世纪的欧洲，随着出版业的发达，长篇勃兴，名家辈出，英有司各脱和狄更斯，法有巴尔扎克、大仲马，俄有托尔斯泰及陀思妥耶夫斯基。凡识字的人，一有余闲，就用来看书，故以"阅读的世纪"著称。至二十世纪上半叶，余晖犹辉，英国有哈代的《苔丝》，法国有罗曼·罗兰的长篇《约翰·克利斯朵夫》，德国有托马斯·曼的《布登勃洛克一家》。到下半叶，电视风行，网络兴起；二十一世纪，更进入读图与视频时代。长篇风光不再，据说长篇小说的时代已经过去。现代性（modernity）最主要的特点，就是速度。读者习惯于快阅读，已不耐烦捧读厚如砖头、夜以继日也看不完的江河小说了。

　　二〇一三年，诺贝尔文学奖颁给擅写中短篇的加拿大作家门罗，可以看作一种风向标。但不管媒体如何发展，永远会有一批喜欢看书的人。读书是雅人雅事。视频固良品，但不可能完全取代"唯有读书高"的读书。犹如大篆，作为一种先秦书体，时至今日，还依旧有人在写，虽然写的人越来越少，却也不绝如缕。

巴尔扎克笔力雄健，一个题材一上手，下笔往往不能自休，捧出一本又一本长篇杰作（据茨威格统计，写了七十四部），以对社会的深刻观察见称于世。写长篇的间隙，辅以诸多中短篇，有的独立成篇，如《猫球商店》《双重家庭》和《夏倍上校》，有的作为长篇的补充或后续，如《被遗弃的女人》《卡迪尼昂王妃的隐私》，或介乎两者之间，如《高布赛克》和《无神论者望弥撒》。如今，《高老头》《夏倍上校》等，固然有电影电视可看，但仍有人不满于改编，乐于读其原作。庄子谓："可以言论者，物之粗也。"（《秋水》）语言，口语的表达能力，犹有不及书面语言之处，孔子曾有"言不尽意"之叹。"语之所贵者，意也"（《天道》），而从文字着手，领略"可以意致者"，才得"物之精"。只有通过阅读，深入思考，心知其"意"，方能理会得透。好文章要读。曾国藩认为：韩欧曾王之文，非高声朗诵，不能得其雄伟之概；李杜韩苏之诗，非密咏恬吟，不能探其深远之韵。这是深阅读往深里说去。《哈姆雷特》和《米拉波桥》，对赏读者，同样需要高声朗诵，密咏恬吟。

纵览本书七个中短篇，值得注意者有三：

一、抉发金钱崇拜

一八三〇年，路易·菲力普的七月王朝，代表金融贵族大资产阶级利益；总理基佐，公开号召"发财致富吧"！（Enrichissez-vous!）把追求财富，当作社会进步的动力。而法国的资本主义制度，正是在七月王朝时期完成的。

巴尔扎克创作的全盛期，在一八三〇——一八五〇这二十年间，致力于观察当时的社会，王政复辟时期的社会（observait le monde de son temps, celui de la Restauration. Maurois: *Balzac*, p.174）。他的《人间喜剧》，"几乎逐年地把上升的资产阶级在一八一六——一八四八年这一时期对贵族社会日甚一日的冲击描写出来"（恩格斯语）。新生的资产阶级挟持雄厚资本，金钱势力，财富观念，促使老旧社会逐步解体，建立起资本主义新秩序。巴尔扎克以真名发表的第一部长篇《朱安党人》前言里说，他"试图在这本书里再现一个时代的精神"。据说巴尔扎克在旺多姆中学时养成观察社会、分析事物的习惯，认为世界一体，倾向于做系统性思考（esprit à systèmes）。《路易·郎贝》中的同名主人公说："在巴黎，万事万物的出发点，就是钱。"《欧也妮·葛朗台》有言："人谁无欲望？哪一欲望，不是要靠钱来解决。"

社会风气"不再信仰上帝，只知崇拜金钱了"(《幻灭》)。一部《人间喜剧》，就是对金钱社会的无情批判。在这金钱称王l'Argent-Roi 的世界，金钱的触角，无处不在。战场上能征善战、死里逃生的夏倍上校，就无法逃脱金钱利害编织的天罗地网！

在资本原始积累时期，金钱代表一种力量、一种权势。追求财富，固然给社会带来活力；对金钱的贪欲，又造成种种社会悲剧。戈蒂埃说："凭其对现实的深刻观察，巴尔扎克明了，他所要描写的现代生活，受制于金钱这一事实。揭示金钱的罪恶，或许是文学上最大胆之举，就凭这一点，足以使巴尔扎克传之不朽。"

金钱问题，巴尔扎克一开始就极为关注。《人间喜剧》的第一篇作品《猫球商店》(写于一八二九年十月)，就是关于布店生意的。齐奥默老板把经商发财视为人生最大乐事。为积聚资本，自奉菲薄，不惜扣刻员工伙食；猜到同行"勒戈克要倒"，非但不加援手，反而从中渔利，暴露商人唯利是图的劣根性。

发表于一八三〇年三月的《高布赛克》，是巴尔扎克创作生涯中的第一篇杰作。这个中篇最初发表时，不是用主人公名 Gobseck，而题作《高利贷者》(*L'Usurier*)。其写作动机，或许与作者直接跟高利贷者打交道有关。巴尔扎克早年文学试笔受挫，便异想天开，欲经商致富，开办印刷厂。不幸在迈这道台阶时绊了一跤，一八二八年，为应付破产、逼债和支付印刷工人薪资，银行里借不到钱，只得转而乞助于高利贷者，在一八三七年七月十九日致韩斯嘉夫人函中说那时出到"一分，一分二，二分息"（dix, douze, vingt pour cent d'intérêts），才能拿到现钱，应付急难。不过，小说不是就事论事，而是站在更高的立足点。

巴尔扎克识得高利贷者的贪鄙与狡黠，按他后期形成概念的"痴情偏执理论"（la théorie de la passion dévorante）写高布赛克其人，塑造成高利贷者的典型，成为法国文学中一个独特的人物形象。高布赛克是资本原始积累期的巨富，他认为："金钱代表人类的全部力量。生活不过是一部靠金钱开动的机器……黄金是你们现今社会的灵气。"（L'or représente toutes les forces humaines. La vie n'est-elle pas une machine à laquelle l'argent imprime le movement? L'or est le spiritualisme de vos sociétés actuelles.）敛财是他生活的唯一目的。以其贪婪的本性，不择手段，巧取豪夺；以其对钱财的热衷，又俭省到极点，甚至节省语言和手势。金钱本身，是一种客观存在，但如何掌控运用，根据传统道德，便有了善恶之分。为善可以帮助诉讼代理人盘下事务所，立业成家，但照样收取高额借息，免得受惠人背上人情债；为恶，如对雷斯多伯爵夫人，乘人之危，大笔赚进。钱之所祐，吉无不利；钱之所祸，凶无不害。高布赛克，手握巨资，无位而尊，无势而热，俨若暗神。巴尔扎克对他精明刻薄、贪鄙奸诈性情的刻画，可谓入木三分，以致具有象征意义，成为金钱势力的化身。

二、拿破仑崇拜

这是十九世纪初期欧洲知识界一种重要精神现象。拿破仑（1769—1821）起自伍卒（le petit caporal），凭一己之力，历四十战，屡建奇功；叱咤风云，更兼文韬武略，雄踞一国之主，征掠几近整个欧洲大陆。是现实世界的传奇人物，成时人崇拜的真正英雄。

贝多芬最伟大的作品，无疑是意志战胜命运的《命运交响曲》。但作曲家对自己一生中最满意的作品，却是《英雄交响曲》。一八〇三年末的一次谈话中，贝多芬表示愿献此曲与拿破仑，期望得到法国方面的关注与赏识。次年底，拿破仑登基称帝，贝多芬认为彼亦只一凡夫俗子，粉碎了心中的偶像形象。两年后，乐谱正式出版，定名为 *Sinfonia Eroica*,

副标题"为隆重纪念一位伟人而作"。但原稿扉页底端，留有"以波拿巴为主题写成"的铅笔字迹，显然是受到伟大的时代精神感召。交响曲气势磅礴，表现一种顶天立地的英雄气概，不愧英雄的命名。

斯当达后期撰自传时，写到最后，归结为一句话："生平只崇拜一人：拿破仑。"赞赏拿破仑的个人才干、坚强意志和非凡精力，认为是恺撒之后，世界上最伟大的人物。一八三七年，他怀着一种宗教情感写下《拿破仑传稿》；这不是一部严格意义上的传记，只记叙斯当达随帝国大军进入米兰、维也纳、莫斯科，以及几次仰见拿破仑的印象。而其《红与黑》与《巴马修道院》这两部巨作，按法国文学研究权威柳鸣九先生的说法，是"斯当达拿破仑情结的并蒂莲"！

无独有偶，巴尔扎克也是热诚的拿破仑崇拜者。巴氏生于一七九九年五月，同年十一月，拿破仑发动雾月政变，一举夺得国家最高权力。一七九九——一八一五帝政时期，也即历史上的拿破仑时代，正值巴尔扎克长大成人的青少年时代。巴自命为"奥斯特里茨产儿"（un enfant d'Austerlitz）；奥斯特里茨在今捷克境内，一八〇五年十二月，法军以少胜多，击溃俄奥联军，歼敌三万五，自损九千，为拿破仑生平最辉煌战绩。巴尔扎克是在"帝国荣耀的阳光下成长的"

（élevé au soleil de la gloire impériale）。帝国将士为荣耀而
战，巴尔扎克则要为文学的荣名（gloire littéraire）而写作。
他搬到卡西尼大街（Rue Cassini no.1）写《朱安党人》时
期，在简朴的工作室里，壁炉台上置一尊拿破仑石膏像，剑
盒上贴有一纸条，上书："彼以剑创其业，吾以笔竟其功（Sur
le fourreau de l'épée, un petit bout de papier portait cette
phrase: Ce qu'il n'a pas achevé par l'épée, je l'accomplirai
par la plume. Honoré de Balzac. 见 Maurois, p.192），企盼伟
大与荣名（je rêve grandeur et gloire）。"他要用自己的笔征
服世界，就像拿破仑凭剑征服世界一样，以"文坛拿破仑"
自期（茨威格《巴尔扎克传》六七、八二页）。恩格斯十分
赞赏巴尔扎克在《幻灭》里写"共和党英雄们"，小团体中
大丹士（d'Arthez）是"集高尚品德与绝世才华于一身的罕
见人物"，出现在《卡迪尼昂王妃的隐私》里时，"虽然已
属成熟的三十八岁了……他年轻的时候，就有点像当将军时
的拿破仑（très jeune, il avait offert une vague ressemblance
avec Bonaparte général），直到这时仍旧很像。"强调大丹
士与拿破仑相貌相像一点，也是对这罕见人物的揄扬之辞！
巴尔扎克晚年病重之际，犹不忘拿破仑："我像耳聋的贝多
芬，失明的拉斐尔，手下无兵的拿破仑。"（J'étais comme

Beethoven sourd, comme Raphaël aveugle, comme Napoléon sans soldats…）

　　一八五〇年八月十八日，巴尔扎克已入弥留状态，逝世当晚，雨果前去探望，后面说："我看到他的侧面，他与皇帝如此之像。"（Je le voyait de profil, et il ressemblait ainsi à l'Empereur.）生当奥斯特里茨太阳初升之期，死像拿破仑进入历史，名扬天下。巴尔扎克酷爱伟大的事物，酷爱拿破仑皇帝（Maurois: il aime à la folie les grandeurs, l'Empereur Napoléon）。可谓生的光荣/gloire，死的伟大/grandeur——je rêve grandeur et gloire——梦想实现，庶几无憾！

　　写于一八三二年三月的《夏倍上校》，是对帝国军人的礼赞，更是间接对拿破仑的颂扬。茨威格指出：巴尔扎克"取得的第一个巨大的成功是《夏倍上校》，第二大成功是《欧也妮·葛朗台》"（《巴尔扎克传》一五九页）。"所谓成功，是指塑造人物的过程，通过集中，拔高，充实，把沉睡的力量全部发掘出来。认为仅仅描绘个人生活，远远不够。要使人物性格得到代表，仅写一二医生要能代表所有的医生！"

　　夏倍，孤儿院长大，青年时从军，跟随拿破仑冲锋陷阵，升为上校，晋封伯爵。在一八〇七年三月普鲁士东部的劳埃战役，法军相继击溃普军、俄军。这是一场恶战，夏倍率一骑兵联队，掩护主力部队，打到兵尽援绝，与阵地共生死。故事从夏倍在死人堆下爬出来开始，最后以被压在确认身份的证件堆下翻不了身告终。夏倍是个勇敢的军人，具有博大的胸怀，作为一个在战场上被认为"死去的人"，想在巴黎恢复上校的身份和地位，充满艰难险阻。但正直不防身，功败垂成，其"遗孀"利用老人的善良和牺牲精神，用卑鄙的算计逼退了他。夏倍的宽厚与"遗孀"的卑劣，形成鲜明的对照。在忧患中，唯有从前的战友、帝国禁卫军上士凡尼奥肯接济他，但所提供的最好照顾也简陋之极。"帝国军队的遗老，是那一群英雄中的一员，他们的身上映现着整个国家的光荣，正好像被太阳照着的镜子反射出全部的太阳光芒。"拿破仑兵败滑铁卢，夏倍感到"我们的太阳落山了，我们都觉得寒冷"。作为失败的英雄，夏倍在他"遗孀"的感情陷阱里倒下了；作为无愧无怍的真正英雄，拿破仑老兵的形象屹立了起来！

　　笔者愿指出，就作品的感人而言，巴尔扎克第一个巨大的成功是《夏倍上校》，第二大成功当属《无神论者望弥撒》。前者以其正直、悲壮，其伟岸的人格，壁立千仞，光照人间；后者以其慈祥、高尚胜出，其可歌可泣的精神，令人肃然起敬。据说，巴尔扎克"在一夜之间写出《无神论者望弥撒》这一简短的艺术杰作"(《巴尔扎克传》，二二○页）。——巴尔扎克的写作速度，非翻译家翻译所能望其项背。《奥诺丽纳》，据作者称，是三天内完成的；莫洛亚揶揄道：他就爱卖这个俏（il avait de ces coquetteries，P.516）。茨威格在《巴尔扎克传》三三一页确凿指出："巴尔扎克在十四天里创作了这样精彩的一部杰作（《邦斯舅舅》）。"莫洛亚曾编排有巴尔扎克一生著作年表（Chronologie）："《贝姨》两月内写成"（La Cousine Bette a été écrite en deux mois. P.580），于一八四六年十月出版，时年四十七岁。不如此神速，就不可能在二十年内写出两千万字作品！人间有"超人"，也必有"超作家"；巴尔扎克就是一位"超小说家"！（Maurois，P.464）。现代社会里匆忙的无神论者，倘能腾出二十分钟，也来望一下弥撒，就会发现，在尘俗十丈中，世间犹有良善之心，犹有不胜受恩感激！此处巴尔扎克的杰作，经王晓峰女士的会通传译，可谓相得益彰！懂法文的朋友，不妨找来原文对读，当有悟于翻译之道矣！

三、贵夫人崇拜

巴尔扎克的作品，对法国社会，对巴黎的上流社会，尤其对上流社会的妇女，做了出色地描绘。

　　法国中世纪的骑士文学，崇尚对女性的诗意崇拜，宣扬一种风雅之爱（l'amour courtois）。骑士式的神秘爱情，是一种极端夸张的恋爱方式。女子不是和男子一样的肉身，因隔着身份的距离，女主人被理想化而奉为天仙。风雅的骑士能崇拜她赞美她，本身就是一种酬报。丹纳指出：在德国，风流行为，登不得大雅之堂；而在拉丁国家，却得到容忍或宽恕。

　　沙龙虽伴随文艺复兴而在意大利首先出现，但史家 Arvède Barine 认为，郎布耶侯爵夫人（la marquise de Rambouillet，1588—1655）的"蓝色客厅"（Chambre bleue），才是真正意义上的沙龙。壮丽的爵府、精致的摆设、丰富的藏书、珍贵的画幅，尽显豪华的气派。据说笛卡尔曾在"蓝色客厅"宣读过其《方法论》（*Discours de la Méthode*），可见这圈子里女性的智力也不弱。十七、十八世纪，沙龙得以在法国社会延续下来。大革命时期历十年混乱，到帝政时期，沙龙制度才逐渐推广到英、德、奥、瑞等国。

　　沙龙承骑士文学浪漫精神的余绪，形成一种新型社交观。一般由一位美貌而高雅的女主人主持，是文人学者、诗人画家、哲人思想家相聚的去处，彼此进行无拘无束的谈话。即使无聊的话题，由于有漂亮的应对而变得趣味无穷。谈话的艺术，不在内容，而在急智和机锋（jeu d'esprit）。流俗的说法、露骨的言语，会刺痛"娇嫩的耳朵"，使女太太们脸红，应尽量避免。沙龙里时时迸现"语言花朵"，要会使用纯正的语言（le bon usage）、精微的表达，甚至不惜过甚其辞，想出矫揉造作的说法（les expressions précieuses）。

沙龙里也举行小型音乐会，如钢琴、小提琴或室内演奏。有时诗人朗诵自己即兴写的十四行诗。谈话随机而发，当侍女送来一瓶鲜花，会有人赞美自然界的绚丽奇妙。而讲究礼貌，并不排斥兴致。为调剂气氛，话中不妨带点儿小小的讥刺，以激起论辩双方的交锋。

沙龙也随着时代而发生变化。大革命时期，罗兰夫人的客厅，就是吉伦特派的舆论中心，像当时的革命俱乐部。史达埃夫人的沙龙，也吹起大革命之风，成了组织策划和政治阴谋的角逐场，直到一七九二年公安委员会把她逐出巴黎。

巴尔扎克的同时代，犹有雷迦弥埃夫人（Mme Récamier, 1777—1849）主持的沙龙。雷迦弥埃夫人是执政时期三大丽人之一，每星期一举行盛大招待会。窈窕的身材匀称得惊人，除珠链不带任何饰物，朴素才最能展现她的天生之美。其贞静的面容，就像拉斐尔的一幅圣母像，纵使大卫（作有名画 Mme Récamier）高超的画技，也无法尽显其美!一八二九年，由特·阿布朗苔丝公爵夫人引见，巴尔扎克曾一睹其芳容（Maurois，P.211）。巴尔扎克《三十岁的女人》，就是一部"脂粉气浓烈的沙龙小说"（《巴尔扎克传》，一○九页）。

莫洛亚认为，巴尔扎克一身而二任，一方面是杰出的《人间喜剧》创造者，另一方面是生活在人间社会的胖子作者，受到小有资产家庭的影响，难免存有攀龙附凤的虚荣心。早期追求特·阿布朗苔丝夫人（la duchesse d'Abrantès，1784—1838），她本拿破仑副官于诺将军的遗孀，"是一位被科西嘉来的篡位者新近提升的公爵夫人"。拿破仑在战场上早有口谕封侯之举，帝国于一八○八年才正式创建晋封制度。《猫球商店》里的特·加里里阿诺夫人是帝国新贵，其丈夫就因军功而封为公爵。巴尔扎克追求的另一位是特·卡斯特莉侯爵夫人（marquise, puis duchesse de Castries，1796—1861），其贵族谱系可追溯到十一世纪，是纯正的贵族血统，无懈可击的圣日耳曼区成员。为追求这位世袭贵妇，巴尔扎克浪费了大量金钱和半年宝贵时间。他在致一女读者的信中叹苦经道："按照特·卡斯特莉夫人的意见，保持在无懈可击范围内的这种关系，是我一生中所经受的最为沉重的一次打击。"《被遗弃的女人》的博塞昂夫人，《卡迪尼昂王妃的隐私》的莫非纽斯公爵夫人，都是世家旧族，门第观念上胜于帝国新贵。

　　随着复辟王朝告终，资助断绝，名门衰落，沙龙逐渐被名媛贵妇新起的客厅所取代。《猫球商店》和《卡迪尼昂王妃的隐私》这两篇作品，对贵夫人客厅都有过精雅的描述。前一中篇里，画家索默维安成名之后，宁可怠慢花容月貌、淳朴可爱的娇妻，而热衷于趋赴半老佳人公爵夫人的客厅，是为追求一种有品位的生活。另一篇里，《被遗弃的女人》博塞昂夫人，是巴尔扎克笔下"秉具美貌、厄运与高贵三重折光"（triple éclat de la beauté, du malheur et de la noblesse）而成最有诗意的女性形象。年轻的加斯东，遵从母命，娶一有钱继承人，过了七个月单调乏味的婚后生活，想与博塞昂夫人重续旧缘，却遭峻拒，竟至痛不欲生，饮弹自尽。上流社会妇女，出身高贵，礼仪周全，其修养谈吐，幽怀逸趣，天仙化人，自足动人。

　　《卡迪尼昂王妃的隐私》，文章做在隐私上。是隐私，总有些藏藏掖掖见不得人的地方。王妃原名狄安娜，其母把她嫁给自己与之有私情的莫非纽斯公爵。狄安娜为报复这不幸的婚姻，先后与三四纨绔子弟过从轻佻，继而又出现在大使、外长等显要人物身旁，并公然标榜有过十几位亲密男友。到七月王朝时期，繁华消歇，退隐自守。此时三十六岁的美艳王妃，可谓"妖韶女老，自有余态"，更兼工于心计、善于打扮、娴于辞令，使正直纯良的大丹士入其彀中，初见之下，竟以为不过二十妙龄的少女。连"共和党英雄们"，法兰西未来社会的精英，看到这天使般美丽的容颜，也以为其必有一颗美丽的心灵。大丹士是巴尔扎克用心写的一个人物，视为纯洁的化身（d'Arthez, la pureté）。在小说中，大丹士已是成功的作家，有较多巴尔扎克自己的影子。

　　作为现实主义大师，巴尔扎克却有个虚幻的想法，认为：得到贵族女子的爱，才是对政治家、作家成功的加冕式的肯定（l'amour d'une aristocrate couronnant une réussite d'écrivain et d'homme politique）。生活虽优渥，大丹士律己还像个大学生，纯洁而高尚。识得女人而不识女神的他，在莫非纽斯公爵夫人身上似乎看到了一个天使，便毫不挑剔、死心塌地地崇仰起来。法国评论家认为，这篇作品是写卓越人物之爱（l'amour d'un homme supérieur）。大丹士之爱狄安娜，正如拿破仑之爱约瑟芬（Joséphine Beauharnais, 1763—1814）。英雄崇拜，世人时有；当十九世纪初，欧洲知识界俱陷入拿破仑崇拜。而女性崇拜，极而言之，贵夫人崇拜，或许是一种更加根深蒂固的男性心理。大丹士的感情变化，从中或可得到解释。

　　这是一篇不可多得的精妙之作，不是写少男少女纯情的爱情故事，而是中年男女（三十八与三十六）相慕相恋的感情接近。是供成年人阅读的佳作。小说写于一八三九年六月，正值巴尔扎克四十壮年，思想与文笔进入巅峰时期。作品写成后，巴尔扎克于一八三九年七月十五日致韩斯嘉夫人函中说道："这是现时最伟大的'道德'喜剧。三十七岁的莫非纽斯公爵夫人，因继承关系而得卡迪尼昂王妃称衔，凭一大堆谎言，使她的第十四位崇拜者，把她奉为圣女，良家妇女，羞涩少女……之所以是杰作，在于她那些谎言被认为是正当而必要的，因爱而得到宽谅。"小说不好写而写好了，得意之情溢于言表。笔触之细，对话之妙，当属精雅文艺。笔者早年读到此作，觉得用字微妙，移译难以酷肖，视为畏途。可见传译难度极大，没有足够功力难以臻此！

　　巴尔扎克去世后，其毕生死对头（l'ennemi le plus constant）圣勃甫，在九月二日《月曜日谈话》中表示，从今以后，要抛弃个人恩怨，公正评价逝者的文学业绩，并反问道："帝国的元老和美妇，有谁比他写得更好？尤其是王政复辟后期的公爵夫人、子爵夫人、三十岁女人，有谁比他写得更顾盼生姿？"赞扬归赞扬，圣勃甫依然表示受不了巴尔扎克"那种堕落的甜俗文风"（ce style d'une corruption délicieuse）！

巴尔扎克说过："自然界有阴性生物，而人类社会最辉煌的成就，就是创造出了女性。"女性为巴尔扎克创作拓展了无限天际，构成巴尔扎克文学成就的一个重要方面。

啰啰嗦嗦写到这里，此序算不得自撰之文，只是阅读材料的摘编，聊以塞责，非常惭愧！

二〇一四年八月
避暑昆明时

译求精彩方可观①

　　严复一百多年前提出"译事三难信达雅"，可谓一语破的，道出翻译的要义。梁启超当时就说："近人严复，标信达雅三义，可谓知言。"郁达夫则奉之为翻译界的"金科玉律"。所受赞誉，真应了管子的说法，"一言得而天下服，一言定而天下听"（《内业》）。

　　回顾平生，也曾断断续续翻过几部文学作品。在译书过程中，形成若干做法和想法，现归结为三点，向与会教授同仁请教。

一、不信之信，方为至信

　　按字《源》：信者，从人言。即要信于（人家的）原本，"不倍（背）原文"。原本，是翻译的出发点，即使后现代理论，如解构主义，消解对原文的"忠实"，但原文还是最根本

的参照系。没有原本，不成翻译。

不信之信的后一个"信"，是指对原作内容求百分之百的信；"不信"，指语言、语言结构，不信从原语。翻译是译意，translation means translating meaning，而不宜译形，译语言形式。如佛学"法四依"中所说，依义莫依语。不信之信，也即莫依语而依义，莫从语而从义。借用韩愈的一句话，是"师其意不师其辞"（《答刘正夫书》）。意义、内蕴，要百分之百地符合原著不走样。

不信之信，乃求达之信也。钱锺书言："译文达而不信者有之矣，未有不达而能信者也。"求达是翻译的根本要求。《译例言》开篇处就说："顾信矣不达，虽译犹不译也。"信而不达，译犹不译，等于没译过来，实实地白翻。

二、译应像写，代原作者命笔

外译中，就是把原著的文字，用中文重新表达一遍，提供一个新的文本——中文文本。从外文文本到中文文本，从重形合的原文结构到符合重神合的中文习惯，按作者秉持的理念不同，一种是严正守法，亦步亦趋（translating）；一种系比较自觉自主的译者，自命为原作者代笔，把"西化"字句，"化西"成中文，"仿佛是原作者的中文写作"（傅雷语），André Lefevere 称为 rewriting。理念不同，成果也会有很大不同。前者外译"外"，译成外国中文，属异化翻译，后者外译中，化夷为华，趋近归化翻译。莎士比亚 *Hamlet* 第一幕第一场有句：Not a mouse stirring（朱生豪译：一只小老鼠也不见走动）。纪德（André Gide）法译：Pas un chat，"静得连一只猫的声音都没有"。傅雷认为这不是误译，而是达意。施蛰存说，依照你的观念，中译本就应作"鸦雀无声"。傅雷说"对"。施蛰存认为"不行，因为莎士比亚时期的英语里，不用猫或鸦雀来形容静"。到底宜异化还是归化，一直是颇有争执的话题。

子曰："言之无文，行之不远。"故：言贵有文。翻译应从外语句式，转轨到中文行文，求其辞达。不仅要符合中文语法，更要讲究汉语修辞。杨树达（1885—1956）言："若夫修辞之事，乃欲冀文辞之美，与治文法惟求达者殊科。"文法求达，修辞求美，其间有文字翻译与文学翻译之别。一般翻译最起码的要求是，文字求达；而文学翻译则更进一层，文字求美。修辞方式，纷纭多端。但中文修辞里，有个制高点，从骈俪着手，不失为良法。刘勰在《文心雕龙》里，以"丽辞"称骈俪，认为文之有骈俪，因于自然：高下相须，自然成对；奇偶适变，非由刻意。袁枚尝云："骈体者，修辞之尤工者也。"刘师培更强调:"非偶词俪语,勿足言文"！文学翻译须从一般文字,进而达有文采之文。试举例以明之。

巴尔扎克《高老头》"两处访问"里,有句:

il inventait les reparties d'une conversation imaginaire, il préparait ses mots fins...

he invented scintillating retorts to imaginary remarks, he prepared his polished lines...（The Penguin Classics, *Old Goriot*, P.78）

原文里,法文句式并不整齐,傅雷译作:想好一番敏捷的对答,端整了一套巧妙的措辞。"一番敏捷的对答""一套巧妙的措辞",字数对等,结构对应。对仗,是骈体最大的修辞特征。

又,伏尔泰寓言小说里有句:

Il croyait que les lois étaient faites pour secourir les citoyens autant que pour les intimider.（Zadig V. 12-240）

傅译:他认为,立法的作用,为民奥援与使民戒惧,同样重要。

可见引骈入译，字句对偶，形式整齐，可以译成很漂亮的中文。此处的"骈"，指骈俪因素，不是要求把译文写成骈文；当然能译成骈体，本事是大大的，更教人佩服了。《国语》言，"物一无文"；《朱子语类》称："两物相对待故有文。""骈"字，《说文解字》释为"驾二马"，含有成双成对之意。骈文是中国文学中特有的文体，其特征是四六对偶而句末押韵。钱锺书谓"骈体文不必是，而骈偶语未可非"。前者不必肯定，后者未必能否定得了。接着说："故于骈俪文体，过而废之可也；若骈语俪词，虽欲废之，乌得而废哉？"骈语俪词，修辞上有对称整饬之美。译文中，适当运用骈偶之辞，能增益文字的美感，提升文学的品位。

三、文学翻译，需精彩的表达

"新诗改罢自长吟"，达而精彩就是雅。作为翻译家，文学作品的主题、构思、布局、人物性格、个性语言、景物描写，都已由作者操心，译者只需善用译入语即可，致力于达。大量信实的译本，都属正确的译本，由于译笔平平，缺乏创造力，在流传过程中惨遭淘汰。唯精彩的表达，能从时间之流中，拯译本于溺亡。

但文学作品难译，难在何处？照金岳霖的说法，是不仅要译意，更要译味。北朝时期鸠摩罗什（343—413）讲道：改梵为秦，失其藻蔚，虽得大意，殊隔文体，有似嚼饭与人，非徒失味，乃令呕哕也。

傅雷指出：即使是最优秀的译文，其韵味较之原文仍不免过或不及。

文学作品的翻译，尤其是诗，要读来有趣，更要有味。丁尼生（Lord Tennyson，1809—1892）*Tithonus* 诗中有句：

And after many a summer dies the swan.

一译为：多少个寒暑之后，天鹅死去。

——缺原句悠缓舒徐之慨。

余光中：过了多少个夏天啊，死去了那天鹅。

——Swan 乃响亮的实词，放在最后，
贴合原句，有不胜叹惋之情。

所谓韵味，就是读过之后有余味，余意不尽。一如"空中之音，相中之色，水中之月，镜中之象，言有尽而意无穷"。

拜伦致其情妇 Teresa Guiccioli 书：Everything is the same, but you are not here, and I still am. In separation the one who goes away suffers less than the one who stays behind.

钱锺书译作："此间百凡如故，我仍留而君已去耳。行行

生别离，去者不如留者神伤之甚也。"（《谈艺录》，五四一页）

"我仍留而君已去耳"，按照中文修辞下句子，而不照原文词序来。此函译笔简洁，有文字之美。文章精美耐读，吟诵之下译文似胜于原文，而且更有味。味是不容易传达的，诗歌翻译也许更要重味。只有不断吟咏、揣摩，才能慢慢达到看似无形的神妙之味。

最后说说怎样才能译出一部精彩的译作。其实相当容易，不需要你句句精彩，只求一页内有一二出彩之处，每页都有惊喜，读完这本书，总的印象就会很不错。所谓出彩，就是翻译处理巧妙，用词精当，句法灵活，积小胜为大胜。巴尔扎克《贝姨》（*La Cousine Bette*）上，就有多处精彩的译笔。如：

Quand, à Paris, une femme a résolu de faire métier et merchandise de sa beauté, ce n'est pas une raison pour qu'elle fasse fortune.

In Paris, when a woman has made up her mind to use her beauty as her livelihood and merchandise, it does not necessarily follow that she will make her fortune. (*Great Books of the Western World,* Vol.45

– P.236)

傅译：在巴黎，一个女人决心拿姿色做职业做生意，并不见得就能发财。

把 sa beauté/"她的美丽"，译作"姿色"，切合语境，平常词中见高下。

同一页十一行之后：

La beauté vénale sans amateur, sans célébrité, sans la croix de déshonneur que lui valent des fortunes dissipées, c'est un Corrège dans un grenier, c'est le génie expirant dans sa mansarde.

Venal beauty, with no admirers, with no celebrity, without the cross of dishonour awarded by squanderer fortunes, is like a Correggio in a lumber-room; it is a genius dying in a garret. (*Great Books of the Western World*, Vol. 45–P.236)

傅译："卖笑的美人而没有主顾，没有声名，没有背上堕落的十字架而使人倾家荡产，那也等于天才埋没在阁楼上，等于科累佐的名画扔在下房里。"

Vénal 意思是 Qui se laisse acheter au mépris de la morale.
——不顾道德而易于收买。此处 la beauté，也不像上一句译作"姿色"，而径译为"美人"。La beauté vénale，把"唯利是图的美丽"译为"卖笑的美人"，达意尽蕴，用得又很雅，不失为佳译。译句里，把"科累佐"与"天才"，前后对换，看了前一句，连类而及，容易理解后一句。虽然都是些小地方，也足见译者的匠心。

学过外语，似乎人人都能翻译，但并非人人都能译好。文字背后有文化，学科背后有学养；而文化背景，译人学养，对理解与表达都至关重要。诸葛亮说，"才须学也。非学无以广才。"学固然重要，但天分却学不来。曹丕说，"文以气为主"。以我一生读书，困于有学无才，这五字单独出来，不免猜想这"气"或许也有指才气的意思。颜之推云："但成学士，自足为人；必乏天才，勿强操笔。"与写作一样，翻译也需要才气。似我这等翻译徒，才力有限，"钝学累功，不妨精熟"：与其译得多，不如译得好；与其漫译十书，不如精其一部。只有精彩，才不可抹杀，才对得起原著，对得起读者。

上面所说，从信达雅出发，就文学翻译的外译中，化为不信之信方为信，译应像写唯求达，达而精彩即是雅等三语。翻译理论，无论是实用理论还是高深的纯理论，都应直接或间接有益于翻译工作。作为翻译家，最重要的是要能翻出优秀的译作。佳译是译家立身之本。在践履严复翻译学说的过程中，祝翻译家和翻译理论家一起努力，共创我国文学翻译新的辉煌！

二〇一四年十月三十日

译作超胜，有何不可？

一九三八年，正在翻《约翰·克利斯朵夫》的时候，傅雷就有志于译述巴尔扎克。待做了长期准备，练笔两百万字后，翻译由学徒阶段进入成熟时期，他才把主要精力放在译巴尔扎克上。现代诠释学认为：翻译中的理解过程，就是译者与原作者的对话过程。我们今天来评价，可说傅译巴尔扎克，达到译坛巨匠与文学大师之间对话的高水准，堪称旗鼓相当。从实际成绩来说，傅译巴尔扎克要好过傅译罗曼·罗兰。巴尔扎克文笔的气势，尤其在傅译《邦斯舅舅》里，就传达得很出色。巴尔扎克的俏皮幽默，大多也能曲达以出。但是，也不是没有可议之处。一般认为，巴尔扎克文风比较粗豪，有些作品最初以连载小说形式发表，有照顾读者趣味的一面，同时代文人认为破坏了文学的"高雅情趣"。如圣勃甫，这位巴尔扎克的死对头，文学趣味雅致精微，曾责难巴尔扎克作品代表着一种"堕落的甜俗文风"（ce style d'une corruption délicieuse）。——这是就文体而言，但同一位圣勃甫却非常欣赏巴尔扎克的人物刻画,认为写复辟时期的公爵夫人,没有人能比巴尔扎克更精彩。讲究文笔的法朗士,对巴尔扎克表示了宽容,说:"他是神,若责备他有时粗糙,他的信徒会答告:创造一个世界不能过分精巧。"巴尔扎克大刀阔斧,要创立千姿百态的人物画廊,来不及一一精雕细琢,这部分文字工作,傅雷在他宁静的书斋里越俎代庖,把粗糙变得高雅,繁重变得轻快。艺术本应精雅一点,粗鄙就不一定好。

回想我们的阅读经验,曾容忍不少译而劣的本子;遇到译而优,难道不值得我们高兴吗?再者,译作超胜,有何不可?本雅明(Walter Benjamin,1892—1940)早就说过,"译作绝对不是两种僵死语言之间干巴巴的等式"[1],译者"抓住原作的永恒生命并置身于语言的不断更新之中",使"原作的生命之花在译作里得到最新也最绚丽的绽放",从而获得"后起的生命"[2]/Nachleben, afterlife。

从时序来说,先有原著,后有译作,作者在先而译者在后。后起的译者,具有后知之明,现在小朋友都知道地心吸

---

[1] 此句陈浪译本作:"翻译也绝不是两种僵死的语言之间毫无生气的等同。"(见《当代国外翻译理论》三二四页)

[2] 参见张旭东译文《西方翻译理论精选·译者的任务》,香港城市大学出版社二〇〇〇年版二〇二页。

力，但在十七世纪，万有引力却是牛顿（1642—1727）《自然哲学的数学原理》（1687）中的一大发现。"译者的任务不在复制原文，而要利用语言之间的差异，把潜藏在原文中，原语无法表达的意念展现出来。""不妨说，在译作中，原作达到一个更高、更纯净的语言境界。"

这里举《高老头》译句为例：

——Voilà, se dit-il, l'homme au coupé! Mais il faut donc avoir des chevaux fringants, des livrées et de l'or à flots pour obtenir le regard d'une femme de Paris?

"So that's the man with the brougham!" He said to himself. "But do you have to have prancing horses, servants in livery and oceans of money to catch a glance from a Parisian woman?"(*Old Goriot*, P.93)

傅译作：他私下想："这便是轿车中的人物！哼！竟要骏马前驱，健仆后随，挥金如流水，才能博得巴黎女子的青睐吗？"

Des chevaux fringants（漂亮活泼的马匹们），des livrées

（身穿号衣的仆役们）；巴尔扎克潜意识里或许就有 des chevaux fringants en avant 和 des livrées en arrière，但这样一来，法文节奏趋慢，不如 des chevaux fringants 和 des livrées et de l'or à flots 一气呵成。到了中文里，"骏马前驱，健仆后随，挥金如流水"的句子才朗朗上口，借骈俪中对仗排比形式，把"原语无法表达的意念展现出来"！本雅明语言之间的差异说，好像就是针对傅雷此译而说！无独有偶，美国《纽约时报》评论傅聪的演奏，说"他表达了斯卡拉蒂心中要表达而没有能表达出来的音乐"。

傅雷此句译于一九五一年，张冠尧一九八五年译本作："难道非得有骏马健仆，腰缠万贯，才能博得巴黎女人的青睐吗？"许渊冲二〇一三年译本作："一定要有高头大马，仆从如云，黄金如流，才能得到巴黎女人的青睐吗？"

傅雷译句最顺，张译、许译为避免雷同，另行措辞，或缩节或增词。戏法人人会变，各有巧妙不同。即以 de l'or à flots 而论，傅译用巧劲，"挥金如流水"；张译"腰缠万贯"，富而无"金"（l'or）；许译则洋洋矣，"黄金如流"。高下自见。又，"健仆后随"，可能只二三人；"仆从如云"，则成浩浩荡荡之势。傅译夸张，还在适当范围之内；许译"如云""如流"，诚有施兄批评许公"足尺加三"之势。

本雅明还说："译作以原作为依据"（la traduction surgit de l'original）；"译作呼唤原作，但却不进入原作。"意即译作不是原作的替代，译作与原作并存，形成各自独立、相互映照的两个文本。傅雷译本，可比为巴尔扎克原作的"投胎转世"，躯壳虽然换了一个，而精神姿质依然故我。"重神似不重形似"的译本，获得自己独立的艺术生命；从翻译的角度看，原著在译作里又得再生，成"原著的来世"，同时，也意味译作的超胜。

八十年代，改革开放之初，译界首先介绍进来的是奈达的"对等原则"，忙于形式对等、动态对等，求得形式对应、行文等值等，搞出许多名堂，盛极一时。

本雅明写于一九二三年的《译者的任务》，当时湮没无闻，差不多过了半个世纪，才由解构理论家德里达及德曼发掘出来，发扬光大。本雅明率先指出，翻译不可能与原作相等，因为通过翻译，原作已经起了变化。从而认定，"译作绝对不是两种僵死语言之间干巴巴的等式。"

奈达理论奉行了半个多世纪，忙坏了许多翻译家和翻译理论家，可是至今也没有搞出一个堪称等值的译本，所以，也不会有理解百分之百正确、表达百分之百完善的定本。本雅明的看法，是原作经过翻译的"蜕变"，才有可能获得"后起的生命"。本雅明不是持保守的、墨守成规的翻译观，而是发展的、进取的翻译观。

本雅明对翻译持超越态度，认为原作在译作中可以达到一个更高、更纯净的语言境界。说得直白些，就是译作可以胜过原著。译作胜过原作的现象，我们也遇到过。*Hamlet* II-2: What a piece of work is a man! (Quel chef-d'oeuvre que l'homme!)... The beauty of the world! The paragon of animals!(C'est la beauté du monde! le type suprême des êtres créés!) 人类是一件多么了不得的杰作！……宇宙的精华！万物的灵长！朱生豪译文似胜于莎士比亚原著！

译者运用归宿语言的本领超过原著运用出发语言的本领，是翻译史上每每发生的事情。钱锺书在《林纾的翻译》里曾列举：爱伦坡的短篇，文笔太粗糙，波德莱尔法译要好得多。歌德认为 Gérard de Nerval《浮士德》法文本，比自己德文原著来得清楚。惠特曼不否认 Freiligrath（弗拉爱里格拉德）德译《草叶集》可能胜于英文原作。

林纾的中文文笔，钱锺书认为比哈葛德的英文文笔要轻快明爽，高明得多。

许渊冲先生对翻译有很多"发想"，他说："译文不是优于原文，就是劣于原文，劣不如优，所以应该发挥译语的优势，也就是用最好的译语表达方式，这可以简称作'优化法'。"（《翻译的艺术》第四页）"一般说来，译文不如原文，但如果发挥了译语优势，有时也可接近原文，有时甚至可以胜过原文。"（《再论优势竞赛论》，《文学与翻译》二六七页）许先生讲译文超过原文，就是要用最好的译语表达方式，发挥译语的优势，但似缺乏语学角度的论证。

早在纪元前，孔子已注意到：书不尽言，言不尽意。维特根斯坦认为：由于语言的限制，我们应用语言的能力也会受到限制。本雅明说得更具体："由于语言的限制，作者甚至无法表达想要表达的思想。"译者就要利用语言之间的差异，借归宿语言之所长，可以"把潜藏在原文中，原语无法表达的意念展现出来"，使原著在译文中"达到一个更高、更纯净的语言境界"。所以翻译不是字对字的文抄公，而是一种需要译者发挥译语创造性的壮举，是一种需要动脑子，甚至是伤脑筋的工作！

一个人运气来时

　　《翻译论集》收录文章，上起东汉，下迄一九八二年底辑成之期。八三年二月春节后发稿，于八四年五月正式出版，印一万册。书厚一〇四七页，价四元六角五分。

　　出版之初，忝获好评。读书报报道此书出版，称"纵千余年，集百家言；全面系统，内容丰富"。舒克在一外刊物上作新书简介，认为此书具关注古代译论与博采众说两大特点。张景明长文刊于《贵州大学学报》，首言《翻译论集》此时问世，可慰译界"云霓之望"。接着分五段详细介绍全书，称"内容涉及翻译史、翻译理论、翻译技巧、翻译批评等，可谓洋洋大观"。特别提到，附录所列论著篇目五百余条，"在相当程度内弥补选文中沧海遗珠之憾"。结言"选录论述众多，百家争鸣，堪称是一部翻译大全"。黄邦杰在香港《读者良友》上撰文，称《翻译论集》具古今兼收、理论与实践并重、两岸暨港澳地区兼顾、以文为重不以人废言等优点。特别指出，书中收录多篇讨论直译的文章，随着译学进展，翻译水平的提高，"硬译"已是一种矫枉过正的片面提法，今天已"能做到'信'与'顺'两全其美，而不必再采用'硬译'了"。钱锺书先生得书之后，即从头至尾翻阅一过，认为古代重要的译论俱已收录，即使偶有遗漏，亦无关宏旨。许国璋先生认为，同时期出的四五本翻译文选，以是书选材得当，编得最好。北外翻译学院院长庄绎传教授更戏称，《翻译论集》是国人研究翻译的 Bible。不免过誉。此书所收，均国内译论，为发展我国译学提供一个立足基础。只有贯通传统，兼通外来，才能进而会通创新，有所作为。此外，不悉不录。凡所称引，匪为自炫，实感激于诸公审读之忱、奖掖之心。

作为编者，收到样书，最关心的是看书出得怎样。通读之下，发现问题不少，高兴不起来了。当时，限于自己水平，如古代文论，标点不善；也有排字、规格问题。看时列出一表，需改动处，不下五十页。编书之时，高校只有外语系。稍后，译学勃兴，各院校始设翻译专业、翻译系、翻译学院，建立硕士点、博士点。翻译书籍，更是多方需求。后来，九一、九四、九八年，商务都曾提出再版；我坚持非改五十页不可。因抽改费事，屡屡搁浅。九八年末，中国译协召开第四届理事会，设有书摊，专售翻译读物。休息时，遇商务副总编徐式谷君。徐说，《翻译论集》在会场上售出五六十本不难。告以出版社不肯抽改，故长期缺货。徐说，原先的铅版现在要改也没法改了，索性电脑重排一版。能排电子版，甚感欣喜。我与陈应年便分头准备，不仅改错，篇章也作适当调整。于二〇〇二年交修订本稿。因有一千余页，打字繁重，迟迟未动手。〇五年陈应年告我，修订版已发排，希补一后记。其时，我应聘在台湾师大任客座教授，为博士、硕士生讲翻译研究。便利用这年双十节两天假期，草成一文，还说了几句见情见义的话，即寄在京的陈兄。陈得函后，告知内人后记已收到。

〇六年秋，始看到修订版校样。翻翻版面，说老实话，打得一塌糊涂。栏目题目，字号夸张；文章又大多连排，眉目不清。翻到书后，不见后记，便问陈兄。他完全不记得我从台北寄他原稿事，说他电脑上也无留底。当时恰值我台师大聘任期满，返京前已将废纸杂物，连后记底稿，都处理一空，于是只得在《例言》后加一则不到百字的简短说明。

作为参照，初版版面，尚清正大方，希能取初版之长。因接二连三，看到这样的样张，批语有时带点火气。结果唐突美人，惹打字小姐不悦，校样给晾了两年。陈兄说了好话，才重新启动。并说由他负全责，清样无需我看。实在是怕我改动太多，又惹麻烦。我坚请无果，后来只序言看到一份清样。

好不容易，〇九年五月修订本出版，印六千册。厚一一四九页，售价七十元整。随便翻翻，就看到有些不该错的错了，如二十二页"受此偈等"，错成"受此倡等"！又，初版不错，而修订本反错，如六二三页，"铢两悉称"成"铢掐悉称"，莫名其妙！木已成舟，无可奈何。社会上因为可以买到《翻译论集》，还是欢迎。同年年底，王腊宝院长邀我去苏州大学，列席翻译高层研讨会。会上有研究生询及《翻译论集》情况，我即兴作了二十分钟发言，不尽不透。嗣后，南大文章高手黄荭女士，几天之内帮我整理出《须臾，浮生》一文（载拙稿《译艺发端》一八七页），介绍《翻译论集》的前世今生。文中特别感念老友陈应年君，昔日有此发想，约我编书之诚；惜乎，陈兄不久就困于老年病有年，在此衷心祝他顺遂康健。

一五年九月，接商务编辑陈琪来函，告修订本拟加印两千册，大概以应开学之需。我即发短信，嘱暂勿印，需改动。陈回北京，经查已印毕，且已发行一千册。善哉，社会上尚需此书！得加印本后，开始细读，发现错字需改达八十页。即着手大事修订，首要，去掉明显的错误；其次，增补十二文，分：一、张其春文、翁显良文。张、翁两位，学识渊博，译道精湛，初版因压缩篇幅而失收。二、刘半农一文、梁实秋两文、鲁迅一文、赵景深一文，修订本时已发稿，惜排印未采纳，今以补资料之未备。三、林纾两文、冯至等一文，初版曾刊，修订本删而不当，今恢复。四、木曾一文、曹靖华一文，佳作不该遗落。再说修订本出版后，郑延国、杨全红、黄焰结、黄福海诸位教授先生，或著文或投书，指瑕复又指正。本次修订已尽量采纳，以谢友好关心。趁冬日严寒，蛰居斗室，把修订本再作修订，先预为准备，以备不时之需。深感要出好一本书，需编、排、打、印，各方通力合作，现先把我这份工作做好。本着对读者负责的精神，务使资料尽可能完备，努力向定本靠拢。人的年寿有限，此时不为，日后几不可能再及此矣。再者，本该做好而不能做好，也畏后生之嗤余也。

今日想来，《翻译论集》之编成，纯属偶然。当年，陈应年兄碰巧在《文艺报》看到我写傅雷一文，便找我来编；自愧才疏学浅，对翻译没有精深研究，勉强承应下来——实天赐良机也。当时就以罗根泽《中国文学批评史》和周振甫《严复诗文集》起家。及至根据罗先生《佛经翻译论》，在科学院图书馆借到《出三藏记集经序》，读到《法句经序》等文，心里一阵窃喜，想真是运气！打开了通向古代译论宝库之门！于是，竭心力于斯事，聚精神于研读；略有心得，便随即记下。我以前只会下苦功，抄傅雷译文，抄公告原件，这次总算下了死功夫，做出活学问。当时出这样的资料集，必须辅以序文。便把阅读札记串连成文，居然写得很顺手，于短期内毕事，真天助我也，现在叫我写再也写不出了。跟老友施康强说起，自己最不敢看的是自成体系那篇文章，却被读者千百次地翻阅，实在汗颜。施兄说，人不能老走背运，也该中次头奖。查资料四月，归整两月；半年之内，精神提了起来。精诚所至，金石为开；"天之所启，人弗及也"（《左传》）！机会，运气，天助，才做出一点点成绩，大大超乎平庸的我！哲人牟宗三云：一个人运气来时，当生命的光彩焕发出来，就显得特别灵。换言之，"当一个人发挥其英雄气的时候"，就觉遇事不难，到处迎刃而解。难道神光烛照，也曾降临于我？

于兹迄今，亦已三十余载。天假予年，八十老夫，犹能亲理修订二版，俾减少缺憾，深以为幸！

二〇一六一月二十二

北京冷到零下十七度

有学问的翻译家

　　一九二七年十二月三十一日，傅雷先生从上海出发，乘 André Lebon 邮轮，经香港、西贡、新加坡、科伦坡，经亚丁湾，过苏伊士运河，入地中海，于次年二月三日抵达马赛。次日即转往目的地巴黎，从二十岁至二十四岁，开始四年的留学生活。

　　赴法留学，决定了先生的一生。

　　海上航行一个多月，"好几次想过，我数年来的颓废生涯，应该告一结束了。空洞的头脑应该使它充实起来。这样，我才发了赴法的宏愿……我应勉力向着未来前进！""我应当入世，我应当研究"，船进马赛港时，感到重任在肩，"未来在期待我"！

　　早年在徐汇公学，曾学过三年法文；到法国后，去西部普瓦捷（Poitiers）数月，到一个没有中国人的地方，以加强口语训练。"在法国四年，一方面在巴黎大学文科听课，一方面在巴黎卢佛美术史学校听课。""二十岁在巴黎，为了学法文，曾翻译都德的两个短篇小说集，梅里美的《嘉尔曼》，均未投稿……是时，受罗曼·罗兰影响，热爱音乐。回国后于一九三一年，即译《贝多芬传》。"

在一九三四年三月三日致罗曼·罗兰函中称："曩者，年方弱冠，极感苦闷，贾舟赴法，迅即笃嗜夏朵勃里昂、卢梭与拉马丁辈之作品。其时颇受浪漫派文学感染……无论漫游瑞士，抑小住比国修院，均未能平复狂躁之情绪。偶读尊作《贝多芬传》，读罢不禁号啕大哭，如受神光烛照，顿获新生之力，自此奇迹般突然振作。此实余性灵生活中之大事。"

先生"四岁丧父"，寡母"督教极严"，什么都要靠自己摸索，乏人指导，青少年时深感雄强父性的缺席。贝多芬的出现，如灵光一闪，顿然若悟，获得巨大精神力量。"治疗我青年时世纪病的是贝多芬，扶植我在人生中的战斗意志的是贝多芬，在我灵智的成长中给我大影响的是贝多芬，多少次的颠仆曾由他挽扶，多少的创伤曾由他抚慰，——且不说引我进音乐王国的这件次要的恩泽。"

同样读书西欧，学有深浅，识有高下，先生则志存高远。音响世界，最难言表。"贝多芬以其庄严之面目，不可摇撼之意志，无穷无竭之勇气，出现于世人面前，实予我辈以莫大启示。"贝多芬作品，里面有强力、哲思、崇高之美，是德奥音乐的典范，西方近现代文明的精髓。

《贝多芬传》译成于一九三二年，即投寄商务，出版社坚持此书已有译本，不愿接受。初译稿在存稿堆里积压了几有十年之久，后来再行重译。于一九四六年，始由骆驼书店出版。书后附有先生所写《贝多芬的作品及其精神》，文中写道："十九世纪！多悲壮，多灿烂！仿佛所有的天才都降生在同一时期：从拿破仑到俾斯麦，从康德到尼采，从歌德到左拉，从达维德到塞尚，从贝多芬到俄国五大家……人类几曾在一百年中走过这么长的道路！而在此波澜壮阔、峰峦重叠的旅程的起点，照耀着一颗巨星：贝多芬。在音响的世界中，他象征着一个世纪中人类活动的基调——力！"贝多芬与力，这是一个天生就的题目。贝多芬早年说过："力是那般与寻常人不同的人的道德，也便是我的道德。"——傅雷指出："这种论调已是'超人'的口吻。"

当时，苦难中的中国，"阴霾遮蔽了整个天空，我们比任何时都更需要精神的支持，比任何时都更需要坚忍、奋斗、敢于向神明挑战的大勇主义。"傅雷先生译介《贝多芬传》时，认为："除了把我所受的恩泽转赠给比我年轻的一代之外，我不知道还有什么方法可以偿还我对贝多芬和对他伟大的传记家罗曼·罗兰所负的债务。表示感激的最好的方式，是施予。"可见，译事之初，就怀着一种社会使命感，愿以译作，影响社会。

留法四年，与欧洲文学、音乐、绘画等均有广泛接触，感受二十世纪初的文化思潮、艺术流派，深入研究西方文化，打下扎实的西学基础。回国后，转把自己所获新知，传授给比他年轻的一代。先生十七八岁时曾写过《梦中》《回忆的一幕》等小说作文艺试笔，在邮轮上的三十三个日日夜夜，写有《法行通信》十五篇，"怀抱文学救国的强烈愿望"。回国后第二年，即一九三二年，写有《现代法国文艺思潮》《研究文学史的新趋向》等评论文字。"以后自知无能力从事创作，方逐渐转到翻译。"于三一年至三五年，译出罗曼·罗兰的包括《贝多芬传》在内的"巨人三传"。三六年至四一年以五六年之功，译出《约翰·克利斯朵夫》全四册。

这部一百二十万字的长篇巨作，是罗曼·罗兰一生文学创作的最高成就。"十年酝酿，十年成书"，这部作品凝聚了作者青年时代思想探索的积极成果。罗曼·罗兰自言，"我这部小说是写一个人从生到死的一生。主人公是一位德国音乐家。后为环境所逼，于十六岁时逃离德国，流亡巴黎、瑞士、意大利等地。活动的环境就是今日的欧洲，主人公的性格，不是我的性格……我的禀性散见于几个次要人物身上。

明白说来，主人公就是生在今日世界里的贝多芬……他活动的世界，就是以主人公为中心所看到的世界。"

罗曼·罗兰创造了一个充满活力、个性倔强、与社会奋斗、不向环境低头的英雄。傅雷先生看到："罗曼·罗兰使书中的主人公生为德国人，使他天生成为一个强者，力的代表（他的姓克拉夫脱/Kraft 在德文中就是力的意思）。"是比"'超人'更富于人间性、世界性、永久性的新英雄"。贝多芬的名言：通过苦难，达到欢乐。克利斯朵夫在苦难中寻求自救的力量"痛苦而能坚强，多好"！通过他跌宕起伏、波澜壮阔的一生，罗曼·罗兰成功地塑造了一个"强者"的形象。

克利斯朵夫抱定宗旨："不受热情驱策，决不写作……人一生之中，有些年龄特别富于电力……突然之间，是电光闪耀……欢乐，创造的欢乐！唯有创造才是欢乐，唯有创造的生灵才是生灵……所有的创造总是脱离躯壳的樊笼，卷入生命的旋风，与神明同寿。创造是消灭死。"傅雷敏锐地指出，"这不是柏格森派的人生观吗？"

柏格森（1859—1941），崇拜生命和行动，认为唯创造促进化，而生命进化的原动力是宇宙间的生命冲动。于一九〇七年发表《创化论》（L'Evolution créatrice），为他赢得广泛国际声誉；〇七年至一四期间，其哲学思想风行西方，正如汤用彤所说："柏拉图已成陈言，而柏格森则代表西化之转机。"罗曼·罗兰（1866—1944）是柏格森的同时代人，而《约翰·克利斯朵夫》全书，最有思想性、最具批判精神的《反抗》《节场》两卷，写于○七、○八年，正是柏氏《创化论》盛行的年代。日耳曼人中的克拉夫脱，"具有贝多芬式的英雄意志"，成长之后，不堪德国小城的闭塞，来到莱茵彼岸的国家，接受精致细腻的法兰西文化的洗礼；在旅程的最后，越过阿尔卑斯，来到阳光绚烂的地中海，"拉斐尔的祖国，去领会清明恬静的意境。从本能到智慧，从粗狂的力到精炼的艺术"，"融合德、法、意三大民族精神的理想"，"克利斯朵夫终于达到了最高的精神境界"。他热爱生命，欢呼创造，站到时代哲学思想的制高点，在罗曼·罗兰的构思里，"克利斯朵夫这个新人，就是新人类的代表"。

这部杰作经傅雷先生介绍到我国，已有七八十年历史；回眸百年无巨著，我国新文学至今尚无与之相埒的作品，看来，傅译《约翰·克利斯朵夫》还将长期在读者中产生影响。

先生人生中最大的挫折，是一九五八年划为右派。

一九五七年，是他事业的高峰期。所译巴尔扎克俱由人民文学出版社精印发行。三月以特邀代表身份，赴京列席中共中央宣传工作会议，亲聆毛主席讲话。"忽而北京，忽而上海。"五月初，在邵荃麟动员下，出任上海作协书记处书记。他以"一颗赤诚的心，忙着为周围几个朋友打气，忙着管闲事，为社会主义事业尽一分极小的力"。五月八日，《文汇报》刊其杂文《大家砌的墙大家拆》："党群之间的墙是双方砌成的；一方面是优越感，一方面是自卑感"云云。二十六日致函傅聪："这一向开会多了，与外界接触多了，更感到社会一般人士也赶不上新形势。"——七月一日，风向陡转：《人民日报》社论《〈文汇报〉的资产阶级方向应当批判》。先生于十六日报上谈及自己的认识：《识别右派分子不易》，形势还是发生急剧转变。到年底，朱梅馥给傅聪的信上说："作协批判爸爸的会，一共开了十次，前后做了三次检讨。"并要傅聪把"爸爸在这一年来，所写给你的信，由你挑选一下，希望你立刻寄回来"。因为"写给儿子的信，总是实际的思想情况，不会有虚假的了"。对父母在信里所提的问题，傅聪以往总是迟迟才答或不答；这次却很快，接信后，于五八年一月八日即"寄出一包信（爸爸来信）"。但在劫难逃，最快也无济于事。

三个月后，四月三十日下午，作协召开批判宣布会。会议早早已结束，先生却失魂落魄，迟迟才回家。所不能接受的，是把他前期热心政治，积极鸣放，说成怀有不可告人的意图，简直是一种人格的侮辱。一个月里，坐立不安，独自徘徊，沉默无语。到六月初，才摊开丹纳《艺术哲学》原著，着笔移译。难度甚大，就愈需要集中精神。一则以忘却身边的苦难，再者，也再度为西方优秀文化所吸引，在学理层面增进认知。躯壳之我，为气禀所拘、识断所蔽，则有时而昏；而自由之真我，决非永远能为他物所拘所蔽者也。经一番横逆，增一番器度。痛定思痛，经过自责和反省，摆脱某种不成熟状态，重新自由思想，秉持自身本来极强的理性，深研意大利文艺复兴绘画及古希腊雕塑建筑之美，精神上重新展示一片艺术天地。身处逆境，沉潜中有以开拓。正是从丹纳著作，从希腊文明、文艺复兴思潮，获得全新的学术视野，奠定日后治学的思想基础。经历苦难，思虑益转深邃，梁启超在《论学术之势力左右世界》一文中说："天地间独一无二之大势力，何在乎？曰智慧而已矣，学术而已矣。"五十年代以前，先生主要从事翻译；及至六十年代，以家书为载体，隐然学者身份，对绘画、音乐、艺术、戏曲、宗教，以及演奏、书法等内容，发表诸多真知灼见。

　　六十年代初，先生的日课，是译五十万言的《幻灭》，同时为《艺术哲学》选配插图，对西方雕塑绘画的兴趣依然很浓。六〇年一月底，适逢春节，抄出一些音乐笔记寄给傅聪作参考。这份《音乐笔记》，包括《关于莫扎特》《什么叫做古典的？》《论舒伯特》三文共十八页，虽然是译文加评语，学术价值却很高。美学家叶朗教授对《什么叫做古典的？》这一节，更是推崇备至："作者对古典精神作了准确的、清晰的说明……文章不长，但已经成为艺术学和艺术教育领域的一篇经典文献。"

艺术领域的经典文献，谈何容易！请看该文结尾："不辨明古典精神的实际，自以为走古典路子的艺术家，很可能成为迂腐的学院派。不辨明'感官的'一字在希腊人心目中代表什么，艺术家也会堕入另外一个陷阱；小而言之，是甜俗、平庸；更进一步，便是颓废……由此可见，艺术家要提防两个方面：一是僵死的学院主义，一是低级趣味的刺激感官。为了提防第一个危险，需要开拓精神视野，保持对事物的新鲜感；为了提防第二个危险，需要不断培养、更新、提高鉴别力（taste），而两者都要靠多方面的修养和持续的警惕。而且，只有真正纯洁的心灵，才能保证艺术的纯洁。因为我上面忘记提到，纯洁也是古典精神的理想之一。"

从文章的语调可知，这不是学院式的高头讲章，而是饱学之士的娓娓道来。先生并没做什么专门学问，不是整天埋首书堆，皓首穷经，而是靠平时杂学旁收，集腋成裘。翻译中，遇西方名物典故，即查书、查资料，加上简要的译者注。《约翰·克利斯朵夫》里为不少音乐作品、音乐术语所加的注，言简意赅，甚见功力；家书里与傅聪探讨乐理、探索希腊精神，常引西方观点，参以己见，展示其广博的音乐素养。在早年求学年代，就说过："我不能没有一些研究，就去信从什么学术理论。"一切都要经过自己省察思考，辨明道理。他的言谈，不是凭空悬说，多半是即事求理，以科学精神和缜密逻辑，能切中肯綮，转识成智。

抗日时期，闭门译书，翻出一部《约翰·克利斯朵夫》，这是先生译作中最有影响的一部书；右派阶段，闭门译书，完成留学时就瞩意要译的《艺术哲学》，傅译诸书后来出现各种复译本，唯此书难译，以定本传世。译书也像许多伟大的著述，往往离群索居，要耐得住寂寞，才能积渐而成。一切伟大的艺术作品，一切深刻的哲学著作，无不是一个人在孤寂中苦心孤诣探索而得。先生曾深有感触地说："耐得住寂寞是人生的一大武器。"并说，"赤子孤独了，会创造一个世界。"

先生在三十年代致罗曼·罗兰函中自谓："不肖为国家与环境所挤逼，既无力量亦无勇气实行反抗，唯期隐遁于精神境域中耳。"言下之意，欲退居晨译夜读的书斋，从事力所能及的思想文化工作。

　　傅雷宁静的书斋，不是谈笑有鸿儒的客厅。这是他辛勤耕耘的园田，敬业乐业，在此翻译、查书、思考、探索，时有悟机，颇有高识，是他安身立命的精神高地。翻译时他把原作化为我有，达意传神，独树一帜；写作时则融通中西，化人为我，独具识见。

　　傅雷的一生，以翻译家始，以学者终。现在其哲嗣傅敏先生，将这位有学问的翻译家所写文字，分人生、艺术、文学、音乐、美术、翻译、教育七门，分类摘录，编成《傅雷启思录》一书，便于读者参考研阅，功莫大焉。

　　先生终年五十八，留下著译二十六卷。其生，精美译本，性情家书，足以传世；其死，刚烈悲壮，义无反顾，足以醒世。长年身不离书斋，生于斯逝于斯：可谓一室之内，自有千秋之业！

罗新璋　敬识

于二〇一六年三月十五日

访杨绛　读杨译

二〇〇四年夏，一天，杨先生来电，告有一小事"相烦"，我于当天下午即骑车去南沙沟。她出示 Sofia（Société française des intérêts des auteurs，法兰西作家权益保护协会）来函，称钱先生名下有三十八美元的稿酬。因数目甚微而手续颇烦，经研究决定放弃，不去理会。——类似事例，如二〇〇五年九月五日曾代杨先生致函法国 Gallimard 出版社，同意 Folio 袖珍本再版"钱锺书两篇小说"，并告稿费请直接汇至清华 Fonds Philobiblio Scholarship（"好读书助学基金"）为感。两年后，去拜访杨先生，曾赐一册，*Qian Zhongshu: Pensée fidèle*，并有题字："新璋小弟存览　杨绛代赠　2007 年 7 月 12 日　年 96"。

那天正事说过，杨先生问我："你在忙什么？"告以台湾师范大学翻译研究所聘我为客座教授，杨先生即说，一九四九年前台湾大学或台湾师大也曾聘请过钱先生。（回来后，查华中师大版《钱锺书年谱》，一九四八年栏内载："本年台湾大学聘钱锺书为教授……他均谢辞。"）我接着说，上学期为博士生开翻译研究，暑假后下学期，要为硕士生讲古代翻译，另有两节法译中。拟从傅雷、李健吾、杨先生的译著里找些篇章做教材。

我六二年曾花三四个月，对读过半部《吉尔·布拉斯》，（因为六三年工作方向改为中译法，而中止，未读完，）觉得

Qian Zhongshu
Pensée fidèle

新璋小弟存览

杨绛代赠
2007年7月12日
年96

folio 2€

杨先生代钱先生赠送作者书

作者与杨绛先生合影，摄于二〇〇六年七月十二日

比《堂吉诃德》译得活。杨先生说，那是因为原文是法文；言下之意，她西班牙文不如法文娴熟，放不开手脚。

人民文学出版社当年五月出《杨绛文集》八卷本。这时杨先生捧出载有《吉尔·布拉斯》的第七、第八两卷相赠，戏说这等于推广自己。我烦杨先生最好亲笔题签。杨说：早晨还能写字，下半天就是老人字了，大大小小，不宜题写。杨先生左耳还能听一点，为便于交谈，有时借纸助谈；这时她在纸上写出"罗新"两字，果然一大一小。

因题字，说到钱先生的字。我说，最近《中国书法》

上载文，说《石语》早年（一九三五年）笔录，字体瘦长
而纤细，像瘦金体，而六十年后写的题记（"绛检得余旧
稿……"），笔画饱满而遒劲，颇有东坡笔意。杨说，钱先生
字早年学郑孝胥（在纸上写此三字），晚年字像他舅舅王蕴
璋（写"王蕴"两字），"璋"跟你的"璋"一样，旁注"西
神"（据《钱锺书年谱》称："母亲姓王，近代通俗小说家王
西神之妹"）。

随后随便闲谈，讲到傅聪傅敏兄弟和傅雷家教等，不克
备载。我于次日晨，把谈话内容略记于所得《杨绛文集》第
七卷卷首，注明"二○○四年七月十三日晨记"。

我一向佩服杨先生的翻译。觉得有些处理，比傅雷更自
由更大胆。傅雷强调"重神似，不重形似"，总还求似，不
脱形迹；杨先生的翻译，像钱先生一再申说的，真是朝得意
忘言，登岸舍筏（见《管锥编》十二页）一路做去。按《庄
子·外物》篇：言者所以在意，得意而忘言。移用于翻译，
或可释为：把意思传达过来，而忘掉语言形式，句法结构。
钱先生特别指出："信之必得意忘言，则解人难索。"又，佛
有筏喻，言达岸则舍筏。《筏喻经》谓："有人欲从此到彼
岸，结筏乘之而度，至岸讫。作此念：此筏益我，不可舍

此，当担戴去。于意云何？为筏有何益？比丘曰：无益。"

凭粗浅阅读印象，杨译主要特点，约略可分为三点：

其一，师其意而造其语。试举例说明之。

例一：Mon père, qui n'était pas plus scrupuleux qu'un autre paysan, approuva la supercherie。

英译：My father who was not more scrupulous than his neighbours, approved the deceit.

杨译：我爹是个农夫，不知轻重，也赞成掉包。（十九页）

Paysan-peasant，Tobias Smollett 的英译，作 neighbours。杨译完全摆脱原文句型的拘缚，译成复合单句，意思直截而明晰。我曾以此译示康强兄，他说想不到有这样处理，表示佩服。施兄，中译法、法译中兼善，是法语界难得的人才。

例二：Non, Estelle, vous n'êtes pas logée ici assez commodément pour recevoir quelqu'un chez vous.

英译："No, Estella, you have no convenience for him in these lodgings."

杨译："不成，艾斯戴尔，你这房子不便留客。"（三四一页）

英译已简化，如将中文直译出来，大致是：您在这里住得本不太舒服不可以留人在您家。原句是标准的法文句，但与中文造句，不无龃龉之处。如照原句译出，文字啰啰嗦嗦，杨译不惜更易原文结构，另选词语，简明易懂。

做翻译的人，大多以为，"此筏益我，不可舍此"，译出不少带外来味的中文句子。两种语言，千百年来使用习惯不同，往往扞格难通。翻译时是否要顾及原文形式？想到六三年初曾将 René 拙译寄沪，傅雷先生细读之后，指出有些译句太靠近原文。我复信里说，人家已认为我译得太自由了；先生答告：翻译受原文约束，永远会不够自由的（原信已毁，大意不错）。可为印证的是，先生五一年致宋淇函就说道："我们在翻译的时候，通常总是胆子太小，迁就原文字面、原文句法的时候太多……我并不是说原文的句法绝对可以不管，在最大限度内我们是要保持原文句法的。"此主张，不似得意忘言、登岸舍筏那样决绝。傅译《高老头》第一句，就完全仿法文句法："一个夫家姓伏盖，娘家姓龚弗冷的老妇人，四十年来在巴黎开着一所兼包客饭的公寓，坐落在拉丁区与圣·玛梭城关之间的圣·日内维新街上。"他还主张，通过翻译，"创造中国语言，加多句法变化"。而杨先生的译文，基本上看不到西式长句，大多拆解成汉语短句。区以别之：傅译重传神（不重形似），杨译尚写意（得意忘言）。

　　"我的父亲，并不比另一个农夫更多顾忌"与"我爹是个农夫，不知轻重"，从原文的比较句，易为中文直陈句，宁无失乎？四世纪高僧道安有言："译胡为秦，有五失本也。"安惟惧失实，态度强直，但也允许时改倒句（"惟有言倒时从顺耳"），钱先生在《管锥编》一二六三页指出："故知'本'有非'失'不可者，此'本'不'失'，便不成翻译。"故凡翻译，语音、辞藻、句式、修辞，必有所失。"安言之以为'失'者而自行之则不得不然，盖失于彼乃所以得于此也，安未克圆览而疏通其理矣。"未克圆览的，不光道安一人。

　　其次，依傍形象以取胜。

　　例一：Justement, répliqua le médecin, une vieillesse anticipée est toujours le fruit de l'intempérance（=abus des plaisirs de la table）.

　　英译：Right, said the physician, an early old age is always the fruit of intemperance.

　　杨译：医生道：一点儿不错，贪吃贪喝就要未老先衰。（七十四页）

　　英译基本照搬。此句法文直译为："提前衰老是滥用饮馔之乐的后果。"不如杨先生倒过来译，缘因果关系明显而"后果"两字可略。

例二：Elle me parut assez jolie, et je trouvai ses allures si vives que j'aurais bien jugé que ce cabaret devait être fort achalandé (=qui a de nombreux clients).

英译：She appeared handsome enough, and withal so sprightly and gay, that I should have concluded that her house was pretty well frequented.

杨译：我觉得她长得不错；我一见她那股子风骚劲儿，就断定这旅店一定生意兴隆。(七页)

法文 ses allures si vives，英译作 so sprightly and gay，不及原文具体可感，直译为中文"她的步态那么活泼"，而杨译"她那股子风骚劲儿"其形象呼之欲出。文笔讲究的散文家这么译来，似欠雅驯，但在底层混惯的流浪汉，玩世不恭，从他眼中看来，真是这副模样！

例一中 intempérance，《法汉大辞典》释义为：饮食无度，纵酒，纵欲。英译 intemperance，《新英汉词典》释义为：无节制，放纵，饮酒过度，酗酒。英法文便于互译，可谓"等值"！法国自笛卡尔倡唯理论，注重理性教育，培养抽象思维，喜用抽象词语。杨译适应我国读者的审美习惯与审美趣味，译作"贪吃贪喝"，用形象语取代抽象词，易于接受。例二中 ses allures si vives，英译作 so sprightly and gay，反不及原文，而以杨译"她那股子风骚劲儿"为胜。

文学作品，非学术论文，要以形象取胜。王弼（226—249）言：（形）象生于意，尽意莫若象。钟嵘（? 468—? 518）提出："古今胜语，皆由直寻。""思君如流水"，既是即目；"高台多悲风"，亦唯所见。认为"指事造形，穷情写物"，形象愈生动，就愈有滋味。文艺作品，重在艺术形象，应尽量避免抽象概念。由于西方人与东方人思想方式不同，原文中的抽象词，杨先生总设法易以具体的形象语，如"贪吃贪喝""风骚劲儿"等译笔。好处如王国维所说，"语语都在目前，便是不隔。"多用、善用形象语，正是杨绛译艺的一大特色。

其三，顺理补笔岂无功。

例一：Nous autres personnes du commun, nous regardons les grands seigneurs avec une prévention qui leur prête souvent un air de grandeur que la nature leur a refusé.

英译：We common people, look upon all your great noblemen with a prepossession that often gives them an air of greatness which nature has refused.

杨译：我们平头百姓对贵人阔佬有成见，尽管他们生相庸俗，也觉得气宇不凡。（三二六页）

此译例后半句照法文译为：有一种先入之见赋予他们一种老天拒绝给他们的气宇不凡；"尽管他们生相庸俗"，乃杨绛的改笔或补笔。

例二：Monseigneur, lui répondis-je. La renommée qui loue ordinairement plus qu'il ne faut les belles personnes, ne dit pas assez de bien de la jeune Lucrèce, c'est un sujet admirable, tant pour sa beauté que pour ses talents.

英译："My lord (I replied), fame, which usually praises beauties more than they deserve, has not said enough in commendation of young Lucretia, she is an admirable creature, both as to her person, and talents。"

杨译：我答道："大人，美人儿往往是见面不如闻名，不过这年轻的璐凯斯实在是闻名不如见面，她是个色艺双绝的人才。"（六一五页）

此译例，前半句法文意思为：名声对美人儿的赞扬，往往言过其实，杨译撷取其意而结合上文，套用"见面不如闻名"这一习用语。汉语讲究言对事对，各有反正，后半句"闻名不如见面"，乃译者补笔。

西方在二十世纪对翻译有诸多探索，取得卓越成绩。本雅明写于一九二三年的《译者的任务》，对翻译有不少创见；半个世纪后，才由德里达等人发扬光大。总的意思是，翻译不是炒冷饭，"译作绝对不是两种僵死语言之间干巴巴的等式。""任何有益的翻译讨论中，都包括两点，一是忠实于原著，二是译文再创作的自由。""翻译的语言，能使自己从意义里摆脱出来，而再现原作的意图（Intentio）。""真正的译作不会遮蔽原作，而会通过自身的媒介加强原作。""不妨说，在译作中，原作达到一个更高、更纯净的语言境界。"（张旭东译文）

生平喜读杨译，于杨先生的翻译造诣与翻译智慧，亦仅管窥蠡测，"识其小者"。本着"取譬明理"，略举数例，挂一漏万，在所难免。唯冀"罕譬而喻"，可以看出，通过杨译，确有"加强原作"之胜。杨先生译《吉尔·布拉斯》于五一年至五五年，四十岁至四十五岁之间，六二年重新校订。当时浑不知域外译坛风云，钱先生著作里亦从未提及本雅明。而本雅明《译者的任务》，要到香港城市大学出版社二〇〇〇年出版《西方翻译理论精选》才第一次介绍过来。杨先生对翻译自有自己的章法："以句为单位，译妥每一句"，"译者只能在译文的字句上用功夫表达"，"从经验中摸索怎样可以更臻完善"。其《翻译的技巧》这一长文中，也只引用过德国翻译理论家考厄（P.Cauer）的一句话："尽可能的忠实，必不可少的自由。"杨先生把译者的职司比作一仆两主，在侍候作者、读者"两个主人不能兼顾的时候，这点不忠实和自由，只好比走钢丝的时候，容许运用技巧不左右跌倒的自由"。

从补笔两个译例，可看出这"一仆"，不是奴仆、佞臣，而是运用了"这点不忠实和自由"。例一，"生相庸俗、气宇不凡"对举，比原句"老天拒绝、气宇不凡"为佳，刘勰所谓"反对所以为优也"。例二，原句"名声对美人往往赞扬过头，而对这年轻的璐凯斯则赞扬不够"，殊觉平淡，而经译者更易润色，胜于原句多多。对句、排比，是中文修辞所长，用在译文上，可补外文所欠缺，发挥独特的汉语优势。再说，补笔不善，未免多事；补而善者，能锦上添花，突过原本，亦无愧于作者。译者以自身的文字修养，并符合语法修辞、审美趣味，对原文做相应的变通与调整，是对原著进入汉语语境更高层次上的负责，也是译者主体性的发挥。翻译史上成功的译例，应能进入翻译学研究的范畴，加以总结提炼，上升为理论形态。补笔不失为翻译之一法。竺法护《正法华经》中译"天见人，人见天"。鸠摩罗什译经至此，觉得此语在言过质，与僧睿相与参正，在《法华经》里译为"人天交接，两得相见"，成为翻译史上有名译例。钱先生推许道："辞旨如本，质而能雅，睿此译可资隅反。"我们已进入改革开放年代，在对待成功译例上，不应该不如六朝人。

评译本好坏，仅从译文看，只是浮表的印象，对照原文，才能看出译笔的优劣、功夫的深浅。"我爹是个农夫，不知轻重，也赞成掉包"，这句中文，一般水平也写得出。假如看到是从法文 Mon père, qui n'était pas plus scrupuleux qu'un autre paysan 译成"我爹是个农夫"，凡稍有点翻译经验的朋友，都会觉得新颖可喜。杨绛的《吉尔·布拉斯》译本是精心翻译之书。一路读下来，妙悟胜译，纷至沓来，教人学不胜学、无从下手。四十六万字的长篇，各种词类、各种句型，都出现了，需用上无数翻译技巧，才应付得下来。如：

"Seigneur cavalier, vous venez apparemment dans cette ville pour voir l'auguste cérémonie de *l'auto-da-fé* qui doit se faire demain."

英译："Senor Cavalier, I suppose you are come to town to see the august ceremony of the *auto de fe*, which is to be performed tomorrow."

杨译："大爷，明天这里有宗教裁判，仪式隆重，你想必

是上城瞧热闹来了。"（据杨绛手改本六〇八页）

原文l'auguste cérémonie，前译"仪式隆重"，后译"热闹"，一词二译，手法高明，不像初学者笨拙，一眼就能看出。技巧之于杨译，犹如盐溶于水，不注意会觉察不出。又如《翻译的技巧》一文中，杨先生在译界第一次标举"点烦"：原句的介词、冠词、连接词等，按汉文语法如果可省，就不必照用。芟芜去杂，简掉可简的字。如：

Je les remerciai de la haute idée qu'ils avaient de moi et leur promis de faire tous mes efforts pour la soutenir.

英译：I thanked them for the high idea they had conceived of me, and promised to do all that lay in my power to maintain it.

杨译：我谢他们器重，说一定尽心，不负重望。（二十八页）

杨先生用旧小说语言译流浪汉小说，如用现代汉语，可以写成：我谢他们对我的器重，也不嫌字多，但译者善于点烦，故语言显得干净精炼。

吉尔·布拉斯出身贫苦，十七岁离家，开始闯荡人生。他是个通才，没甚大本领，却有小聪明。小说写他的一生，开始在下层混日子，最后爬到社会上层。三教九流，各阶层都有接触，翻这部小说，杂学旁收，什么都要懂，才能胜任。如一次主人翁遇到一个相面的：

Il me répondit gravement: Si j'arrête sur vous mes regards, ce n'est que pour admirer la prodigieuse variété d'aventures qui sont marquées dans les traits de votre visage. A ce que je vois, lui dis-je d'un air railleur, votre révérence donne dans la métoposcopie. Je pourrais me vanter de la posséder, répondit le moine, et d'avoir fait des prédictions que la suite n'a pas démenties. Je ne sais pas moins la chiromancie, et j'ose dire que mes oracles sont infaillibles, quand j'ai confronté l'inspection de la main avec celle du visage.

英译: He answered with great gravity: "My reason for fixing my eyes upon you, is to admire the prodigious variety of adventures which are marked in the features of your face." "I see (said I, with an air of raillery) that your reverence deals in metoposcopy." "I may boast of possessing that art (replied the monk), and of having made presages, which have been verified by the event. I am also skilled in chiromancy, and will venture to say, that my oracles are infallible, when I have compared the inspection of the hand with that of the face.

杨译: 他一本正经地说: "我在相你的面, 照你这相貌, 一定饱历风波, 我很钦佩, 所以只顾看你。" 我冷嘲热讽道:

"原来你老师父善于风鉴？"那修士答道："那是我可以夸口的。我的预言到头来句句都准。我相手的本领也不差。要是让我把面貌手纹对照着看，我敢说我是个铁嘴。"（手改本三五六页）

此处录出大段英法文，以供懂外语的朋友鉴赏。对照着看，才更能体味译笔的妙处。读到会心处，颇令人解颐。勒萨日写于路易十四、十五朝的小说，去今已三百年，虽则趣事连连，诙谐讽刺，奈如今已进入读图时代，捧着这上下两厚册，不免稍觉其长。对照外文读，则能弥增阅读趣味。总而言之，即使《吉尔·布拉斯》算不上伟大的作品，杨绛的译本却肯定是伟大的翻译。

呜呼！翻译之理，古今纵横；翻译之文，奥妙无穷。而临风想望，不能忘情者，往昔赴南沙沟，聆听钱公畅论"不失本便不成翻译"之理；而今钱先生之高论不可复闻矣，杨先生之慈颜亦不可复见矣！其谁能复益我以十年之学耶？

二〇一六年七月二十七日

化境说的理论与实践

人类的翻译活动由来已久。可以说语言产生之后，同族或异族间有交际往来，就有了翻译。古书云："尝考三代即讲译学，《周书》有舌人，《周礼》有象胥。"早在夏商周三代，就已有口译和笔译。千百年来，有交际，就有翻译；有翻译，就有翻译思考。历史上产生诸如支谦、鸠摩罗什（344—413）、玄奘、不空等大翻译家，也提出过"五失本，三不易""五种不翻""译事三难"等重要论说。

早期译者在译经时就开始探究翻译之道。三国魏晋时主张"因循本旨，不加文饰"，认为"案本而传"，照原本原原本本地翻译，巨细无遗，最为稳当。但原文有原文的表达法，译文有译文的表达法，两种语言，并不完全贴合。

达摩笈多（印度僧人，五九〇年来华）译《金刚经》句："大比丘众。共半十三比丘百。"按梵文计数法，"十三比丘百"，意一千三百比丘，而"半"十三百，谓第十三之一百为半，应减去五十。

故而，玄奘按中文计数将此句谨译作"大苾刍众千二百五十人俱"。全都"案本"。因两国语言文化有异同，时有不符中文表达之处，须略加变通，以"求信"为上。达译、奘译之不同，乃案本、求信之别也。

严复言："求其信，已大难矣！信达而外，求其尔雅。"（一八九八年）信达雅，成为诸多学人在二十世纪上半叶热衷探讨的课题。梁启超主递进说："先信然后求达，先达然后求雅。"（一九二〇年）林语堂持并列说，认为："翻译的标准，第一是忠实标准，第二是通顺标准，第三是美的标准。这翻译的三重标准，与严氏的'译事三难'大体上是正相比符的。"（一九三三年）艾思奇则尚主次说，"'信'为最根本，'达'和'雅'对于'信'，就像属性对于本质的关系一样。"（一九三七年）

朱光潜则把翻译归根到底落实在"信"上："原文'达'而'雅'，译文不'达'不'雅'，那是不信；如果原文不'达'不'雅'，译文'达'而'雅'，过犹不及，那也是不'信'。绝对的'信'只是一个理想。大部分文学作品虽可翻译，译文也只能得原文的近似。"（一九四四年）艾思奇着重于"信"，朱光潜唯取一"信"。

即使力主"求信"，根据翻译实际考察下来，只能得原文的"近似"。信从原文，浅表的字面移译不难，字面背后的思想、感情、心理、习俗、声音、节奏，就不易传递。绝对的"信"简直不可能，只能退而求其次，趋近于"似"。

即以"似"而论，傅雷（1908—1966）提出，"翻译应当像临画一样，所求的不在形似而在神似"。

如 Voltaire 句：J'ai vu trop de choses, je suis devenu philosophe. 此句直译：我见得太多了，我成了哲学家。——成了康德、黑格尔那样的哲学家？显然不是伏尔泰的本意。

傅雷的译事主张，重神似不重形似，神贵于形，译作：我见得太多了，把一切都看得很淡。直译、傅译之不同，乃形似、神似之别也。

这样，翻译从"求信"，深化到"神似"。

事理事理，即事求理。就译事，求译理译道，亦顺理成章。原初的译作，都是照着原本翻，"案本而传"。原本里都是人言（信），他人之言。而他人之言，在原文里通顺，转成译文则未必。故应在人言里取足资取信的部分，唯求其"信"，而百分之百的"信"为不可能，只好退而求"似"。细分之下，"似"又有"形似""神似"之别。翻译思考，伴随翻译逐步推进，从浅入深，由表及里。翻译会永无止境，翻译思考亦不可限量。

近代的智者，钱锺书先生（1910—1998）在清华求学时代，就开始艺文思考，亦不忘翻译探索。早在一九三四年就撰有《论不隔》一文。谓"在翻译学里，'不隔'的正面就是'达'"。文中"讲艺术化的翻译（translation as an art）"，"好的翻译，我们读了如读原文"，"指跟原文的风度不隔"，"在原作与译文之间，不得障隔着烟雾"，译者"艺术的高下，全看他有无本领拨云雾而见青天"。

钱先生在写《论不隔》的开头处，"便记起王国维《人间词话》所谓'不隔'了"，"王氏所谓'语语都在目前，便是不隔'"。而"不隔"，就是"达"。钱氏此说，仿佛另起一题，总亦归旨于传统译论文论的范畴。

三十年后，钱先生在《林纾的翻译》（一九六三年）里谈林纾及翻译，仍一以贯之，秉持自己的翻译理念，只是更加深入，别出新意。

早年说，"好的翻译，我们读了如读原文"。《林纾的翻译》里则说，"译本对原作应该忠实得以至于读起来不像译本，因为作品在原文里决不会读起来像经过翻译似的"。

早年说，好的翻译"跟原文的风度不隔"。《林纾的翻译》则以"三个距离"申说"不隔"："一国文字和另一国文字之间必然有距离，译者的理解和文风跟原作品的内容和形式之间也不会没有距离，而且译者的体会和他自己的表达能力之间还时常有距离。"

早年讲，"艺术化的翻译"，《管锥编》称"译艺"。在论及刘勰《文心雕龙》"论说""谐隐"篇时，谓：齐梁之间，"小说渐以附庸蔚为大国，译艺亦复傍户而自有专门"。意指鸠摩罗什时代，译艺已独立门户。

钱先生把早年的"不隔"说，发展为"化境"说；"不隔"是一种状态，"化境"则是一种境界。《林纾的翻译》提出："文学翻译的最高标准是'化'。把作品从一国文字转变成另一国文字，既能不因语文习惯的差异而露出生硬牵强的痕迹，又能完全保存原有的风味，那就算得入于'化境'。"钱先生同时指出："彻底和全部的'化'，是不可实现的理想。"

《荀子·正名》篇言："状变而实无别而为异者，谓之化。"即状虽变，而实不别为异，则谓之化。化者，改旧形之名也。钱先生说法试简括为：作品从一国文字变成另一国文字，既不生硬牵强，又能保存原有风味，就算入于"化境"；这种翻译是原作的投胎转世，躯壳换了一个，精神姿质依然故我。

钱先生在《谈艺录》一书中，广涉西方翻译理论，尤其对我国传统译论的考辨，论及译艺能发前人之所未发。如东晋道安（314—385）认为，"胡语尽倒，而使从秦"便是"失（原）本"；要求译经"案梵文书，惟有言倒时从顺耳"。按"胡语尽倒"，指梵文语序与汉语不同。梵文动词置宾语后，例如"经念"；汉语则须言倒从顺，正之为"念经"。

"胡语尽倒"最著名的译例，大家都知道，可能没想到，就是佛经的第一句话，"如是我闻"；按中文语序，应为"我闻如是"，我闻如来佛如是说。早期译经照原文直译，后世约定俗成，句子沿袭了下来。钱先生据以辩驳归正："故知'本'有非'失'不可者，此'本'不'失'，便不成翻译。"从"改倒"这一具体译例，推衍出普遍性的结论，化"术"为"道"，可谓点铁成金。各种语言各有无法替代的特点，一经翻译，语音、句式、藻蔚、修辞，都失其原有形式，硬要拘守勿失，便只能原地踏步，滞留于出发语言。"不失本，便不成翻译"，是钱先生的一句名言。

又，钱先生读支谦《法句经序》（二二九年），独具慧眼，从信言不美，实宜径达，其辞不雅，点明"严复译《天演论》弁例所标，'译事三难：信、达、雅'，三字皆已见此"。指出："译事之信，当包达、雅。"继而论及三者关系，"译文达而不信者有之矣，未有不达而能信者也"，"信之必得意忘言，则解人难索"。

试举一例，见《谈艺录》五四一页，拜伦（Byron）致其情妇（Teresa Guiccioli）书，曰：

Everything is the same, but you are not here, and I still am. In separation the one who goes away suffers less than one who stays behind.

钱译：<u>此间百凡如故，我仍留而君已去耳。行行生别离，去者不如留者神伤之甚也。</u>

此译可谓"得意而忘言"，得原文之意，而罔顾原文语言之形者也：实师其意而造其语。钱先生在《管锥编》一二页里说："到岸舍筏，见月忽指，获鱼兔而弃筌蹄，胥得意忘言之谓也。""到岸舍筏"，典出《筏喻经》；佛有筏喻，言达岸则舍筏。有人"从此岸到彼岸，结筏乘之而度，至岸讫。作此念：此筏益我，不可舍此，当担戴去。于意云何？为筏有何益？比丘曰：无益"。

"信之必得意忘言"，为钱公一重要翻译主张，也是臻于化境之一法。化境说或会觉得玄虚不可捉摸，而得意忘言，则易于把握，便于衡量，极具实践意义。

信从原本，必当得意忘言，即以得原文之意为主，而忘其语言形式。《庄子·外物》篇有言："言者所以在意，得意而忘言。"故"化境"说，本质上不离中华美学精神，甚至可视"案本—求信—神似—化境"为由低向高、一脉相承的演进轨迹，而化境说则构成传统译论发展的逻辑终点。

"化境译道佳品书系"，第一辑拟推出译自法、德、英、俄等语的十种译本，不失为傅雷辈及其后两代翻译家在探索译途中所取得的厚实业绩，凸显出中国译林的勃勃生机。这些译作无疑具有一定的示范性，对推动中国文学翻译事业会产生积极作用。

二〇一七年九月廿九日

本色文丛

（柳鸣九主编　海天出版社出版）

《子在川上》柳鸣九 / 著

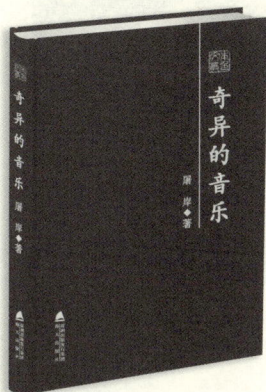

《奇异的音乐》屠　岸 / 著

《岁月几缕丝》刘再复 / 著

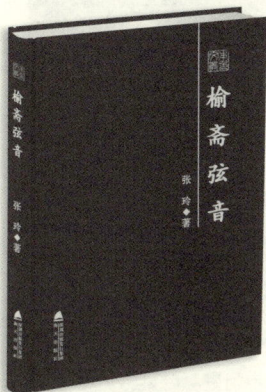

《榆斋弦音》张　玲 / 著

《飞光暗度》高　莽／著

《往事新编》许渊冲／著

《信步闲庭》叶廷芳／著

《长河流月去无声》蓝英年／著

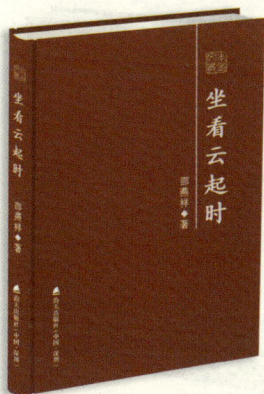

《坐看云起时》邵燕祥 / 著

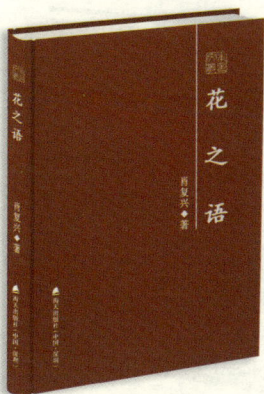

《花之语》肖复兴 / 著

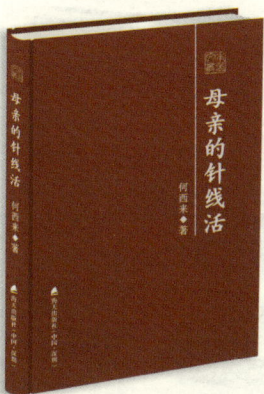

《母亲的针线活》何西来 / 著

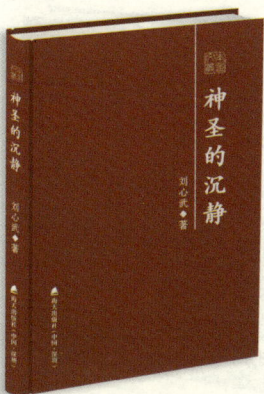

《神圣的沉静》刘心武 / 著

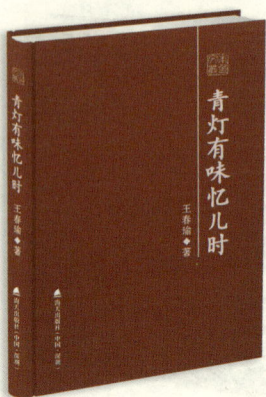

《青灯有味忆儿时》王春瑜 / 著

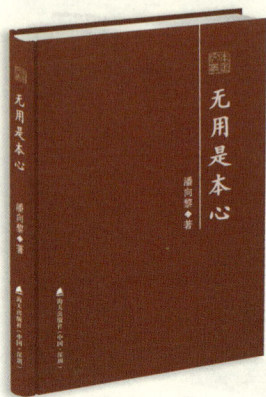

《无用是本心》潘向黎 / 著

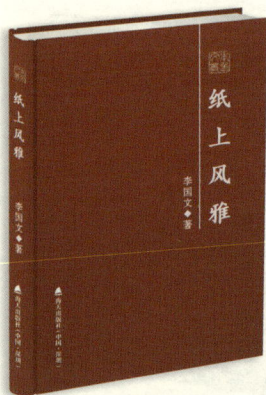

《纸上风雅》李国文 / 著

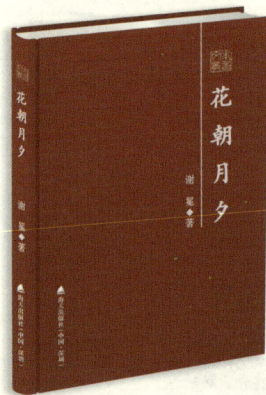

《花朝月夕》谢 冕 / 著

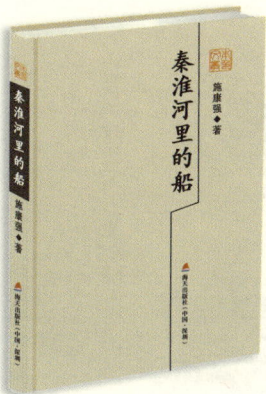

《秦淮河里的船》施康强 / 著

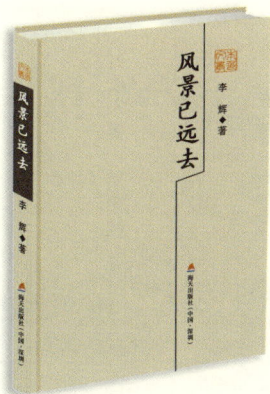

《风景已远去》李　辉 / 著

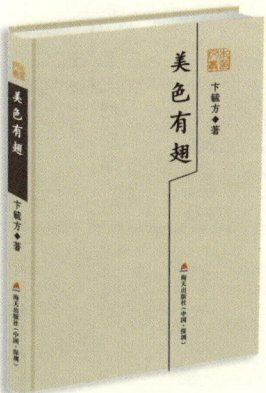

《美色有翅》卞毓方 / 著

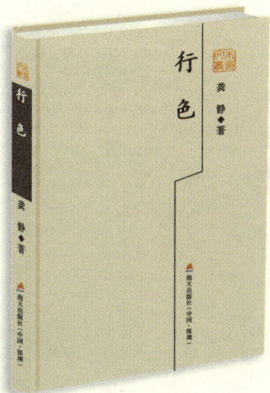

《行色》龚　静 / 著

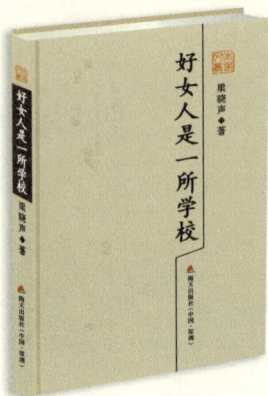

《好女人是一所学校》梁晓声 / 著

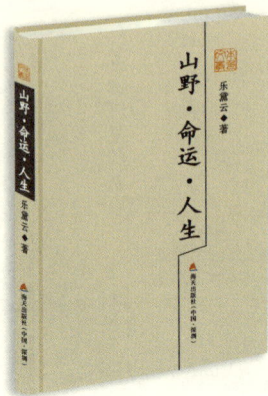

《山野·命运·人生》乐黛云 / 著

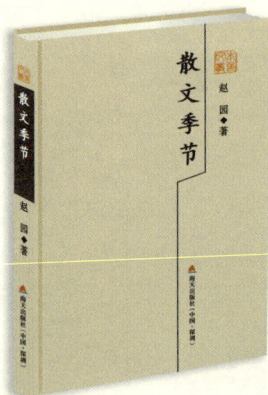

《散文季节》赵　园 / 著

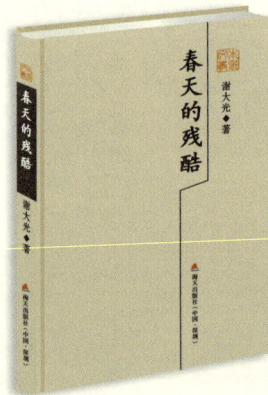

《春天的残酷》谢大光 / 著

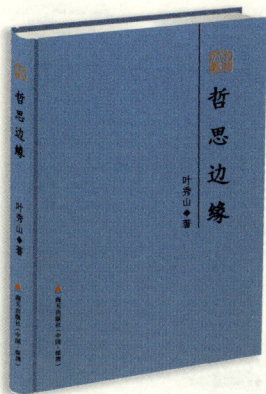

《哲思边缘》叶秀山 / 著

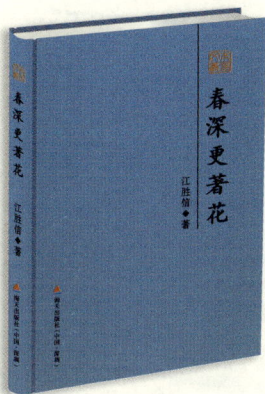

《春深更著花》江胜信 / 著

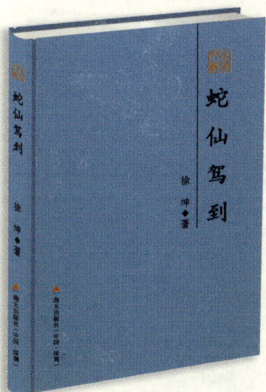

《蛇仙驾到》徐　坤 / 著

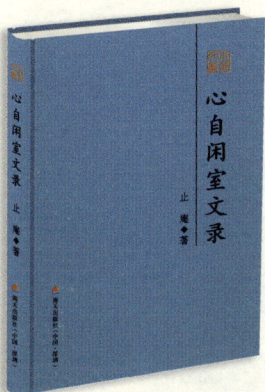

《心自闲室文录》止　庵 / 著

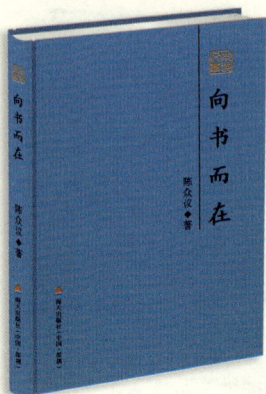

《向书而在》陈众议 / 著

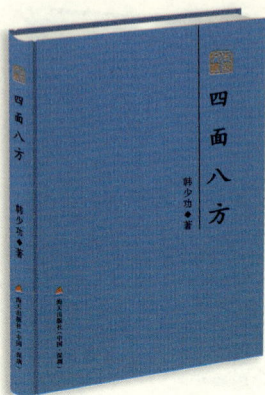

《四面八方》韩少功 / 著

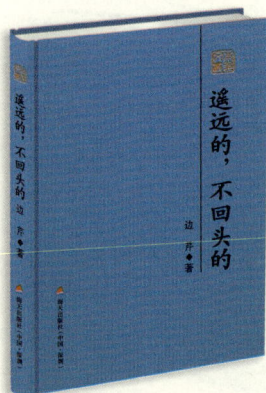

《遥远的，不回头的》边　芹 / 著

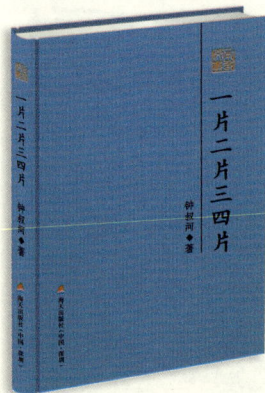

《一片二片三四片》钟叔河 / 著

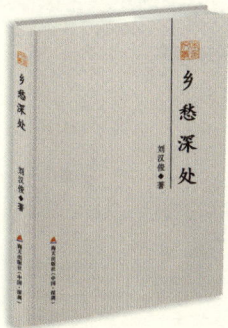

《乡愁深处》刘汉俊／著

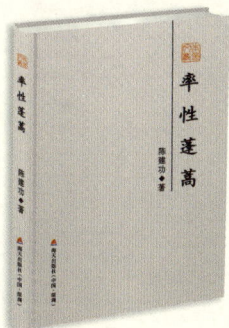

《率性蓬蒿》陈建功／著

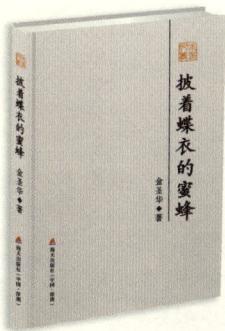

《披着蝶衣的蜜蜂》金圣华／著

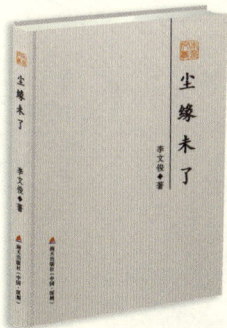

《尘缘未了》李文俊／著

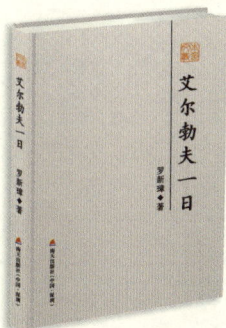

《艾尔勃夫一日》罗新璋／著

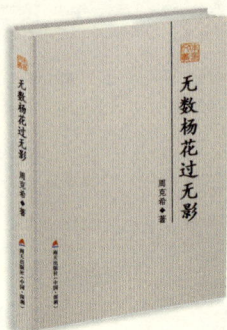

《无数杨花过无影》周克希 / 著

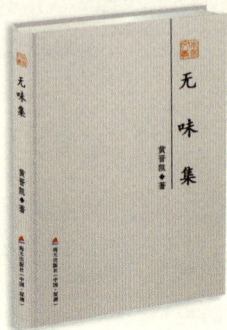

《无味集》黄晋凯 / 著

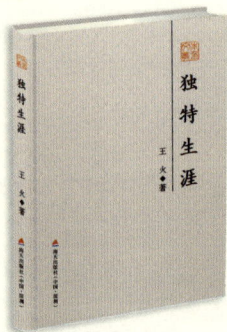

《独特生涯》王　火 / 著

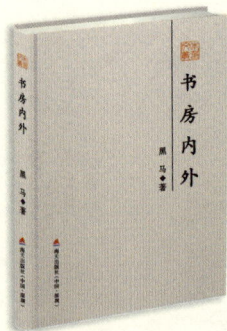

《书房内外》黑　马 / 著

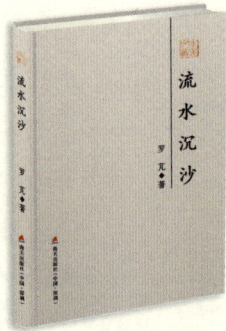

《流水沉沙》罗　芄 / 著